京西风印

王锦秋◎著

時代文藝出版社

图书在版编目（CIP）数据

月印京西 / 王锦秋 著. —长春：时代文艺出版社，2018.3

ISBN 978-7-5387-5393-6

Ⅰ. ①月… Ⅱ. ①王… Ⅲ. ①长篇小说—中国—当代 Ⅳ. ①I247.5

中国版本图书馆CIP数据核字（2017）第003463号

出品人 陈 琛
产品总监 郭力家
责任编辑 方 伟 杨 迪
装帧设计 WONDERLAND Book design
排版制作 李 楠

月印京西
王锦秋 著

出版发行 / 时代文艺出版社
地址 / 长春市泰来街1825号 时代文艺出版社 邮编 / 130011
总编办 / 0431-86012927 发行部 / 0431-86012957 北京开发部 / 010-63108163
官方微博 / weibo.com / tlapress 天猫旗舰店 / sdwycbsgf.tmall.com
印刷 / 北京市通州兴龙印刷厂
开本 / 660mm × 940mm 1 / 16 字数 / 240千字 印张 / 22
版次 / 2018年3月第1版 印次 / 2018年3月第1次印刷 定价 / 48.00元

图书如有印装错误 请寄回印厂调换

新诗已旧不堪闻，江南荒馆隔秋云。
多情不改年年色，千古芳心持君赠。

——题记

目录

—
第一章
1

—
第二章
37

—
第三章
63

—
第四章
87

—
第五章
119

—
第六章
167

—
第七章
183

—
第八章
205
—
第九章
237
—
第十章
273
—
第十一章
297
—
第十二章
319

第一章

就在白云霓为装修新房弄得焦头烂额的时候，埃博拉在西非暴发了。当时丈夫雷学武正忙活着在客厅调试新买的电视，恰好看到循环的新闻播报，他立刻吃了一惊，没想到疫情发展得这么迅猛。只有专业人士才清楚发生了什么，现场会有多么血腥残酷，而主持人程式化的播报显得那么轻描淡写。他马上放下手中的活，对着正在书房里指导装修工人安装书柜的白云霓喊了一声："喂，我们这下子可有事干了。"

装修这事会把人搞疯的，白云霓一脸急躁地走出来，扫了一眼正在播报的新闻，她看不惯丈夫一向沉不住气的性子，平淡地回应道："这事还轮不到你操心。"她搞了这么多年的防疫工作，什么样的病毒没碰过，再说她前年还去过一次塞拉利昂，服下大量的抗疟疾药至今还让她反胃呢，那药的副作用实在太大了，她有两天都处于晕眩状态。她立刻给医院的信息中心打了一个电话，她需要了解到更详细的情况。

接着，她一把将丈夫从非洲的疫病场景中拉了回来，说道："再说这事还有老太太呢。这间屋子我就是喜欢冷色调的漆，与地板比较搭配。"

……肯尼亚航空宣布自9月20日起暂停飞塞拉利昂的航班，法航虽然官方未宣布取消飞塞拉利昂的航班，但法航机组人员表示拒绝飞往塞拉利昂。以前还有从弗里敦开到几内亚科纳克里的船，那时候船也没有了。仅剩下飞往摩洛哥和布鲁塞尔的飞机，机票几乎抢购一空。

据联合国的官方通报，西非的这次埃博拉疫情，是这种病毒近四十年中最严重、规模最大和情况最复杂的一次暴发。研究证实，疫情的蔓延主要是人际间的传播。因此，隔离患者是接下来的重点工作。埃博拉病症初期的防治需要对本地科学家和医生进行更多培训。如果国内的病情可以准确快速地确定，那么疫情将会减弱。没有人能预测出此次疫情将持续至何时，疫情完全得到控制也许仍需要数月的时间——而且只能依靠大规模的国际合作和援助。

冷色调的！这个时候这个女人居然还想着漆，雷学武鼻子哼了一声，没再搭理她，继续沉浸在电视现场的画面中：抬尸下葬的混乱队伍，大街上仍然川流不息的人群，持枪警戒的士兵，手持体温枪的医生……他想象着接下来医院即将变得忙乱不堪的场景，谁会带队前往呢？他天生就是一个政治嗅觉敏锐的人，他的大脑快速地盘算起来。

新闻结束后，他还有点儿意犹未尽，转过身看了一眼身形日渐丰满的妻子。她的头发凌乱，只随便用皮筋扎了一下，她什么时候变得对自己如此马虎起来，而她拥有的美丽衰减之快令他吃惊不已，岁月显然对女人更加无情。她曾经是多么令人惊叹的女人啊，还带着那么几分妖媚，尤其那一双带着钩子的眼睛，透亮润泽的皮肤，曾经让多少男人丧了魂魄，而如今的她竟如此世俗粗糙，她自己竟然毫不在乎。此时在她眼里，对付凶狠的埃博拉要比装修房子还容易些。在这段装修新房的日子里，她也不知道哪里聚集来的火气，总是有意无意地随时爆发，找碴儿吵架。是啊，她快要到更年期了，也许他以后的日子更苦不堪言，她手里有着自己太多的把柄，埋积的怨恨随时成为她嘴中的冷箭。

正想着，门铃突然响了，雷学武没好气地打开门。有可能是白云霓不知道又在哪里订购了什么稀奇古怪的东西，比如昨天送的那张钢架的欧式床，价格高得惊人，她却说那是花了半个月挑中的最结实的床，她再也忍受不了床发出半点儿动静了，女人一旦神经过敏起来会把人逼疯的。整间屋子让她弄得冷冰冰的，就像是住院部的病房一样，就差安装消毒设备了；而他希望新家足够温暖，他内心总有一股无法释放出的激情，也就是欲望，一种无法安分的渴望。这就是他们之间的差别。每次看到她，他心里总生出巨大的遗憾，女人是男人的归宿没错，但要完全固定在一个女人身上，基本就是痴人说梦。他走进新家时，就会想起在医院家属院的那一段临时凑合式的日子，那间灰扑扑满是霉味的旧房子已经让他受够了，还有喧闹不已的左邻右舍，那段闹哄哄的日子总算是过去了。

门口站着的两个人并没有进门，看样子也没有打算进来，而是冷静而有礼貌地上下打量了他一下，身上带着某种神秘威严的职业习惯。他们有些阴暗的目光盯得雷学武心里发毛。

“你就是雷学武吧？”其中一个谢顶男人轻声问，大概是怕惊扰了屋子里的人，旁边那个黑脸的瘦高个儿更是像根木头一样沉闷。

雷学武不耐烦地回问道：“你们是什么人？”其实他整个人早已经怯了一半。

“我们是市纪委巡视组的，请你跟我们走一趟。”那个谢顶男人继续慢条斯理地轻声说，没再多说一个字，大概怕过多的言语会吓着他，自己的身份就已经带着足够的威力。

屋子里的人并没有听见屋外的交谈，继续乒乒乓乓地各自忙活自己手头的活儿。雷学武倒吸了一口冷气，身体发软，脑子嗡地响了一声，空白了好一会儿，人才镇定下来，盯着对方脑袋那片发红的不毛之地发愣。立秋后的天气凉了，他的身体更凉了。跳出来的第一个念头还是白玉兰，没有人敢绕过老太太直接到京西医院来扯淡，何况他是白玉兰的女婿。他侥幸地想着，然后问道：“这事白院长知道吗？”

对方早有准备，不温不火地客气说道：“这事还不至于惊动她老人家吧，我们就是例行公事，还请你配合。”

雷学武脑子终于恢复了正常，镇定一下心神说：“好吧，我和爱人交代一下可以吧？”

那两个人交换了一下眼神，其中一个开恩似的说：“给你几分钟时间，你不需要带任何东西。”

生平还是头一次遇见这样的事，白云霓听完后身体几乎支撑不住，她不相信雷学武能做什么过格的事。被纪委盯上，按道理讲通常是经济上犯了事，雷学武进进出出的流水账都在她心里呢，纵然他浑身毛病，但绝不是一个贪图金钱手脚不干净的人。他爱的是权力和女人，再说了，一个大科室主任迎来送往的那点儿人情礼物，还放不在人家纪委的眼里。

两个人站在刚封闭好的阳台上，突然间没有了隔阂，变得亲近起来，心往一处跳动着。

雷学武说："你是知道我的，我的屁股干净得很，估计他们也就是了解点情况，很快就会回来，你不用太担心了。"

白云霓拉着他的手，眼圈泛红了，咬着牙说："人家都找上门来了，事情会小吗？你有什么还瞒着我的赶紧说出来，我会马上去找老太太，补救一下。"

雷学武苦笑道："我若是贪财，会现在才买房子？我猜测是有人整我，可是我这个指甲盖一样大的官儿谁会整我呢？"他苦恼地想着，忽然道："你敢说这事老太太不知道吗？"

听到这句话，白云霓立刻反驳道："你怎么会想到她？她怎么可能做出这种事？你不能把所有事都推到她身上。"

两个人简短的交代结束，一点儿头绪也没有。白云霓有些茫然地看着雷学武上了那辆黑色轿车，一切发生得太突然太不真实了，就像他临时去参加一个学术会议一样。他的脊背像被打断了似的，再没有从前那股挺拔傲慢的劲头了。眼见车没影儿了，她马上把装修的工人打发走了，一个人瘫坐在新买的沙发上，大脑一会儿万千思绪涌出，一会儿空白一片，人像感染了病毒，身体一会儿凉一会儿热。

这个时候，白玉兰刚参加完紧急的院长办公会，正在静谧的办公室里看着有关西非埃博拉疫情的内参和报道，一直处于兴奋的状态中。好久没有这种冲动了，这个领域要得到社会重视的机会并不多，还有几个人会相信传染病会成为人类的威胁？他们关心的是癌症、高血压，京西医院快成了全科医院了。防治传染病没有效益，而且总是处于被动等待的状态。她预感到，省里打给国家卫生和计划生育委员会（简称卫计委）的报告这两天就会批下来，其他医院难以应付这样突如其来的重大疫情。这次埃博拉蔓延的速度和规模难以想象，情况也基本清晰了，她最关心的是这次救援队的立足之地——中塞友好医院，那所医院没有传染病医院的设施，而且已经紧急关闭了。

她得来的最新疫情报告是：在塞拉利昂首都弗里敦，中塞友好医院的援非医疗队的医生们正处于非常危险的境地。7月31日凌晨，医院接诊一名特殊的患者，中国医生是在有防护措施的情况下对其进行了常规检查。8月1日晚上，患者出现了昏迷，医院立即安排了抢救。不久后，塞拉利昂卫生部的专家就来到医院。原来这名病人是当地防疫中心的一名护士，几天前就开始发烧，防疫中心怀疑她感染了埃博拉病毒，于是对她进行抽血送检。在等待检测结果的时候，病人自知情况不妙，于是私自跑到医疗条件较好的中塞友好医院。不幸的是，这名护士在被确诊感染埃博拉病毒四个小时后不治身亡。

中塞友好医院随即关闭。亲临现场的一名外国记者写道：中塞友好医院门诊大厅的分诊台上，一本患者资料登记簿记下了关闭的日期：8月1日。到处弥漫着消毒后氯水的气味，一些医疗垃圾还未做处理。就是在那天晚上，与病人接触过的七名中方、十名塞方医务人员全部就地隔离观察。医院的大门紧闭，由全副武装且佩戴口罩的军警把守，往来人员必须查明身份，并经过重重确认才放行。曾接治过埃博拉确诊病患的门诊楼已经关闭，住院楼的病人也全部撤出，整座医院显得异常空旷。发现确诊病例后，塞卫生部和医院对整个院区进行了两次彻底消毒。

在门卫室里，军警和医院保安戴着手套并排而坐，他们面前摆放着一桶含氯消毒水。塞方的十名医务人员被隔离在医技楼，医技楼后面是被隔离的中方医务人员所在的住院楼，被隔离的医务人员住在二层，医院安排了专人每天送饭。他们也不是与世隔绝的，那里有互联网接入，与外界联系畅通，剩下的时间就是等待。除了被隔离人员外，其他中方医护人员待在一座专家楼里。在首都弗里敦市金哈曼路医院工作的一名中国医生也曾因为接诊埃博拉确诊病人而接受隔离，但已经排除了感染的可能。

记者走在路上，很多人还会大声地向他打招呼，一旦他戴着手套和口罩出门，周围的人就会用怪异的眼光看着他。在药店里的一次性手套一副2000利昂（约合0.44美元），免洗消毒液13000利昂（约合2.89美元）。也就是说，一副一次性手套足够买两块面包，这些防护用品被大部分当地人当成了奢侈品，病毒还是抵不过饥饿。

当白书中弯腰低头进门时，白玉兰正用一把油亮的牛角梳一丝不苟地缓慢地梳着她满头的银发，沉浸在别人难以接近的世界里。她脑子里一边想着中塞友好医院，一边梳理着明天中央电视台的连线采访内容，和她同时接受采访的是国家卫计委一位官员。每当国内有传染病疫情突发时，她都是以首席专家的身份出现。她自带那种稳定人心的气质，目光和嘴角都含着某种毋庸置疑的承诺，根本无须事先排演，因为她总是用准确精练的词语叙述，无论把她置换到何种场景，她都没什么大的改变。

这会儿，她的眼睛扫视着这个总是让她感到意外的亲戚。白书中每次见她时，总是穿着一套崭新的西服，以示对她的尊敬。

当白书中把《洪流——京西地下党活动纪实》的书稿摆在她面前时，白玉兰真是感叹这一对父子的精明，在自己身上做足了文章。白书中原来是她一个八竿子打不着的远房亲戚，一位已经退休的中学语文老师，他找上门来攀亲时，白玉兰警惕过他的来意。当他说出自己的想法时，白玉兰的心还是动了，那一段历史她还是念念不忘的，除了她，谁还会在意呢？于是她随即同意自己掏腰包来做这件事，也想证实一下这个白书中有几分本事。没想到的是，这个白书中还真卖了力气，跑遍省市各个档案馆查资料，四处找人采访，几年下来，还硬是把这本书写出来了。当时她只是对他半开玩笑地说："老马这一生算是可惜了，他是当年京西和平解放的功臣，要是能为他留下一点儿资料，也不枉我跟了他那一遭，但里面最好别提到我。"

看着那一摞打印书稿，她顿时有一种窒息的感觉。她想起马青山两道像火焰一样燃烧的眉毛，他活着的最后两年，那两道火焰终于熄灭了，他已经变成废人，而她则被禁闭到京西一间简陋的平房里，接受组织审查，随后又去了北京，然后又去了西郊农场改造。结果，他还是被他的原配杜爱真夺走，离奇的是，他们竟在同一年死了，都化成了尘灰，不再和她有任何人世间的纠葛。在她心中，他们之间的缘分就是轻淡的，这种结局也是注定的，不过她对他还是深怀内疚的。

道了一声“辛苦”，她随手翻了一页，偏偏那一页是她与马青山、柳原的一张合照，若非亲眼所见，她早忘了还有过这样一张合影，那是吴燕如匆匆用德国徕卡相机拍的。背景就是吴家的院子，那栋房子在20世纪60年代就被扒掉了，原址上现在矗立着市法院的大楼。照片中，马青山还是戴着那顶“跑狗牌”棕色毛呢礼帽，柳原穿着崭新的军服，那时他刚刚兼任陆军医院防疫中心的专家，军衔是中校，而她正居于两个男人中间，有些妩媚地笑着，身体侧向柳原一边，因为柳原刚刚通过了马青山的秘密审查，同意他们可以正常交往，实际上，她一直也没有停止过与柳原的秘密恋爱。

那个妩媚的女人竟然是自己，浓烈的爱意在脸上发着光，刺着她的眼睛。她的心脏强烈跳动着，甚至担心会一下子跃出了胸腔。她的眼睛开始发了花，照片中的情景隔着岁月，依然刺痛了她，刺得那么深切。她一度认为，过去越来越像不真实的存在，像梦一样稀薄，化为虚无。没想到自己此刻却会一触即溃，涣散如水。柳原一脸春风得意的模样，身上流淌着勃发的神采，他的傲慢因为她而有所收敛，当时她身子的左侧碰触到了他的右臂，她此刻依然能真切感到他身体传递过来的温热。而马青山冷酷的脸上还带着些许的嫉妒，有些尴尬地笔直站立在他们旁边。看着这一幕，她忍不住笑了。

时间不会为某一个人停留哪怕一秒钟，照片里的一个人死了，一个人在失忆中苟延残喘，都曾是她生命里最重要的男人，所有这些沉重的记忆现在都交到她一个人的手里，让她越发觉得宿命般无奈，纵然有万般的委屈，却无处可以倾诉。

望着白书中期待的眼神，白玉兰手抚着稿子说："书中啊，我和马青山的合影万万不可出现，而且书稿要给马家的后人看的；再有一件事，马青山已经挪回马家祖坟了，你有时间代我看看去，千万不要说这事与我有关系。书稿我会抽出时间慢慢看的。弄完这个，再麻烦你把京西医院的资料找一找，弄个院史出来，你是个肯下功夫的人，院里那几个人弄的那个院史没法看，就是糊弄人的流水账。一会儿，我还要开一个紧急的电视电话会议，也就不留你了。"

白书中舒了一口气，自然欣喜，"您放心。只是可惜如果没有您，书是算不上完整的。那些资料我好不容易才找到的。"

白玉兰摆了摆手，叹口气说："我个人微不足道，我都到这个年纪了，还会为这点名声争什么。这书就是为老马写的，算是留个念想吧。其他的我自己看看得了。"

岁月无情如此，埋葬了他们曾经有过的野心、热情、爱恨情仇，那一行行后人写的东西又能记述下什么呢？恐怕连一个人的一丝呼吸都不能复原的，而且谁又看得懂其中的奥妙呢。只有在她有限的记忆中，他们才是真正还活着的人。

开完国家疾控中心电视电话会议后，白玉兰知道，京西医院出发在即了，仅有的几家医院列席，京西医院是排在第一位的。紧接着她接到的电话竟然是白书中的儿子白文彬打来的，竟然这么巧合，白书中前脚刚出了门，白文彬的电话便到了。她暗自叹息，这对父子肯定是刚刚通过气的。这个白文彬真是个生意上的天才，信息灵通得令她惊讶，算是吃定了京西医院。他曾经毫不隐晦地说，在中国，政治才是最大的生意，而生意是人与人之间最可靠的关系。这话是白玉兰从孙女雷新月那里听来的，很显然，雷新月在他眼里，也不过是一笔划算的生意而已。现在白文彬人在美国，他确定面对这次史上最大的埃博拉疫情，中国政府绝对会及时出手的，所以他已经与国内几家重点防疫医院都打了招呼，而且专门为京西医院提供了一份购物清单。他所在的“美瑞”医疗器材公司，其防疫用品在世界上也是数一数二的，这么做也挑不出什么毛病，只是让白玉兰心里感到不舒服。

白玉兰用公事公办的口吻说：“我不会拦阻你做生意，但绝不许打我的旗号，在什么都没定下来之前，少和京西医院联系。一切都要走正常招投标的程序，别弄得太扎眼了，什么事都别做得聪明过头。”

那边电话中，白文彬相当谨慎地说：“我们刚刚向国际儿童基金会提供了报价清单，所以想着为京西医院也顺便做出来一份。您放心，这事我没有和任何人——包括新月说半个字，只向您提前汇报一下，只怕到时候医院会手忙脚乱，做一个准备总是没错的。当然，一切按正常手续办。”

这个白文彬真是有机关算尽的本领，连自己心明眼亮的孙女也着了道，真的是很合算的一桩婚姻，只是可惜了他放弃在病毒学专业的研究。按说，这桩婚姻也算是白玉兰一手安排的，因为白文彬毕竟是白家的子孙，她需要牢牢地把雷新月抓在手心里，让她真正在白家的血缘中融化，变成她的手杖。人老了容易变得固执而贪婪，甚至连自己的记忆也不肯放过。

白文彬现在与雷新月正处在很微妙的关系当中，两人各忙各的，仿佛当初的结婚仪式只是为了满足白玉兰一个人的意愿，唯一能证明婚姻事实存在的就是那幢白文彬在京西高档别墅区买的二层别墅，不过，雷新月很少过去住。当年白文彬若是没有白玉兰的资助，恐怕会像白书中一样，只能在县城当个老师，比起钻研学术而言，他更想摆脱贫困，所以他很快发了财。当他告诉白玉兰自己根本不是做研究的那块料，白玉兰虽然失望但还是同意了，她一向是开明的。白文彬长得白白净净的，不动声色，礼貌，但骨子里是冷的，流着唯利是图的血，极有头脑，所以很快就成为“美瑞”大中华区的副总裁。同样，雷新月若不是老人的提携，还只是京西医院默默无闻的一个医生，他们的婚姻算是报恩之举，三个人都心知肚明。

刚放下电话，白云霓带着怒气推门进来，刚要说什么，这时，一个越洋电话打过来，白玉兰扫了一眼白云霓，示意她坐下等一会儿。白云霓在来的路上确定雷学武的事是母亲搞的一个小把戏，只是为了敲打一下他对她不自量力的挑战，显然收手已经不可能了，可是偏偏又赶到埃博拉在非洲暴发的当口。白玉兰瞄了她一眼，似乎看穿了她的心思，每次白玉兰一个眼神就让她安定下来，多年以来，她已经习惯了母亲瞬间驯服自己的方式。

打来电话的是刚从塞拉利昂回来的美国疾控中心的博格斯，他负责世界卫生组织儿童基金会的项目。博格斯的腔调和他父亲一样，他急匆匆地说："白，情况比想象的还要糟，糟透了，已经有上千人死去，可能还要多，数据还在统计中。好的情况是，这次病毒没有新的变异。西班牙人、英国人和美国人都有感染的，而美国政府之前居然会认为对付埃博拉病毒就像对付感冒一样容易。据我所知，中国已经收到了塞拉利昂政府的请求。也许你也知道了，留在塞拉利昂的三十名中国医生正处在隔离期，这里太缺乏传染病科的专业医生，我相信我们会很快会合了。"

"目前军队还没有进行管制？"白玉兰问，她说英语多少有些生硬了。老博格斯曾经说她是英语说得最动听的中国女人，比得上宋美龄的。他是待在中国时间最长的传染病防治专家，新中国成立后回国，最终死于非洲的拉沙病毒手中，成为当时整个传染病防治领域最大的悲剧，他是为数不多的病毒百科全书。

小博格斯说："我想是快了，但他们的动作还是太慢了，大街上随时都能看到有人吐血倒地身亡。白，你手里有最厉害的武器，威廉是个不错的人选，他是优秀的病毒捕手，搞过埃博拉和拉沙热的研究，他对埃博拉比疾控中心一半的专家都专业，现在塞拉利昂需要不能少于一千名的有经验的医生和护士。西方国家好久都没有应付过这么大规模的瘟疫冲击，他们的临床防控经验明显不足，我知道，中国经过了'非典'和'甲流'，一线的防控人员经验充足，要在这么短的时间内控制住疫情，只有京西医院有这个效率，何况你们在当地的医院随时可以启用。而且威廉认识塞拉利昂一大批卫生部的高官，他像他父亲一样，都是少有的天才，我期待能在塞拉利昂见到他。这次埃博拉袭击大城市还是头一次，我导师埃文斯说，这绝不是偶然，按照他设计的全球预警系统显示，中国也极有可能遭受到袭击。”

听着白玉兰打电话时所说的话，白云霓才真正意识到这次事件的严重，骤然紧张起来。白玉兰依然不紧不慢地说着英语，不管发生了多大的事，她依然保持着毫无烟火气的优雅，那是那个时代留下来的，难以效仿，不像自己遇见事情总是那么毛躁、土气而粗糙。

小博格斯也有六十多岁了，白玉兰不由想起那个老博格斯，卷曲的棕色胡子，时不时发出大笑，震荡着她的耳膜。即使他知道她爱上了柳原，他还是满不在乎地追求着她，心里竟没有一丝芥蒂。她还记得他说的一句话：“你真是一枚炫目又难以捕捉的病毒，而对付病毒，我比柳原更在行。”那个时候，他开着一辆美式吉普穿行在京西的街道上，炙热的气浪扑面而来，他用手帕擦着汗，散发着浓重的体味和刺鼻的香水味。有好几次，她推开他粗鲁而热情的拥抱，他却毫不介意，他会很快找到别的中国女人的，他胆大而富有，还很有语言天赋。当白玉兰把博格斯赤裸裸的表白当笑话讲给柳原听时，柳原便露出一排洁白的牙齿，笑着说：“这个博格斯就像一头精力旺盛的野兽，热爱研究病毒就像热爱女人一样，但他不是一个坏人，就是精力充沛过了头。”

这个小博格斯身上流淌着他父亲热情而又冲动的基因，在非洲，小博格斯循着父亲的足迹，疯狂地追踪着拉沙热、艾滋病、埃博拉的踪影。金玉春，也就是他口里的威廉，曾做过他一年多的助手。命运这种东西真的让人哭笑不得，这两个人居然又凑在一起，看来，有些人这辈子注定是绕不过去的。

到了这个年龄，白玉兰有时觉得越来越有趣，过去与此刻是如此接近，记忆可以像自由的风一样穿来穿去。故人就这样不经意间一个接一个离她而去，好在柳原还活着。他是接受过基督教洗礼的人，硬是让她改造成中共的地下情报员，她想她的爱到底起到多大的作用，让他冒着掉脑袋的危险。柳原曾对她说："爱如死之坚强。"就刻印在他送给她的定情指环上。他虽然和他的导师余非凡一样充满正义，反感国民党，但若非他们之间的爱，他不会这么坚决地加入地下组织。这枚指环现在还嵌在她手指头的肉中，即使与马青山结婚，她也没有摘掉。其实，他们一直不间断地相互打探着对方的消息，直到沈玉婉死了，他们老到连说话的勇气也丧失了，但是，知道彼此的存在就是好的。直到三年前，他派来了自己的儿子，对她似乎算是临终托付，那意味着他即将不久于人世了。

当年如果没有沈玉婉的挟持，柳原留下来会怎么样呢？他们当然会结婚，有自己的孩子，这一点她深信不疑。但以柳原那样直率单纯的性格，胸中无半点城府，1955年受到组织的审查时，他可能像自己的父亲白思明一样受不了羞辱，一样反应激烈，而且会毫不犹豫做了殉道者，那将会是一个多么悲凄的结局。而她，如果不是马青山事先准备的保护措施，她根本不可能安稳地在西郊农场度过了三年，还能再度回到京西医院。想来沈玉婉带走他还是好一些，毕竟他还活着，一直像一个隐形人进行着他的病毒研究，而且有了一个新的有着象征意义的名字：金望西。

看着白云霓，她越来越感叹基因的强大力量。白云霓身上的每个细胞都与她决然不同，到底不是从她身上诞生的血肉，无论她们朝夕相处多少年，林晓岚还是最后的胜者，她的刚烈、敏感和任性；还有她上一任的“虾子院长”，他的多疑，他的心机，白云霓就是在这两个人的性格上跳来跳去。白玉兰看得清清楚楚，仿佛看着那两个人不断地在她面前浮现、复活。

白云霓起身给白玉兰沏了一杯茶，那姿势中还夹杂着几分林晓岚独有的妖媚，散发着一丝迷幻一般的媚惑，完全美式的，来自她的姥姥，那曾经是白玉兰所讨厌的。现在看来，却是欣赏和怜惜的。可惜她一生都埋没于刺鼻的药味和凶恶的病毒之中，还有那个愚蠢的雷学武的手中。他真的失心疯了，一大半的聪明都用在了女人的身上，男人大多是肉欲的俘虏。她一直想用自己的羽翼佑护着白云霓，甚至在虾子院长生命的最后时刻，她断然拒绝他们之间的相认，即使他跪在她面前，苦苦哀求，她也毫不留情地拒绝了，绝不允许他影响白云霓分毫。这种决绝的方式，只有白玉兰能做到。怪不得新中国成立后不久，马青山预言式地对她说：“你好像就是为京西医院而生的，它迟早会是你的，因为你是善良和冷酷的结合体。”

没想到，白云霓居然一张口就说自己很残忍，放手让外人来查雷学武。白玉兰叹口气说："随你怎么想了，连我的女儿都怀疑我，那我也没什么好说的了。那是他自己做的好事，谁也帮不了他。先把这事放一放吧。你非常需要这次救援行动，我都替你想好了，你知道这次行动对你的未来有多重要吗？"

"我一心只想着他平安。"白云霓坚决地说，"您知道我们好不容易熬过去最艰难的一段，他好不容易回心转意了。我是一个没有野心的人，只想做一个出色的医生就够了。如果您这次让我带队出去，您是了解我的，我根本无法控制住自己的情绪，这么紧急这么重大的任务，我怕会给您捅娄子，后果我想都不敢想。"

电话在她们谈话时一直不停地响着，白玉兰向白云霓摆手说："别管了，他们会打给新月的，再说命令还没有下来呢，就由她处理吧。"她对女儿的表现有种说不出来的失望，白云霓一向这么随性，毫无政治远见，一点儿也不像她父亲那般有野心，善于钻营。

刚才国家疾控中心的电话会议里，白玉兰听得出，要在极短的时间抽调出一支专业性的防疫队伍，非京西医院莫属，否则从各大医院抽调专家，管理将是个大问题。她预感到，这是国家有史以来最大的一次援外医疗行动，也可能是她此生最重要的一次任务，等任务完成了，她也可以圆满体面地从京西医院院长的位置上退下来了。

"你应该明白，如果不是身体的原因，我会亲自带队去的。"白玉兰最后做着努力说，"我早对你说过，雷学武有一天准会栽在女人身上，这是报应。越是这个时候，你越要镇定下来。再说，我会在后面一直撑着你，加上新月那个丫头已经帮你把名单都拟好了。这件事我没有半点徇私的，论资格，你是国家一流的病毒学专家，是京西医院传染病杂病专科主任，什么病毒没有见识过，你已经三次带队去过非洲，去过塞拉利昂，与世卫组织和美国疾病预防控制中心的专家一直保持着联系，这个任务就像为你量身定制的，你目前是唯一合适的人选。任何人说不出什么来。”

“妈，这次我可能过不了心理这一关，我这个样子还能带队吗？”白云霓失魂落魄地问，“雷学武真的不会出事吗？”

白玉兰冷冷地说：“最多就是和别的女人勾勾搭搭的事，生活作风问题，他那点儿出息都用在了女人身上。”

白云霓辩解道：“他也是京西最出色的肝胆外科专家啊，您盯他也盯得太紧了，何况他已经回头了。”

白云霓从来没有如此顶撞过白玉兰，她就像是一只受伤的母兽，一次歇斯底里绝望的大爆发，仿佛陷入吞噬自己的黑暗之中。那绝望的眼神，白玉兰在林晓岚身上见到过的。白玉兰盯着她脆弱的闪烁的眼神，果断地摆手打断她说：“前段时间纪委是给我打过招呼，有人就是想下黑手把我早点撵出京西，在这个节骨眼来上这一手，就是想让我难堪，恶心我，我知道阴风是从哪里吹过来的，就让雷学武替我顶顶雷，雷学武干不干净我还不知道？等我腾出手来再来收拾他们。”

最后，她用有些干枯的手拍拍桌子说：“收起你的眼泪珠子，我实在看不了了。我盯他这么紧，还不是怕他栽大跟头，出大事。”

白云霓在母亲身上寻觅不到一点儿柔情的安慰，面前的母亲已经风吹雨蚀，化身成为坚硬无比的石像。很难想象，她曾经是湘雅医学院里风情万种的女学生，还是穿梭在京西的曾让无数男人动容的地下情报员。那个时代过来的人一旦提到她，两眼仍会发光。而她亲眼看着自己的母亲一点一滴地失掉了女性的特性，不再是一个女人，她的悲伤、眼泪、柔情都不知道流向何处了，母亲变得像男人一样理智和冷酷无情。这一点，她是万万做不到的，虽然她与雷学武有过无休止的吵闹、纠缠，但偏偏越来越离不开他了。她无法做到怀着一颗惴惴不安的心，带着几十人身赴险境，已经有上千人死于埃博拉，英国、美国、西班牙的医务人员都有感染者，防疫容不得半点分神，否则不仅是京西医院的耻辱，也是国家的耻辱。

知道已说不动白云霓，白玉兰在脑子里迅速寻找新的人选，但是这一天让她受了太多的刺激，她也懒得再多想了，她此时需要休息。人老了，变得吝啬了，时间要算计着用。

她曾经一直期望女儿能继承自己的衣钵，这次抽调医疗队她很希望白云霓带队，但白云霓总是在关键时刻太感性了，缺少冷酷果敢，自己的言传身教竟毫无效用，令她感到几分沮丧。

她最后安慰女儿道："别联系任何人，搞什么不必要的动作。带走我的女婿，他们会很快给我一个交代的。在京西医院的地盘上，谁也不敢乱来的。你早些回去，叫一下我的司机小孙。我也累了。"

回家的路上，白玉兰心里仔细地盘算着，衡量着。小博格斯倒是给了她一个不错的提议。金玉春，他让她又看到了六十年前另一个男人顽皮的目光，透过渐黑的夜幕凝视着她。"你看着我。"他的声音总是令她身体发抖，如此蛮横无理，即使已经过了六十多年，即使她的身体老化僵硬，但她心灵的肌体依然柔弱，还是足够敏感，记忆仍然能瞬间唤醒她。京西医院依然流淌着他们交融在一起的魂魄，而且他亲手把他的儿子送到自己跟前，她不得不叹服命运之手的魔力。坐在车里，看着流逝而过的街景，她感到有些兴奋。

以京西医院的防控能力，对付埃博拉还是有几分底的，每年医院都会选派专家参加援非医疗队，这已经是一个惯例。再加上，只要充分隔离，传染可以控制。要从京西医院迅速拉出一支百人的防控队伍也是没有问题的，而且这是国内其他任何一家医院都做不到的。她着急等着上级的指令，光物资准备就要花大量时间。白文彬说的没错，大量的防护装备需要国内采购，再说，运输上百吨的物资是个大问题。除了埃博拉，当地还有疟疾、拉沙热、伤寒，医疗队将一头扎进一个高传染区，其中不可控的因素太多了。

车向郊区行驶，像一条滑行在黑夜里的鱼，白玉兰渐渐关闭了所有的思绪，她有着同龄人无法比拟的肌体，时间在她的身体上迟缓地移动着，虽然她已经九十多岁，但她仍然像一只盘旋在京西医院上空雄心不减分毫的鹰。她闭目养神，到了这个年纪，包括思念，每一丝精力她都要精打细算，直到司机习惯性地轻声呼唤她到家时，她已经小睡一会儿了。

雷学武的事很快传遍了全院，比埃博拉病毒传播得还要快，金玉春马上向雷新月打听，应该说，他来京西医院三年，虽然不声不响，埋头科研，但对院内钩心斗角之类的事也算是略知一二，院里的人大多把他视为不谙国内政治的老外看待，不过就是一个国家外聘的技术精英嘛，随时会抬脚走人。只有白玉兰和雷新月知道他足够精明，只是隐忍不发而已。

电话打过去后，出乎意料，雷新月比他想象的镇定得多，似乎并没有受到什么惊扰，只是淡淡地说：“相信我，只要老人家那里没有什么动静，相信也不是大事。我了解爸爸，他一辈子也干不出太出格的事。这件事傻子也知道是针对姥姥的，有人急着逼老人家退位，可能连你也算是一条罪状。不过，没人敢动你一根毫毛，没有人能越过老人家那座山，更何况还有我呢。”

隔着电话，金玉春不禁叹服雷新月心机之深，白玉兰的孙女岂是常人，于是轻声道：“你是除了白院长之外，我最看不懂的女人，已经三年了，我似乎对你的认识只有可怜的一点点。所以，京西对我而言，还藏着一大堆搞不清的秘密，你姥姥打算什么时候告诉我？”

雷新月幽幽地叹道：“只是一点点？你还想知道多少？至于我姥姥，她会挑合适的时间。而且你一直在装傻——我倒希望你对女人一直是傻的。这个时候最心烦的是妈妈，我已经给她打过电话了，她找姥姥问了。结果就是，原本这次肯定是她带队去塞拉利昂，这下泡汤了，你如何看这件事？你觉得姥姥会派谁？”

两个人的交谈总是半含半露的，金玉春故作神秘地说：“你太精明了，让人恐惧，这两天我一直在查找资料，已经做了充足的准备，我能带领任何一支救援队伍，如果你在我身边，那就更好了。其实去塞拉利昂，我比你母亲更合适——比这里的任何一个人都合适。我想，院长会毫不犹豫地支持我的，因为除此之外，她没有更好的选择。别忘了我曾经负责了一年多美国在塞拉利昂的疫病监测站，而且在非洲待了三年，得过一次疟疾，那几乎要了我的命。”

让白玉兰没有想到的是，金玉春会坐在客厅的沙发等候着她。门推开后，金玉春正与雷新月热烈地讨论着什么，雷新月逢到兴奋时，那双眼睛总瞪得大大的，似乎怕遗漏了什么，那正是她最迷人的时刻。一见白玉兰进屋，两个人的表情立刻凝固了。这正是白玉兰所担心的，当雷新月恋恋不舍地把目光从金玉春脸上移开时，白玉兰嗅到了一股危险而暧昧的气味。已经三年了，他们从第一次见面起，就陷入难以言明的关系中。虽然他们彼此尽量克制，隐藏得很好，却骗不过白玉兰的眼睛，连白文彬也有所察觉，他们夫妻分居已经有些时日了，或许也与此有关。金玉春是该有个女人了，至少可以转移一下视线，偌大的一个京西医院，美丽的女人比比皆是，而且仰慕金玉春的人也不在少数。但他的心里只放得下一个雷新月，在这一点上，他身上的美式风格消失了，他一向行事干净果决，但唯独对雷新月，没人搞得清他为何一直不动声色地悬在那里，除非雷新月与白文彬离婚。白玉兰原本想近期跟他深谈一次，两个人的这团火一旦烧着了，会难以收拾的，偏偏又赶上埃博拉来了，这事只能再放一放了。

白玉兰与金玉春有某种特别的关系，这一点京西人都心知肚明，就是女婿雷学武也只有嫉妒的份儿。他们一直猜测着这个美籍华人的背景，怀疑他是某个部委领导的儿子，放到京西来实习锻炼，甚至有金玉春是白玉兰的私生子这样恶毒的传闻，否则他怎么会一来就拥有医院最好设备的研究中心，而且可以自由出入白玉兰的家，那可是医院里除了白云霓、雷新月外所有人的禁地，即使是雷学武、白文彬也极少踏入。

白文彬十分精明，原本打算和雷新月结婚后，就在老太太家里安营扎寨，以老人在行业里的名头，能迅速开展他医疗器械推销的业务。白玉兰心里清楚，表面上并没有拒绝，她这一把年纪，身边总得有个人照应，但她有难以克服的洁癖，拒绝雇用保姆，她恐惧陌生气息的侵入。在她独有的空间里，外人都如病毒一样存在，会扰得她心烦意乱，她一直病态地捍卫着自己的领地。仅仅住了几天，白文彬就灰溜溜地搬出去了，他宁肯孤零零躺在宾馆的床上，也不想再看到白玉兰多疑而锐利的目光，搞得自己像个贼一样蹑手蹑脚，老太太的一声咳嗽就吓得他魂飞魄散，虽然他是白玉兰远房的侄子，也不过如此的境遇。

在医院一些人的眼里，白玉兰越是年老越是有着近乎病态的贪婪，所以紧攥着院长的位置不放，不想让任何人染指，宁可倒也倒在位子之上。前段时间，风传白老太太要在九十岁那一天宣布让出院长位子。上级的意见是：稳妥过渡交接。那意思就是着手确定后备的人选。京西人对这个消息多少有些麻木了，类似的消息不知风传了多少次，有多少院级领导让白玉兰熬得命都丢掉了，人家照样还精神抖擞地坐在台上呢。按说一个近九十岁的老人，就像需要小心翼翼看护的瓷器，随时会粉碎，但人家几十年偏偏变成了毫发无损的石像。再说了，她的女儿、女婿都是大科室主任，再加上孙女又是院长助理，京西医院原本就是姓白的，又岂容他人撼动分毫？

还有她从国外挖来的病毒学专家金玉春，一直被白玉兰当宝贝一样在手心里捧着，他是国家千人计划的特聘教授，在国家都是挂了号的，是京西国家病毒研究所领衔专家，带领着国际顶尖病毒学和病毒免疫学研发团队，在病毒学研究领域，京西没有人能望其项背。

金玉春可以大摇大摆地自由出入白玉兰的房间，而且多数时候是老人主动邀请的，他们似乎有说不完的话，这种特殊的待遇是罕见的。不管外人为此多么愤愤不平，金玉春一跃成为京西首席专家的地位已经是不可撼动的，他与法国巴斯德研究院的关于艾滋病和结核病国际重点合作项目，还有与美国疾控中心在非洲建立的热带病数据共享平台，三拳两脚便打开了局面，很多人恨得牙根痒痒的，但也只有佩服的份儿，好在所有人都知道这个外来的家伙对权力没有什么概念，眼睛里只有病毒和防疫。但有人说白玉兰会做出什么出格的事，谁也无法预料，听说她正在劝说金玉春加入中国国籍，那意味他要放弃美国国籍。这说明了啥？名不正言不顺嘛，看起来白玉兰铁了心想把屁股下的这把椅子交给这个“二鬼子”了。

一旦看着雷新月嘴角含着温柔的笑意，白玉兰就不忍心打断她的幻梦，这种梦她也做过，做了那么久，至今也未断绝，哪个女人不需要点梦境来安慰自己呢。有时候，她会羡慕正处于女人黄金时期的孙女，那光滑透亮的肌肤，柔软弹性的身体，眼波流动闪闪发亮，但倘若在当年，就是雷新月的全部也不及她眉梢的一次令男人心颤的挑动。白玉兰的美是令人惊心动魄的，令人窒息的，也只有沈玉婉时而冷峻高傲时而风情万种的美，才能与她匹敌。记得马青山曾说：“得到了你，我死了也觉得值了。”她想起了这个像石头一样坚硬无比的男人，像一把刺刀一样刺穿了她，让她从此魂飞魄散，一点一点地要硬生生地剜掉柳原的痕迹，但他还是失败了。他中风以后，在她面前却像一个婴儿，眼神是害羞而呆滞的，没有了半点威风，拉着她的手喃喃地说：“我保证我死了以后，没有人敢欺负你。”这是他最后的承诺，而且他真的做到了。即使曾经那么冷血无情的人也愿意为她粉身碎骨，变得多情而感伤。

白玉兰此时的思绪像旷野中的风，肆意无忌、没有方向。她很奇怪在这样的时刻她居然还会想到马青山。一个男人给她留下了无法逝去的爱，另一个男人给她留下的胆量和政治智慧，渗透了她身体的每一个细胞，塑造出今天的白玉兰。她显然嫉妒眼前这两个沉浸在某种复杂情感中不能自拔的男女，尤其是这个男人是她曾经爱人的儿子，甚至有些时候他已经成为她聊以慰藉的影子。

这个时候，金玉春递给白玉兰一叠表格说：“这是我一个下午整理出来的，包括这次防疫所有的细节。我代表过美国疾控中心参加2000年乌干达那次最大的埃博拉防疫工作。恐怕医院里没有谁比我更了解非洲了我认识那里的每个病毒学专家，我熟悉那里的暴雨、疟疾；‘中国城’的老板是我朋友，我能从他手里搞到蔬菜和猪肉，就连弗里敦唯一的一个汽车修理技师托马斯我都认识。还有，英国人在当地的势力很大，他们不会放手不管的，当地的医疗制度也完全是英式的，也许只有我能对付他们的傲慢，以后的刁难是免不了的。总之，我肯定是医院最合适的人选，无论是专业还是处理各种难以想象的麻烦。”

在白云霓出乎意料放弃这次机会，白玉兰担心金玉春是否会接受她的提议时，没想到他自己倒送上门来了。她头疼的波澜终于平息下来，此时她目光里闪现着母亲才有的爱意，而这种爱意她在白云霓的身上都很少表露出来。

在一旁的雷新月却忧虑地说：“可是他还没有正式加入中国籍，还是个美国人，难道要让一个手拿着《圣经》的外国人管理一支中国医生的队伍？何况他还没有完全弄懂中国社会，这不单单是一次医疗救援。”

“我只是一个医生。”金玉春嘴角上挑着说，拿出那副满不在乎的态度来，这正是白玉兰所熟悉的，当年他的父亲柳原就是这样骄傲的样子，他嘲笑一切假正经的东西，往往一针见血，毫不做作。她微微笑着说：“新月显然小家子气了，中国现在已经是毫无疑问的大国，玉春是国家领导人都接见过的专家，他搞的项目也是国家专项拨款，这都说明了什么。新月，你的格局小了，他只不过是带领一支防疫队，要做的是过去以最快速度救人，剩下的都交给国家考虑吧，我看玉春再合适不过了，让党办再派个政工领导，帮他把握好方向就可以了。”

雷新月还是担忧，“也不知道上面领导能不能同意把援非医疗队放在他这样背景的人手里，他做个技术官员，搞个课题项目还行，管理几十号人，而且是来自不同科室的专家，还不知道人家听不听他摆弄呢。”

白玉兰意味深长地说：“你以为他这三年在医院白混了，也管着几十号人呢，不也是风平浪静的。何况他后面还有你和我呢，你今后就天天负责与他联络。听大使馆的人说，那里的网络基本还能保持畅通，我需要每天都看到他发来的日报。再说了，两个月人就轮休回来，只是不知道要持续多久。利比里亚的疫情已经放缓了，只要塞拉利昂马上进行军事化的管控，熬过两个潜伏期，疫情就能控制住。别的不说，要说防控经验，京西医院会比任何一支防疫队都做得过硬。不说了，我累了，新月，把那瓶格兰菲蒂切威士忌拿出来，玉春最爱喝的。我还记得，那个时候他的父亲请我喝的是‘四玫瑰’牌威士忌，喝洋酒的习惯还是克劳德夫妇教给他的呢，他们父子倒是同一个癖好。我们还是先放轻松一点儿，等明天的消息吧。”

果然，指令一大早就到了，而且给他们的准备期只有三天，没有商量的余地。雷新月按院长办公会拟定的名单，挨个征询意见，这个时候她才体会到白玉兰强大的个人的号召力和精细至微的识人之能，几乎每个人的答复都是积极的诚恳的，没有人讨价还价，对心知肚明的死亡威胁没人选择逃避，随后院办又收到了一大堆请愿书，这完全出乎她的意料。虽然“非典”一役中，京西医院有三名医护人员感染去世，还有几名落下终身残疾，但面对高达70%致死率的埃博拉，没有一个人恐惧。临时抽调的30名医护人员分别来自感染性疾病科、重症医学科、感控科、临床检验科和病理诊断科等学科专业，五个科室主任、七个护士长。这一次几乎抽调出医院最精锐的骨干，算是下了血本。一大半人都平静地写好了遗书，向家人交出了银行卡和私人物品，剩下的干脆瞒着，完全就是白玉兰的行事风格。

与此相反的是，金玉春被任命为援塞医疗队队长的事却让院领导在院长办公会上发生了激烈的争吵，像是发生了一场地震，震得三楼会议室的玻璃窗都嗡嗡作响，这是很少出现的情景。没有人怀疑金玉春的专业和资历，质疑都集中在他的身份是否合适，是否符合援外的政治标准。大家七吵八嚷的声音越大，白玉兰越是一言不发，慢条斯理地喝着她的茶，这样面对面的挑衅她经历得太多了，大同小异。没等时间超过半个小时，她看了一下手表，说：“人我已经上报了，听组织安排吧。每个人都算一下自己的时间，还是省省力气，干点正经事吧。要在出发前给队员配备好两个月所有的物资，如果少一包榨菜，少一件防护服，没有安顿好所有队员的家属，谁出现半点差错，我就拿谁是问。队长的人选好办，实在找不到了，还有我，我腿脚还好使，你们还有什么可争的。”

风波暂时平息了，每个人都上了发条似地高速运转起来。金玉春提供的医用物资清单让医务部的人多少松了一口气，清单来自世界卫生组织和美国疾病控制中心的标准，包括药品、防护服、口罩、靴套、雨鞋等等。医院一直有自己的储备，剩下的就是医院的医用物资供应商的事了。“美瑞”公司所提供的物资清单，也帮了医院的大忙。白文彬建议一部分物资可以与国际儿童基金会的物资一起，通过英国军舰运送过去，这样可以省许多麻烦。白玉兰一口回绝道：“我们自力更生惯了，在进入塞拉利昂之前，尤其是敏感时期，不想与任何国家任何组织掺合，占别人便宜，落人口实。”

按金玉春的描述，塞拉利昂当地人的生活条件异常简陋，没有污水处理系统、垃圾处理系统，条件好一点儿的人家才有房子住，房子大多是铁皮搭的，条件不好的，找棵树底下就睡了。塞拉利昂没有大规模的农业种植，树上的果实、地里的土豆，当地人有什么吃什么，食物极度匮乏。这次京西医院为医疗队准备好了两个月生活所需的物资，一切靠自己，等于空降一所医院过去，不能指望任何外援。为此难坏了后勤部，出了什么差错，白老太太非扒了他们的皮。能带上的尽量带上，光矿泉水就准备了一千箱，饮用水在当地是个大问题。当地天气酷热，蚊虫盛行，就得准备五十倍的防晒霜和驱蚊用品，还要专门配备护目镜、强光手电。食物必须周全，他们购买了大量的副食品和调料，比如葱姜蒜、脱水蔬菜、牛肉干、罐头、压缩饼干等。还有一些特殊用品，比如消毒柜、盾牌、警用器械，都需要找不同的供货厂家。吃喝拉撒睡，油盐酱醋茶，大到野战猛士车，小到一块肥皂、一支牙膏、一个针线包，一应俱全，足足可以装备一个中等超市。列单子列到几个人都魔怔了。

队员到达塞拉利昂正值雨季，要充分考虑到物品防水，所以在包装之外又加盖了塑料膜，再加盖防雨布，最后用打包机捆好。为确保万无一失，还做了浸水实验，拿水往包装上浇，看是否渗漏；最怕水的盐和面粉一类物品，于是就将打好包的东西在水桶里面浸泡两分钟，一层不够弄两层，两层不够弄四层，直到滴水不进为止。这种事恐怕只有长期搞传染病防治的人才能想得这样周全。

很快，最基本的治疗方案有了眉目。埃博拉患者主要是以呕吐和严重腹泻为主的消化道症状，导致血容量降低、代谢异常，以至引起低血容量休克而死亡。因此，药物治疗主要包括以大容量补液、纠正水电解质紊乱、合理使用抗菌药。

因此治疗急需的以及不可替代的药品医疗队必须随机携行，中塞友好医院没有空调、冰箱等设备，并且医院还经常停电，库房条件难以满足药品仓储管理要求，储存条件要求较高的药品如抗菌药、生物制剂等的储存受到一定限制，特别是需冷藏的药品，如果储存在医院库房，存在较大的安全隐患。塞国没有统一的电力供应系统，为此，还准备了两组共四台柴油静音电站。

人们一时间忘了雷学武事件，也忘了金玉春当不当队长的事，每个人都像疯子一样忙着，光一百五十吨物资搬卸就够受了。这次是京西建院以来最高规格的援外行动，白玉兰自然成了关注的中心，一到国内某种疫情发作，她似乎理所当然地成为中心，各级领导的电话已经让她应接不暇，还要对付各家媒体的采访，但她出现最多的地方，一个是三班倒装卸物资的操场，一个是金玉春组织培训的会议室。金玉春的培训明显增加了他在这次行动的权威，尤其是他提出的根据血液含毒量调整药品剂量的治疗方案，几乎所有的人都被他精确的数据分析镇住了，埃博拉从来没有出现在中国传染病研究的教材中，而金玉春有珍贵的第一手的数据。白玉兰每次重复最多的一句话就是中央首长下达的命令：零感染，打胜仗。她底气十足地说："我们的准备几乎是没有漏洞的，一定会让那些老外对我们的防控能力感到吃惊的，塞拉利昂将成为中国人骄傲的地方。"

直到队伍集合待命前的下午，由金玉春带队的事才批复下来，京西人再次见识到老太太不可撼动的钢铁意志。于是，显得比较仓促的出征仪式就在医院的操场上举行了，白玉兰原本就不喜欢过分夸张的形式，她知道金玉春更是不理会那一套，他一直保留着美国人的风格，居然公开说院机关设计的出征仪式“就像是一场杂耍”，他只不过是带着医生去救人而已，没必要趾高气扬的，搞得人人皆知。就在出征前半小时，他还在与一家做防水隔离衣的厂商吵架——防水隔离衣是由无纺布制成，表面有一层防水层，但是这个防水层是有时效的。队员一旦进入病区，工作时间无法控制，大量出汗后，那一层如果质量不够好肯定很快湿透，湿透了就会烂掉，队员就危险了。金玉春高声嚷嚷着要全部退货，好容易才被周围人劝住。

同时，白玉兰也在为专机申请飞越许可的事发愁。头天晚上，航空公司才收到来自欧洲控制中心的临时通知，由于法国境内航线变更，之前已规划的航路不能使用。离航班起飞已不到二十四个小时。即使对正常航班来说，改航尤其是改变飞越国，也是相当棘手的难题。于是，航路被重新设计，确定的飞越国为白俄罗斯、波兰、捷克、奥地利、意大利、法国、西班牙。直到下午，才得到奥地利、波兰、意大利、法国、白俄罗斯、捷克等国飞越许可的回复，但迟迟没有得到西班牙的飞越许可，航空公司说正在等外交部的消息。那意味着医疗队只能在机场候机待命，弄得她火冒三丈。

航空公司的领导忧心忡忡地告诉她，从未专机飞过塞拉利昂，沙漠上空信号很不稳定，需要密切联系空域管制，甚至通过其他飞机转报方位；当地降落的机场简陋，仅有一条跑道，没有雷达和照明，驾驶员只能根据身着反光衣、手持荧光棒的地勤人员判断方位。其危险可想而知，全是头痛的事，好在医院里没出什么差头，让她多少安心了一点儿。

所以，白玉兰以准备工作紧急繁杂为由，干脆拒绝了省市有关领导参加出征仪式，搞得几个院领导都很有意见。京西医院能代表国家行动，是无上的荣耀，这次不但让一个外国人带队，而且放弃一次宣传医院的大好机会，简直不可理喻。白玉兰只淡淡回应一句："等他们全都活着回来，再搞也不迟，到时由着你们随便搞。"

举行出征仪式时，来送行的家属和医院里的工作人员挤满了操场，完全自发的。已经有不少人担心亲人的安危，忍不住默默哭泣起来，悲伤的情绪迅速扩散。金玉春带着四十名队员面朝北列成四排，站立在操场中央，多少有些手足无措。秋风瑟瑟，送行的客车早早地就停靠在他们旁边。每个人都背着精心设计的行囊，头戴黑色的帽子、上面绣有五星，身着统一制作的迷彩服、上面印有中国国旗图案和"中国援塞医疗队"字样的标识，脚上穿着黑色的军用皮靴，光这身行套就花了不少心思。

白玉兰准时率医院领导站立在操场的北侧，背后是匆忙布置的一条宽幅的标语，上书：救死扶伤，大爱无疆。见时间已到，院办将一面中国医疗队的队旗郑重地交到白玉兰的手里。看着白玉兰被秋风拂动的白发，还有手里那面随风飘动的鲜红旗帜，还有所有人热切的目光，金玉春自知先前的想法有些轻率了，人们太需要这种仪式，所有人都想借此宣泄一下自己复杂的情感，尤其那些担惊受怕的家属们。于是，他面容凝重地接过旗帜，随退用力地挥舞起来，周围人的情绪都被他带动高昂起来。所有人随着队员们唱起那首院歌《雪白的爱》，人们的情感在这首略带感伤的歌曲中迅速汇聚起来，带着呐喊的心声，响彻了整个大院。

时间在这一刻凝固了，白玉兰忽然想起了第一次见到柳原的情景，他的背后是几乎是废墟的陆军总医院，也就是现在的京西医院，他用骄傲的目光凝视着她，与金玉春看她的眼神一模一样，她整个人瞬间有些恍惚了。

现场唱这首歌是金玉春之前就同意的，而此时他觉得有些羞愧，当歌曲即将结束之时，白玉兰弯下腰给队员们深深地鞠躬，几乎同时，所有在场的人都情不自禁地向队员们弯腰鞠躬，包括那些还不懂事的孩子们。队员们开始有些震惊，金玉春马上鞠躬还礼，队员们眼中溢出眼泪，随之弯下了腰。再过二十多个小时，他们将踏上死亡频发的西非，谁知道会发生什么。为了尽快摆脱悲伤和压抑的气氛，金玉春示意队员们该出发了。

就在队员们都上了车，与送行人员挥手告别时，院里特意安排了媒体对白玉兰和金玉春短暂的采访。当问及为什么会选一个美籍华人做医疗队的队长时，金玉春令人意外地回答道："我要解释一下，就在两个小时前我已经正式由美国籍转为中国籍，这个消息连很多医院的人都不知道，非常仓促。何况原来我就是中国人，这次行动正好是一个很特别的考查。能选派我当队长，正说明中国目前开放的心态，而京西医院一直以开放而被同行称道，中国需要更多的外国专家参与国家的各方面建设，这将是很普遍的事。我亲身经历了两次埃博拉的防疫，在非洲待了三年，再加上京西一线的防控专家协助，我们只会比别的国家做得更好。”

有记者问起了白云霓来，白玉兰不露声色地回答道：“她是我的女儿，客观地说，她也是京西最好的防控专家之一，而且是京西医院抗击‘非典’的防疫队队长，因为身体原因，她是这次行动后方医疗支援组的负责人，而且埃博拉能持续多久没人说得清楚。考虑到队员们身体和心理承受的极限，我们正筹备第二批的支援队伍，需要她的地方多着呢。我们派出任何一个人都是经过慎重考虑的，而且是得到上级认可的。”

第 二 章

在一大片挥舞的手臂中，金玉春几乎是昏头涨脑地上了领行的考斯特车。在这之前，他的脑子在密密麻麻计算着，比如如何以最短时间穿上十三道防护服，才能让队员在40℃以上的高温里工作一个小时，不至于晕倒。他担心每一个人的身体耐受力，他们毕竟不是当地人，就连他这个曾经在非洲出入自如的人，在去年随“和平方舟”号医疗救援的行动中，体力也大不如从前了。在他特制的军方野外作战制式迷彩服的口袋里，就装着中塞友好医院的图纸，以及他手绘的改造设计图，连缓冲间的排风扇都想到了，否则消毒液的气味会把人呛死的。他甚至会想到各道大门的门锁，换锁将是件头疼的事情，在弗里敦要找一个锁匠比找一个骨科医生还难，但购物清单还是拉下了，这不奇怪，能买齐大多数东西已经是幸运的了。这已经动用了医院所有的资源。雷新月说他的大脑塞满了各种迷人而精确的程序，但面对这女人就会失灵。

还有，这次购买的口罩虽然隔离效果好，但缺乏空间，汗水会浸透口罩，令人窒息；如何以明显的体征最快筛查出疑似感染者，进行初步的隔离；只要每个动作精确到位，别让喷溅的血沾着皮肤，就可以保证安全；一天要接收多少人，那可没有准，不知道塞拉利昂卫生部调配中心会怎么分配……他们将面临各种考验。

直到屁股在座位落定，他的脑子才停歇下来。金玉春心里乱哄哄的，心登时被掏空了，嗓子冒着烟，失掉了往日的沉着，脑子里闪现的是雷新月失魂落魄的神情，他甚至来不及从送行的队伍中寻觅她，估计她也一样，他怕她的目光一下子刺穿自己。每个队员都有前来送别的亲人，只有他，当人潮退去，他从众人眼中的中心一下子变成孤零零的岛屿，他知道如此强烈的感觉来自于雷新月。三天里，他只睡了几个小时，雷新月也差不多，但他们每天都会通几分钟电话，只有那个时候是甜蜜的，有些话那么急切地要从胸腔、从嗓子里发出来，但他们还是控制住了。她不希望他受到一丁点的干扰。白玉兰是特意把雷新月从这批队员名单划掉的，他们知道老人已经在默默地警告他们，她不允许他们再过于紧密地接触。

实际上，他早就习惯一个人孤零零的生活，这种如影随形的孤独从小就注定了，他有一个隐姓埋名的父亲，一个喜怒无常的母亲，父母之间难以弥合的巨大沉默，几乎埋没他的童年和少年。

父母之间的沉默就像是吞噬他的黑暗，他宁可他们天天吵吵闹闹，打得不可开交，而不是像陌生人那样。他不知道他们为什么要结婚，为什么要让他降生在一个危机四伏的世界里，像老鼠一样东躲西藏，直到父亲终于在中国台北大学一间冰凉的实验室里落脚，一切才算是真正安定下来。这个时候的母亲却一反常态，歇斯底里地疯狂了三年，带着他出入台北各种稀奇古怪的宴会，当着他的面，与不同的男人打情骂俏，似乎在试图恢复过去她在京西时期的生活，也算是对父亲的冷淡的一次报复，金玉春这才知道母亲在京西何等的风光过。实际上金玉春最清楚，她一点儿也不快乐，她原本就是没有什么常性的女人，尤其是对男人。唯独对父亲，她才能一直保持难以想象的耐心，不管他落魄到何种程度，只要他能回到她身边就行，金玉春从小就体会到，女人是多么奇怪、难以理解的生物。

父亲对母亲所有行径都保持不闻不问的态度，觉得她做什么都是应该的，没有半点责怪，因为她为他付出了一切，但就是得不到他的爱。偶尔有时两个人会拉着手，坐在台灯之下，相互凝望着，仿佛黑暗里藏着某种让他们终于能安宁的东西。这时，父亲最常说的一句话就是：“玉婉，一直是我拖累了你，你尽可以跟我离婚，随心所欲地过你想要的生活。你还是像以前一样漂亮，能打动任何一个男人，这并不难。”母亲的眼泪就会簌簌而落，身体颤抖如风中的柳条一般，哽咽地说：“其实，我什么都不稀罕，只要你在身边就好。从开始就这样了，你怎么总是不明白。我再疯疯癫癫，也不可能爱上别人，我只想保护你不再受任何人的欺压，眼睁睁地看着你这么优秀的人被无端毁掉，你所有研究的心血都被别人冒领，这不公平。你是为我和孩子才放弃了尊严，屈辱地活着，说到底你和我是分不开的。但只有一点，我无论如何都不能忍受你现在仍然爱着那个女人，你难道不知道她已经嫁给马青山了吗？你们之间的约定早就到期了，我也忍了。”父亲颤声地回应道：“是啊，所以我们结婚了，而且还有了孩子。”

金玉春一直记得父母之间的对话，到了京西后，雷新月的柔情和白玉兰焕发出的母性一下子把他牢牢地吸附住了，动弹不得，就像是命运某种有意的补偿一样，有时会让这个世界一流的病毒学专家不知所措。自从第一次见到白玉兰，他已经可以确认她就是父亲的初恋情人，只是这三年，她从来没向他透露过这一点，大概这里面有着太多的苦痛和心酸吧。一想起母亲郁郁而终的一生，他的心就会紧缩成一团，暗自怨恨起眼前这个慈祥的老人来，但很快就被她的温情所淹没，他知道她也是受这情感伤害的无辜者，他理解她眼神中所包含着的微妙而复杂的成分，只能意会。

在车上，金玉春与白玉兰并排坐着，后面坐着医院的几个常委。刚刚拿到西班牙的飞行许可，终于可以按计划准时出发了。所有人都劝阻白玉兰去机场，怕她身体吃不消，她已经连续劳累了几天，但她还是态度坚决地上了车，而且继续精神抖擞地与金玉春谈起随机物资运送和储存的环节，大使馆已经在当地为他们雇好了车辆和人手。为了这次行动，白玉兰几乎动用她所有的资源，不允许出现一丝一毫的漏洞。

车行了一段时间，金玉春的手机便响了，是雷新月来的电话，问他人到哪里了。金玉春看着白玉兰投过来的疑惑的目光，便轻声说：“快上机场高速了。”然后欲言又止。雷新月的声音是急切的、慌乱的，她努力抑制住自己的情感，“刚才我一直在三楼的办公室看着你上车的，知道你不方便说，我说你听。你要答应我，一根汗毛也不能掉地回到京西。我已经想好了一切，回来再和你说。还有，每天我都要有你的信息。”她急速地说着，金玉春的心融化了，他明白她说的每一个字。于是，他当着众人若无其事地说：“我敢保证，我们将会是一支最出色的队伍，会让所有在塞拉利昂的救援组织都大吃一惊。而且每个人都能活蹦乱跳地回来。”然后他对着白玉兰从容地挂了电话，眼前浮现着那双谜一样深情的眼睛，让他相信了芸芸众生中真的有让人失魂落魄的缘分。

金玉春和雷新月的第一次见面是在三年前京西召开的国际防疫大会，他是代替美国疾控中心主任弗里泽教授来参会的，并受父亲的托付去拜访京西医院的院长白玉兰。当时父亲只说白玉兰是一位故交，他们曾经一起做传染病研究，失去联系多年，托金玉春捎去一只神秘的箱子，说是她一看就知道了。金玉春从父亲神秘而有些兴奋的口吻中已经听出了点什么，尤其从父亲哆嗦的手中接过那只仿佛是圣物的箱子时，他就意识到那个白玉兰与父亲之间有着难以捉摸的奇特关系。

参加这类学术会议，金玉春并不感到陌生，只有这一次非同寻常：他还是第一次来到祖国大陆，回到他父母曾经生活过的地方，也是母亲不愿提及的伤心之地，那里显然藏着一个巨大的谜团。他漫游世界多年，心里早已毫无地域之限，因为父母的缘故，才对此次行程充满了好奇，而且弗里泽在他启程时故作神秘对他说：“你会有意想不到的收获，应该说是惊人的收获。让他越发觉得这次行程意义非凡。”

下了飞机，就已经有人安排好了他与白玉兰当晚的会晤，一辆专门接送他的轿车从机场直接把他拉到会议所在地——青山宾馆。这个时候，整个城市正下着细雨。路上的大部分时间他都在昏睡中，他已经练就了随时随地倒头就睡的本事，作为病毒捕手，这是必不可少的，醒来的时候，他就可以精神抖擞地面对眼前的一切了。

到了宾馆，司机随即把他送到了白玉兰的房间门口，说是白院长一直在等待着他们的会面，然后就默默离开了。他不明白对方为什么这么急切，至少应该让自己洗漱一番。既然这样安排了，他也只能接受了。他拂弄了一下有些凌乱的头发，深吸了一口气，伸手按了门铃。

打开门，看见金玉春的那一刻，雷新月呼吸为之一窒，她很少看见如此生机勃勃的男人，就像是刚从某个野外森林中钻出来的汉子，带着野性的气息，不同于她所见到的和他一样的同龄人。他的眼睛活泼透亮，嘴角上扬，带着几分倔强几分顽皮，额头是亮的，鼻子是挺直的，身上还带着清新的雨丝，完全不像是经常出入实验室的死气沉沉的学者，作为中国人，他过于美国化了。

尤其他看人时的目光是高傲的，这让雷新月感到有些不舒服，就如同对方在用显微镜观察着一种令他好奇的病毒似的。

“我就是金玉春，事先和白院长约好的。”他迎着雷新月探询的眼神，礼貌地说。

雷新月客套地问道：“您就是金博士？”她也不清楚姥姥为什么在一大批专家中专门单独约见他，而且是在这么晚的时间，就因为他是华裔的病毒学家？雷新月看了他的资料，知道他青少年时期在台湾度过，随后移民美国，算是一个世界游民，所以身上带着一种暧昧不清的气质。

经常跟随白玉兰，雷新月也算是见过大世面的人，无论置身何处，她的举手投足都是妥帖自然的，而且掌握了白玉兰用几分神色和语调就让人瞬间驯服的绝技。金玉春见到她也是一副讶异的表情，她的话语是柔软的，微带着鼻音，仿佛在哪里见过，他快速地搜索着大脑，一片空白。他突然想起母亲说过的一句话：凡是心有所动的陌生人，必是前生见过的。

外面是细碎入耳令人舒适的雨声，她不觉得他陌生，而且和他有一样的感觉，眼前的一幕分明是见过的，心里有说不出的疑惑，偏偏这几秒里闪烁而过的心思被他一眼就看破了，他含着笑说："这么说，您就是白院长的孙女？"他有着中国人的机敏，中国话也没有半分生涩，还带着美式的直率和大胆。

雷新月客气地回答道："她老人家一直等着您呢，您比我们预计的时间还要早。"她当着外人，一律称白玉兰为"院长"，到他这里却失去了分寸，她吸了一口气，收敛一丝无法把握的恍惚，手往里面的套房指了指。

白玉兰与这个男人的眼神相会的一瞬间，雷新月立刻灵犀一通，恍然大悟，这个男人分明就是白玉兰珍藏的盒子里装着的那个男人——泛黄的照片上的那个男人，正翩翩生动地向她走来。白玉兰曾经向她讲起那个遥远的不知所终的男人，说的内容很少：新中国成立前一个传染病防治研究的天才，和她曾经共事过。她只记得那个形象，那真是一个英俊得让人过目难忘的男人。

即使到现在，金玉春也仍然不知道在自己出生之前，父母在大陆发生过什么，母亲只隐约告诉过他，父亲在大陆曾经有一个恋人，而且正是因为那个女人，父亲一直受牵连，遭受迫害，险些丢了命。但是六十年过去了，还会有什么爱情呢？六十年差不多是一个人生命完整的周期，属于中国人的周期，他这个年纪只相信时光残忍的威力。他也有过爱人，三年前已经死去的爱人，记忆的痛感无法持久的。他是唯物的科学家，生命总是喜欢新鲜生动的东西，比如眼前这个让他怦然心动的女人。他经历的死亡太多了，再加上一直处于漂泊状态，使他更加相信眼前真实的一切。

“你能回到京西就是宿命。”父亲在病床上对他说，他根本搞不清父亲说的是什么意思。不过，父亲给金玉春提了一个要求，那就是金玉春要在京西待上三年，偿还老人的一个心债，之后随他选择。起初他也犹豫，但又无法当面回绝老人近乎无理的要求，京西医院与自己何干？

这次国际防疫会议在青山宾馆举办，青山宾馆原来只不过是京西医院的附属宾馆，当时是一幢五层的小楼。新中国成立后，翻修时有人意图拍马青山的马屁，正因为马青山的京西挽救计划，保住了京西医院一草一木，于是有人提议将宾馆命名为“青山宾馆”，但被马青山断然拒绝了，他在政治上是何等警觉，最后命名为“光荣宾馆”。不过，他没有想到的是，在他死后二十年宾馆再次重建，人们为了纪念他的功业，还是叫了“青山宾馆”，白玉兰也默认了。

马青山原来在光荣宾馆里一直留有一间办公房间，而那间房子就是按照白玉兰的意愿，完全按照两个人新家的式样复制下来的，想来她那时对他竟是那么霸道和横蛮，竟然提出如此过分的要求，像是在有意刁难他。如今，一切都不复存在了，包括他们短暂生活在一起的家，还有未出生就夭折的孩子。

生命明目张胆地顺着衰老的肌肉和骨骼溜走，这是白玉兰无法控制的。她所能做的只是让这一切尽量缓慢一些，让呼吸正常，让心跳平稳。无数庞杂的事情压过来，她试图摆脱这种突然涌上的悲凉感。至少在这所医院里她至高无上，需要别人服从自己的权威，得到她的教导和关爱，这就是她生命不断吸入的氧气，成为她一道可靠的光环和符咒。

在白玉兰眼里，金玉春虽然四十多岁，身体却精壮得像一头豹子，这显然和他经常穿梭于世界各个凶险之地与不同的病毒打交道有关，而且还带着美国式的俏皮和乐观，多少有别于柳原的儒雅、宁静和淡淡的忧郁，但他们有一样清澈的眼睛，有一种强大而倔强的意志力，而且显现出同样出色的质地。

她故作镇定，试图用一种漫不经心的姿态打量他，但显然失效了。突然间，她迟钝的神经如同被一阵突如其来的狂风暴雨袭击了，整个身体的器官都咔咔作响。多少年来，她的心脏一直都保持着平稳的跳动——她从不相信自己会再受到什么人和事的惊扰，就像一片寂静无比的湖水，悠然自得，但此刻却沸腾了，心把持不住地狂跳着，快要跃出她单薄的胸腔。她一生之中也就仅仅有那么几次，是数得过来的。面对这个刚刚飞越千里来到她面前的陌生人，她显然失控了。

眼前的这个男人与1948年那个站在秋风中与她相对的男人还是不一样的，但他的眉眼和嘴角附着那个男人的灵魂，那个灵魂即使无限邈远，却似乎还在与她耳语，终止了她的衰老，真实的回忆是那样鲜活，没有丝毫的磨损。她曾经是一个彻底的唯物主义者，但看多了血肉和生死，反倒清醒认识到血肉之躯中强大的生命，以及那些不可知的东西。

只有她才知道自己强烈反应的因缘在哪里，正是眼前这个中年人，带着六十年前的另一个男人的影子跃到了她的眼前，是如此的蛮横无理。记忆真是难以琢磨的东西，时光明明消耗着她的身体，剥夺着她的记忆，独独对他，却依然那样光鲜如新，难道她活了这么久，还要对那段经历有个交代吗？

她凭着平常养成的比时钟还要精确的自制力，才如此健康，她小心翼翼地捍卫着自己已经不多的生命力，要把它有效地使用到合适的地方。她有着令整个医院都叹为观止的生活习惯，她就是医院的时钟，而在这一刻，她甚至觉得自己的脸开始发烧，血液四处涌动，连耳朵都热了。

雷新月迅速发现了姥姥的异样，她原本就是一个精灵一样的女人，有着灵敏的第六感，能随时感知周围的风吹草动，何况是和自己朝夕相处、息息相关的人。白玉兰的一个眼神、一声叹息，她都能迅速破译出其中的密码。她马上意识到，眼前的这个男人对姥姥有着非凡的意义。而那个男人一半的目光却明目张胆地不安分地在自己的身上游移着，露出了发现了什么奇珍异宝的惊奇。

白玉兰冷眼旁观面前的两个人，似乎从中嗅到危险的味道，金玉春见到雷新月的神情竟似柳原见到自己一样着迷，这种吸引是致命的，仿佛强大的宿命逻辑在起作用。当前的场面对三个人来说，都有着说不出的奇异。

于是，雷新月索性再次从头到脚打量这个男人，这样做多少有点儿放肆。一般而言，在雷新月咄咄的目光之下，对方都会感到莫名的压力，很少有男人敢于直视她眼神透彻的探视，但他却是个例外，似乎完全不受干扰，静得就像一株稳定的大树，与她对视着，目光交缠在一起，嘴角还带着某种异样的笑意。

“威廉，你的父亲还好吧？”白玉兰稳定了自己的情绪说，她特意用这个名字称呼他，而不是中文名。她的嗓音发干，这个名字让她心脏再次颤抖起来，雷新月适时地给她端过来沏好的茶水。威廉也是当年柳原用的洋名，是他的学业资助者克劳斯夫妇起的，因为他们的孩子在日本对宁波发动的细菌战中，得鼠疫而亡，名字也叫威廉。

在这次会议上，他是特意用“金玉春”这个中文名登记的，雷新月感到惊异——姥姥竟然这样称呼他。

金玉春似乎洞悉一切地回答道：“心脏不太好，还有间歇性失忆，上年纪的人总有这样那样的毛病，不过我父亲是一个聪明的医生，知道如何自我调节。他说有时会大段大段地忘记某些东西，但某个时间又会突然冒出来。”说到这儿，金玉春想起来京西之前，那个倒卧在病床上垂危的老人，带着病态的激情，哆哆嗦嗦拿出一张保存了几十年的旧地图对他说：“儿子，你一定要回到京西去，一定要。”去年金玉春的母亲刚刚去世，她一生都很少提及京西，不像他的父亲，只要有时间就向他说起。但他脑子里的靠父亲的记忆拼凑的那个京西与他眼见的完全不同。

失忆？白玉兰想象着自己将在他记忆中消失的情景，难道她将一个人独活在这个世界上，被曾经的爱人忘记？这是她无法忍受的，他将再一次残忍地丢下她。她又想起那个穿着军装的男人，下巴刮得干干净净的，瘦削而结实，腰总是挺直的，永远是骄傲的样子。一触到他尖锐的目光，她身上的每个器官都在颤抖。就在翠屏湖边，他握着她冰凉的手说："这一世你已经扎在我心里了，我半刻也不想离开你。"她羞涩而慌乱地回应道："你的誓言不够诚恳，因为说得太流畅了。人家说恋爱中的人总是笨的，你一点儿也不笨。"月色之下，一切都是模糊的，她的意识是模糊的，他的怀抱是模糊的，他的动作笨拙而大胆，像是征服过无数的女人，让她担忧起来。

想到这儿，白玉兰禁不住要笑出声。她知道那是一句经得住时间验证的实话，他一直就不是一个轻佻的人，但他们还是让时间和命运彻底打败了，他们行将就木，却只留有半年的恋爱。如此仓促，她愿意到死依然相信那句话，一缕情思入了魂，便缠绕了几十年。看着金玉春，绵密的思绪从过去每一处如潮水一般涌来。好吧，你的命，你的记忆得归我保存。

她再次仔细打量着眼前的这个男人，他已经是标准的中年人，身材保持得不错，稍微有些发福，他的下巴也是一样刮得干干净净，眼神也是一样的坚定而令人信赖，举止和柳原一模一样，真是令人叹服的一致，只是嘴和鼻子有那个女人的基因偷偷摸摸仓促修改的痕迹，难道他在生命的终结处把自己的继承者送来，陪伴她，算是对他们六十年恋情的交代吗？

命运透视着她，像重锤一样击打着她，她和他之间就像是隔了十重地狱。她不知道自己还能不能够经受住这样的刺激，她叹道："我想他会好的。你父亲是我的故人，你来到京西就像回到自己的家一样，不必客气。"

放下雷新月递过来的茶杯，金玉春点头称谢说："家父也是这么说的，他托我给您带来了一些东西，还有一封信。我问过他为什么不直接打电话，他说你会明白的，他一直是一个老派的人，而且很顽固。"说着他拉开随身携带的行李箱，取出一只老式的木盒，放在白玉兰面前的桌子上，说："都在里面了，里面有一瓶1944年的青霉素的样品，我托美国疾控中心开具了证明，才允许带过来的，这是我们这些搞病毒研究的人才有的特权。如果我们成了恐怖分子，这世界就会有大麻烦了。我不知道他为什么送你这些奇奇怪怪的东西。我发誓，如果不是机场检查，我不会打开看一眼的。"

白玉兰伸手抚摸着这只盒子，完全手工雕刻的玉兰花纹，油亮的，泛着光，黄澄澄的铜扣，那是她当年找人定制，专门送给他，用来收藏他们的信件的。如今出现在这里，带着令人窒息的岁月的神秘。

雷新月被眼前短时间所发生的一切惊呆了，她通过姥姥的呼吸声，就辨识出姥姥对眼前男人的异样，这是以前从没发生过的，像是他向姥姥施了什么魔法，又好像那个男人在对自己施魔法，自己的心总在不安地跳动着，心是男女之间最好的测量器。她一只手紧攥着茶杯，手心泌出汗来，像是抵抗着侵扰。她雷新月是什么人，见过的男人如过江之鲫，可曾有一丝一毫放在心里?

京西医院的人都说，看见雷新月就能想起白玉兰的过去，雷新月也觉得自己悄无声息受着姥姥的影响，那是她心甘情愿的，哪怕有一天她成为姥姥的影子，因为白玉兰在人生的每一时间段都是炫目的，高贵得令人只能仰视。过去，雷新月一直认为每一刻姥姥都是清醒的，总是能洞穿人性和情感的底处，无人能搅扰她；而很明显，这一刻她变得糊涂和脆弱起来，甚至笨拙到手足无措，显现出少有的老态，令人怜悯。

这只木盒已经说明了全部，若非男女私情，断不会令一个男人如此珍藏至今，发出日日摩挲才有的光亮，再加上姥姥今天如此失态。显然，那个男人也洞悉了这一切，眼神带着会心的笑意。白玉兰从未向她提起过自己的过去，一般人在她面前也轻易不敢提到过去。便是母亲，也极少提及。她只知道姥姥新中国成立前是地下情报员，1955年起被审查了将近三年，在前夫马青山帮助下重回京西医院，马青山在1978年被平反，第二年中风去世了，再加上突然间冒出的这个男人和他的父亲，这其中有多少波折可想而知。

“我知道父亲曾经在京西医院，”金玉春停顿了一下说，“也就是过去的陆军医院待过，‘中央防疫处’的京西办公室就设在那里。我听父亲说，你们就是在那里认识的。后来他被迫去了台湾。我一直好奇那个时候到底发生了什么，这件事一直困扰着我，父母从不肯告诉我。母亲死后，父亲更不愿提及，应该说，这次我是带着强烈的好奇心来见您的。我知道，在您这儿能找到所有的答案，我想这也是我父亲让我来到京西的原因。”金玉春轻声地说着，礼貌却很直接，带着很明显的美国式风格，但好在他身上中国人的底子没变。

外面的雨声潺潺，雨下得并不大，玻璃窗上现出一条一条快速滑落的水迹，真的是回忆和倾诉的好时刻。

面对满腹疑问的金玉春，白玉兰果决地说："对不起，恐怕我暂时也不能满足你的好奇心。威廉，我们还有的是时间聊，只要你还有好奇心，关于你父亲过去的一切，我会找时间告诉你的。我和弗里泽教授谈过了，他觉得你的父亲给出了很好的提议，他是我们共同的朋友。如果你以外国专家身份被引进到京西医院，你将会知道所有的答案，而且你的基因阻隔技术研发也是我们申报的一个国家级重大项目，我也以个人的名义请求你考虑一下。"

白玉兰缓缓说完这番话，雷新月才知道老人为这件事精心准备了许久，就连她也不知情——那就是把眼前这个叫"威廉"的美籍华人召至她的身边。这次国际防疫大会怕也是专门为他开的，怪不得老人会穿上只有最重要场合才穿的那件红色中式上装。

"Really（真的）?"金玉春挠挠头，他似乎不相信自己的耳朵，像是在自言自语地说，"我还真不信弗里泽这个老滑头能放我走，难道是国会的预算又有了问题？他说华盛顿那帮人认为病毒目前处于完全可控的范围内，所以我们的项目真的搁浅了？他事先没透露给我半点儿风声。对不起，我有点儿糊涂了，至少我对京西知道得太有限了，你们没有P4实验室①，虽然您是我在流行病领域最尊重的中国专家。也许我愿意为父亲的心愿冒点险，否则我会伤了他的心。但我需要时间想一想，这一切都太突然了，不像是真的。"

① 生物安全4级实验室，等级和安全性最高。

白玉兰露出少有的笑，口气坚决地说：“你所需要的都会有的，别忘了，我们是亚洲最好的传染病医院，你的才华不会被埋没的，你父亲曾经是这里最好的传染病医生，他被称为‘细菌之子’。你是第一次来到祖国大陆，对祖国大陆的了解肯定是落伍的。”她顺手指指那只盒子继续说：“你对祖国大陆的了解可能还处于那个时代；不过，那个时代对我和你父亲来说，也许是最好的时代。”说罢，白玉兰叹了口气。

说完这番话，白玉兰感觉到巨大的母性的爱从早已静寂的子宫深处升起——那里曾经埋藏过一个孩子——在坚硬的心中泛滥。她要拥有眼前的这个孩子，虽然他已经是中年男人，虽然是那个剥夺她幸福的女人生育出来的，但他就是柳原和她最后的归宿，这一刻她终于明白了六十年前的爱人最悲切的心意，他是他们情感仅有的血缘。命运就是这么奇妙的东西，悄无声息地伴随着你，在你悲喜交加的时刻骤然而至，在某个时刻突然真相大白。她要把他紧紧攥住，仅有的盼望。请原谅一个老人最后的贪婪吧，她心里想。

金玉春有些惊慌，也有些累了，他根本没想到，这次看起来有些古怪的行程，居然一下子撞见两个让他心慌意乱的女人，似乎不知不觉掉入一个早已设计好的陷阱中，而且不容他挣扎。

正如白玉兰所言，他承认自己对中国大陆的了解肤浅至极，从机场到青山宾馆不到一个小时的车程中，虽然匆忙地看了几眼，也令他异常震惊。他想象着，所到之地可能像巴西利亚、新德里或是非洲的金沙萨、内罗毕、摩加迪沙，没想到京西竟然不输于欧洲任何一座现代化的大城市。青山宾馆苏州园林风格的建筑，他原以为这种书上见过东西只能存在于想象之中了，居然步步都是真的；虽然他不喜欢城市的繁华，但是繁华是一个国家发达的可见指标，反倒是台北显得逼仄而杂乱，落伍了许多。

他答应父亲记录自己在京西所看见的一切，通过邮件发给父亲看，他想好的开头差不多是这样的：我仿佛穿行在现代化的城市模型之中，这里根本没有您所提到过的弹片、破败的贫民窟，也没有看到遗留千年的王朝古迹，您所说的那所陆军医院恐怕早就不复存在了。

弗里泽教授曾经对他说过一句深刻的话：了解一座城市必须从女人身上找到线索。没有想到的是，来到京西，他所接触的第一个女人雷新月，只有短短的几分钟，竟然莫名地把他迷住了，他敢肯定不仅不是什么错觉，而且是他四十多年的人生中最离奇的一次体验，就如同他发现一种全新的病毒结构一样；对男人而言，女人这种奇异的生物，总是能带来生命的新奇和能量的激发。

而他此行真正要见的白玉兰，就像是他复活的母亲，他怀疑是不是产生了某种幻觉，似乎能听到逝去母亲的呼唤，而且很显然，她与父亲早已许下一个承诺，他成了他们之间的介质，他极为迫切地追寻这其中发生了什么，其中的疑问已经远超他理解的范围。

而且，她们都希望他留下来。他原本以为到京西就是参加一次普通的国际交流大会，比起这种有些官僚主义的会议，他个人更喜欢与世界顶尖的科学家的私人会晤，最好地点是在研究室内，或是非洲某个无名的山谷里。他喜欢朴素直接的东西。何况现在他还没从三年前失去妻子的阴影中走出来。

在金玉春等待去塞拉利昂的时候，还发生了点小的意外。金玉春一向对自己的身体非常自信，但是按照国家出入境检验检疫规定，所有队员都要到指定的机构注射甲肝疫苗，左右胳膊一边一针；一次口服霍乱疫苗一粒，一个周期服用三次；一次口服抗疟疾药八片，每二十天服用一次；每周还要注射日达仙胸腺肽，增强人体免疫力。作为命令，金玉春也只能服从，他算是把一辈子的药给吃了、针给打了。而他过去每一次去塞拉利昂，就像再简单不过的旅行一般。

临行前，医疗队全体队员还要进行一次特别体检，查体中心主任是退居二线的医院护理部原主任，做事极为严格，手握一沓检查报表，亲自引导金玉春挨个科室查、逐个项目过，不许有丝毫的马虎，金玉春也只好一步一动地任由她摆布，他对所谓“中国式的程序”已经习以为常了。

没想到，医务部给金玉春发来信息说，查体中心建议他查一下肺部CT。当时金玉春有点儿意外，他回了一条信息：麻烦把那项高的指标发信息告诉我。医务部回信息说，他的胃泌素释放肽前体偏高47.85。金玉春有些急了，立该给检验科主任发信息询问，得到的信息让他大吃一惊：胃泌素释放肽前体是一种最近发现的小细胞肺癌的特异性肿瘤标志物，这个水平升高有患肺癌可能，需要拍胸片看一下肺部有无肿物。见了鬼了，他们大概忘了他金玉春是干什么的了，他咒骂了一通，立刻给影像中心罗瘦子主任打电话，想尽快安排CT检查。罗瘦子却不紧不慢对着电话说：“我正在云南开影像学术年会，后天我回来亲自给你检查吧，你的身体状况至关重要，一点儿也不能含糊。”

真是扯淡，金玉春心想，都什么时候了，显然是队长人选的风波所致，又是一次中国人的权术把戏，都巴不得他的西非之行就此终结。他怒不可遏，想给白玉兰打电话，又怕惊扰老人，她目前正陷入极其紧张和焦灼的状况，于是他急切地给雷新月打去电话，把查体遇到的事迅速地讲了一遍，然后说道："我需要你立刻联系京西一家可靠的医院为我排查一次，我正在画中塞友好医院改造的示意图，计算所需要的材料，晚上还有一场培训会，哪里有时间和这帮人纠缠？"

放下电话，雷新月压抑住内心愤怒的情绪，医院里每一个人的面目她都是清楚的，这种小题大做的把戏她看得多了，白玉兰曾经深刻地对她说过，所谓权术就是如何平衡人的私欲。看得出，医院里大多数人并不赞成由金玉春带队，若不是老太太动用她的政治资源，绝对不会有今天的结果。于是她迅速联系了中心医院的一位专家，对方同意下午立刻给金玉春做一下胸部核磁。

金玉春的每一个眼神每一个呼吸雷新月都懂，从他们一开始见面这种关系就已注定了，三年中她想验证这也许只是一时的错觉，可是她越来越肯定这是真实的，这才真要命。金玉春曾经对她说过，他之所以留在京西，一半是因为她，她感到莫名的心酸和委屈，他们在极度克制下竟然相安无事地度过了三年，在自己的婚姻尚未解除之前，他们只能以朋友相待，而且还要装得若无其事。金玉春从来就不是一个暧昧的人，可是为了她，他选择了忍耐，选择由她主导这段奇异而强烈的情感，直到她下决心决断时，又碰上了这一场瘟疫。

当雷新月开车来到两个人约定的地方，一眼看见金玉春一脸憔悴急匆匆向她走来时，她不禁泪如雨下。即使再疲惫，他依然是骄傲的，额头闪着光，那种气质与白玉兰相仿佛，他们都是特殊材质的人。上了车，金玉春见到雷新月脸上而未控尽的泪痕，苦笑着凝望她一会儿，然后轻轻拍了拍她的手说："得感谢他们，又给了我们单独相处的机会，你是知道的，我原本有很多话要和你说的，见到你又觉得无话可说，只要你坐在我身边也就马上心安了。你放心，我比昆虫都要健康的。我听说，不少人都给家人留了遗嘱、银行卡，只要我在，他们会乐观很多。"听见他随口说出"遗嘱"二字后，她再次泪如泉涌，一把攥住他的手说："不要安慰我，我又不是傻子。正因为你，我不再勇敢了，也不想勇敢了，其实我这一生做的最勇敢的事就是，因为你不能勇敢了。"金玉春一时间生出满腔的柔情，两个人的心紧紧缠绕着，他有些恍惚地说："其实我想告诉你的是，这世界我只确信两件事，一个是死亡，一个就是爱你。"雷新月收起了泪目，仰着脸傻傻地笑道："肉麻，但是我爱听。"说着启动了车子，快速驶向了中心医院。

天色阴沉而凉爽，路上两个人沉默了一阵子，一时间沉浸在一种宁静的无法言说的甜蜜中，目光所见，听力所及，甚至鼻孔吸及的空气都带着魔幻一般的美好气味。三年中，医院里不知道有多少女人主动向他投怀送抱，以他的背景，他卓越出众的才能，还有他身上足以征服女人的迷幻的魅力，她明明确认他目前的心只在她身上，但是她还是恐惧未知的将来。有的人受得了别人无法忍受的痛苦，也配享受世界最美好的东西，而她总觉得自己还不够出色，配不上他。想到这儿，她突然有些赌气地说："我忽然不想让你去塞拉利昂了，我怕你表现太出色了，太骄傲了，越来越抓不住你，男人都是一类的东西：从不拒绝诱惑。”

金玉春叹口气说：“你们女人才真是很奇怪的生物，你对我而言，才是最致命的让我完全瘫痪的病毒，我已经无可救药。”雷春月“哼”了一声道：“什么时候你变得这么油嘴滑舌了，可见还不是真心。”路上塞车比较严重，雷新月急得直冒火，心里开始乱糟糟的，两个人的电话此起彼伏地响起来，半小时的车程走了两个小时，到达医院时，天已很黑了。他让她赶快回去，帮着去应付一下院里的杂事，随即马上下了车，向她摆了摆手。

到了医院的放射科，雷新月约好的专家正耐心地等在那里，好在做核磁检查的人很少，值班医生很客气地让他双手抱头躺在机器上。金玉春此刻心里感到出奇的宁静，他几乎要睡着了，喇叭里有个声音命他一会儿吸气，一会儿憋气，一会儿呼气。几个来回，传输带把他又吐了出来。

出了那个屋子，来到医生操作室，金玉春迫不及待地询问检查结果。

那位京西著名呼吸科的专家说：“新月给我打电话，我还以为发生了什么天大的事呢，还从来没有看她这么急躁过。我可以明确地告诉你，你不但肺部很干净，胃、肾等脏器也很干净，连脂肪肝都没有。特别是动脉血管的状况，很像三十多岁的年轻人，你难以想象地健康，保养得不错。”金玉春悬着的心终于落地了，他突然感到少有的饥饿。他立刻拨通了雷新月的手机，她正帮他准备晚上的培训课，急切地问：“是不是没啥问题？”

金玉春避开旁人，轻声地说："我不是告诉过你吗？我是个野蛮人，任何病毒见我都退避三舍。顺便告诉你一下，专家说我还保持着三十岁的身体机能呢。"

雷新月冷哼一声说："这帮队员把你夸得像花一样，巴不得马上能跟你出发。老太太很少这么笑过，都等着你呢。其实，看你去拍片子，你不知道我……多紧张……打车快回来吧，所有人都可以松口气了，在京西根本没有秘密。"

这一番话就像春风一样，金玉春笑道："检查身体的时候，我已经想好培训流程了，不过，我现在最需要的还是食物。"

队伍到达机场，登机之前少不了一通仪式感很强的拍照、寒暄、握别，省里市里有领导到了场，安排了领导讲话，白玉兰代表医疗队表了态，时间持续了很长。金玉春很不适应这种氛围。之后的告别是匆忙的，白玉兰只对金玉春扔下一句话："去的人必须一个不少地给我带回来！"然后陪着省市领导呼啦啦走了。随之是一系列烦琐的登机手续。在这一切结束后，金玉春想给雷新月打一个电话，但当着一大堆队员的面，他还是忍住了，让他欣慰的是，队员们都参加过国内大型传染病的防控，部分人参加过援外的工作，训练有素，人员管理并不费心。

深夜的候机厅里只剩下他们，飞机还在晚点中，开始时，队员们尚处在兴奋之中，或相互交谈，或和家人用手机沟通着，但时间一长，每个人都疲乏了，毕竟这几天一直在进行高强度的集中培训和准备，坚持不住的队员干脆就在椅子上睡着了。

打开背包，金玉春看着收拾得整整齐齐的衣物，还包括咖啡、茶、酱料等食品，还有一块专门给他买的“鲁美诺斯”军用手表，她平时戴着的那条观音像玉坠的项链就夹在他的笔记本里，笔记本里记录了她为他整理的文件清单，都是她一笔一画写下来的。在清单后的一张空白页，她写道：每天都要有你的消息，直到你回来兑现你的遗嘱。

一股强烈的温情倾泻而下，直透入他心底，他被巨大的温柔围绕，他想起她含嗔带怒的神情，禁不住笑起来。他发出一条微信：身边所有人都睡着了，我的耳边总响起你的声音，像梦幻一样。后天我们将面临血腥和死亡，虽然这对我已经司空见惯了，但这次我要格外小心地活着，因为我不想再错过你。

凌晨三点飞机终于起飞，先飞巴黎，时长十一个小时。巴黎，他并不陌生。在巴黎戴高乐机场，未待飞机停稳他就打开了手机。由于慌乱，手机开始怎么也拨不通，后来打通了，他先给白玉兰打了一电话，汇报行程情况，告诉她三小时后飞机将飞往利比里亚。机舱里，队员们也个个忙着联系家人，一时间机舱内热闹异常。

紧接着，他急急打通了她的手机。作为医疗队的联络员，与她联系可以算是公私兼顾了。她的嗓子是哑的，声音却是清晰的，第一句就是笑他笨，难道不知道她与姥姥在一起？她只好做贼心虚地在阳台接他的电话，老人心里明镜似的。看见外面阳光明媚，听见他的声音，雷新月的心总算安稳了，昨天晚上，她与姥姥只是胡乱睡了一会儿。

接完他的电话，她就要陪着姥姥去医院，收集国外最新的信息，随时传达给他。最后，她娇嗔地说：“到了塞拉利昂，要经常跟我视频，我每天都要向医院汇报医疗队的动态，这是一项任务。我的任务就是紧盯你，监视你。”金玉春当着众人不好多说什么，只是含蓄地说：“这日子会比你想的要快，每天我都会写一份简报发给你。”她在电话那头顽皮地说：“我终于体会到，期待和希望是一件多么美好而残酷的事情，我等待着你的倾诉。但是，我想给你的是力量而不是干扰，但愿思念能给予你力量，我天天都会为你的平安祈祷。”

结束通话后，金玉春一直怔怔沉醉于一个万里之外女人的柔情之中，这让他想起很多的事，那些与女人的事，他向雷新月坦露过的，还有很多是未曾讲述的，女人都有着细致而敏感的嫉妒天性。他收起如浪潮般滚涌的念头，要随时集中精神预想着即将面对的险境。

从巴黎起飞后，飞机在利比里亚蒙那维多经停两个多小时。金玉春打电话给雷新月，未接，由于利比里亚网络不通，微信的连接也未成功，此时京西已是子夜时分。

第三章

金玉春告诉过雷新月，他几乎是没有童年的，曾经被周围人称为“怪胎”，没有童年的人至少有一个共同点——某种身体机能发育不全，所以他曾经有过不堪和离奇的经历，尤其与女人之间，那是一般人无法想象的，也正是如此，他才能被难以承受的痛苦纠正过来，现在要比一般人正常得多，这也许正是生命的奇妙之处，每个人获得正常心智的途径都不一样。只要一谈到女人，雷新月就像受到刺痛一样地说：“我嫉妒你之前接触的每一个女人。”

因为一直受柳原的牵连，沈济生只在“行政院”挂了个顾问的虚衔，但以沈家在京西经营多年的人脉和积累的财富，柳原算是逃过一劫。在台湾他过得并不好，记忆里最多的就是身处不同阴郁的房间里，要长时间一个人静悄悄地待在里面。他就像被关在暗箱里惴惴不安的实验白鼠一样，他的心里从没有固定安身的概念，他从小就习惯了这种在黑暗中的流动。

但不管身处哪里，从小到大，金玉春一直都是超级优等生，就是那种脑子运转如同计算机一般精确无比的学生，他有着对付枯燥乏味的天分，成绩从未令人失望过，脑子好使得令人吃惊。一直到他成为台湾大学医学院医科的高才生，那是台湾“最聪明的大脑”才能到的地方，他学习期间还获得过两项国际医学成果大奖，被称为“大脑中的大脑”。

一般人面对堆积如山的书籍、花招迭出的考试和试验，无不精疲力竭，灰心丧气，甚至内分泌紊乱，唯独金玉春却如鱼得水，津津有味，如履平地，无人匹敌。其实金玉春告诉雷新月，他就像茨威格写的《象棋》中那被关押的犯人一样，他的学习是被迫的爱好，只是消耗孤独和时间的游戏，他和别的孩子有着不一样的经历。他所取得的成绩完全符合母亲沈玉婉的预料，她叹服柳原身上强大的基因，虽然他心有所属，但毕竟给她带来如此优秀的孩子，这一点给她带来了莫大的安慰。

因此，学生时代的金玉春堪称熠熠生辉，除了他有点儿自闭症的倾向——他不喜欢接触外人。对他而言，人是最不安全的，与人接触是极其恐怖的事，但这被外人看成“天才式的怪异”。在沈玉婉的脑海里，也许将来的某一天，金玉春会站在法国巴斯德研究所或者是美国传染病中心的实验室里，抱着胳膊，指挥手下人像蚂蚁一样忙碌，承担着世界传染病防疫的使命，就像当年她见到的余非凡和柳原一样。在她心里，金玉春就是柳原的复生，自带着天才式的荣耀。

见到金玉春的人都会惊叹，因为金玉春有一种把混乱嘈杂瞬时扭转为平静的能力，他就是冷静本身。他整个人的内在程序在出娘胎后就设定好了，就像大多数机器一样依靠程序运转。坐在任何人面前，金玉春都如同墙上挂的一只运转良好的钟一样踏实可信，让人会莫名其妙感染到一种稳定的东西，很容易心平气和。

但谁也没想到那种所谓“天才式的怪异”所产生的可怕结果，非常态本身就是扭曲的，蕴藏着巨大的破坏性。

某一天，金玉春正在大学校园里漫步，眼前是一大片人工修整的草坪，身旁是一棵棵长势喜人的杉树，阳光强大得让人发晕。与他近在咫尺的一张长椅上，一个长相清秀、穿着粉色短裤的女生在流利地背着外语……一切似乎都前所未有地顺利地运行着，毫无异常之处。那一刻，金玉春正观察着脚边爬行的蚂蚁，苦苦思考一个类病毒基因序列。突然之间，他那高速顺畅的大脑在一股巨大的无法承受的焦灼中松脱了，整个人像被闪电击中，如同庞大城市所有的红绿灯在同一时间失灵，耳朵只有失序后的轰鸣，心要跃出胸腔。

最后，他像喝醉了酒一般，沿着眼前的道路踉踉跄跄地狂奔，如同高速公路上不停运行却没有刹车装置的汽车，直至小腿抽筋才被迫停止。

那段时间，他根本无法控制自己的身体和思维。沈家找来台湾最好的脑科和神经科医生，甚至把他送到美国进行身体检测，诊断指标一切正常，医学所掌控的范围还是有限的，比如人的灵魂。好在这种间歇性失控如果不是受到强烈刺激，还一直是安全可控的，但谁也不知道他身体奇异的构造，无法预知将来会发生什么。

还有一件最可怕的事就是，金玉春的青春期突然间发作了。青春期对男女成长的重要性难以解释和说清的，任何生物都逃离不了这个预设的核心环节，它是系统性的发作，就像种子要发芽，季节随时间变迁，一旦紊乱或是扭曲，必然产生病态的结果。

在身体失控之后不久的某一天早上醒来，金玉春曾经昏昏然长期沉入漫漫黑夜中的肉体突然间合上了闸，骤然轰鸣，男人自有的、顽固的惯性开始发作了，一直以来茫然无解的性欲竟如排山倒海一般不可抑止。

那个时候，金玉春整个人如一头进入发情期的野兽，脑子里只有性——唯一坚不可摧的念头，纯粹的肉欲像虫子一样，沿着小腹、脊椎反复地爬来爬去。这比较符合生物特征，野兽们的性没有幻想没有欺骗，也没有什么讲究，大概与此类似。在此之前，金玉春对男女之事是完全迟钝、天然排斥的，这也是他被称为“怪胎”的原因之一，他完全沉迷于学术研究之中，思考和计算几乎是他生活的全部，身体的欲望极为淡薄，食物、景色和女人等诸多刺激感官的事物，很少能打动他，并且他并没有感到有什么异常。

随后，金玉春的身体程序都脱了轨，失去了强有力的自制，乱成了一锅粥。他最难堪的一次经历发生在台北的公交车车厢里。时逢盛夏，当时车厢闷热不堪，他身边是一个穿着牛仔短裤的女孩，她一直在看一本漫画，没过多久，她终究抵不过逼人的热浪，耷拉下来脑袋，将书收好，双手搂定一只红色的购物纸袋，两条雪白的大腿坦然伸展开来，似乎想试试能否睡得着。

那腿委实胖得可观，短裤只能勉强遮挡，一眼望去，目光竟无法一次覆盖完全。大腿上几条线状的青色毛细血管毕露，淡淡的茸毛清晰可见，饱绽的肉会随着车辆的颠簸运行而轻微抖颤。最要命的是，那腿白得肆无忌惮。即使车厢里热得让人窒息，但对那两条腿虎视眈眈者大有人在。

几次三番地，金玉春的右手像中了魔似的，不由自主移向那肥嘟嘟沉睡的大腿。若非意识突然惊醒，后果简直不堪设想，无法忍受的他只好中途便逃之夭夭。而走在街上，那一闪而过的白色肚皮、乳沟、胳膊、突起的臀部，无一不把他弄得晕头转向，何况这些东西比比皆是、防不胜防。凡是与女人有关的东西，比如皮肤、头发、饰物，尤其带有色情暗示的乳罩、丝袜，无一不在摧毁他十几年精心构筑的精神城堡。

一旦坐在教室里，他的眼里便只有前座的女孩。说起来，她实在是普通之极的女孩，而且是那种熟悉得他曾经视若无睹的女孩，过去他对她连一丁点儿念头都没有动过。她上身穿着相当宽大的白色罩衫，透出必是黑色的式样简单的乳罩——她只中意黑色，从未变更过。此刻看来，那黑色在他眼里却醒目得不得了，简直能夺人心魄。她的下身是淡蓝色的棉布裙，趿着一双俗气的黄色网眼拖鞋，短发，有一张兔子般的脸，突出而夸张的嘴唇。她喜欢同男生混在一起，坐在酒桌边就会一支接一支地吸烟，时而发出烟雾般轻飘飘的笑声。

那时在他看来，她简直是天生尤物、性感娇娃。脑子里汹涌而出的便是将她的棉布裙掀至头顶（确实轻而易举），或是撕得粉碎，独留白色罩衫孤零零地挂在身上，随后从她恋恋不舍的黑色乳罩下手之类一连串丧心病狂的场面。好在那些情景只出现在他的想象之中，而这样的想象连绵不绝。他惊奇周围的男人为什么少有变成他这样的色情狂，每一天他用一点儿清醒的大脑心惊胆战地扳住通向生殖器的闸，他诅咒着自己丑陋而无望的欲望，好在耻辱和恐惧还是占了上风。

如果不解决这个问题，他总有一天会发疯的，也许会成为一个人人唾弃的强奸犯。他每天都会担心身体突然崩溃那一刻的到来。在他走投无路之际，像是上天注定，一个寡妇拯救了他。那个女人是他们在台北新住处的房东，在他最受煎熬的一段时间，父亲参加台南一带的疟疾防治工作，母亲正在美国加州大学旧金山分校医学院办理他的入学，她想给他彻底换一个环境，因为所有人对他的状况都不知所措，找不到更好的办法。于是，他暂时被托付给那个看起来可靠的女人。金玉春总是想忘记这一段经历，那过于荒唐而肮脏，但反而像是身体自带的胎记一样难以抹去。他还清晰无比地记得，每当黑夜降临之时，这幢看似有些阴暗的房间里，留下两个孤零零的战栗的生灵仓皇面对，才会有后来顺其自然、鬼鬼祟祟的交合。

那个女人的声音像针尖一般，带着中年女人的冷静，眼神里却有掩盖不住的悲哀，她的丈夫三年前死于台风造成的车祸。她上身披了个轻薄的罩衫，里面是深色的无袖衫——胸不大不小。下身着宽松的长裤，脚上是一双拖鞋。头发烫得乱蓬蓬的，戴了一副金属框架眼镜，目光含着一丝善意和温暖，每天她都会接到沈玉婉打来的问询电话。

起初的一段时间里，两个人一直相安无事。直到金玉春再次出现了一次轻微的失控。那一天晚上，她显然感受到他被性欲折磨得无所适从的样子，体会到他的颤抖，她并没有显得惊慌，而是从容地伸出手，攥住他的手，低声安抚他说：“别紧张，很快就会过去的。”显然沈玉婉之前已经告诉过她金玉春的情况，还为他准备好了镇静剂。

那个时候，金玉春陷入晕眩当中，他恍惚嗅到了那个女人身体散发出的令人紧张沉重的气味，那是由忧郁、焦灼、痛苦混合在一起的气味，如同她皮肤上的斑痕一样祛除不掉，虽然刚刚洗过一遍澡。人像上了锈——所以她喷洒了浓烈得让人头晕眼花的香水。

应该说，她是一个非常正经的女人。丈夫死后，她坚守贞洁，小时候就有人预测她克夫，她还真的相信了，觉得丈夫的事故与自己有关，所以她早放弃了再婚的打算。与其说是引诱，不如说是她安抚他，怕他出什么事故，不好向沈玉婉交代，但后来发生的一切两个人是无法控制的。

至于他如何进入她宽大的卧室里，已经记不得了，床头柜上的台灯幽幽发光，里面很整洁，一张结结实实的大床，窗外虫吟不断，还夹杂着一只流离失所的猫的高声狂叫。她躺在灯光的暗处，即使这样，还是一眼能看见她脸颊处对称的蝴蝶斑，蛮横地侵蚀着她不多的美貌。但她的目光是柔和的，眼镜没摘，望之带着母亲般的可亲，平息了他身体中不断翻滚的焦躁。

她嘴唇单薄，紧闭着，鼻子突出发亮，整个脸部还是笼罩着一层挥之不去的阴郁，身体藏在淡绿色印有金黄花束的被子里，一直没到她的脖子。她像条蛇一样感知着他的一举一动，鼻子抽动着，吸进他侵入的气息。金玉春几乎窒息了，两腿打战。他们一并沉入黑暗，看起来像两团孤独的黑影搅在了一起，最后连声音都消失殆尽。

结束后，相当长的一段时间里，金玉春意识涣散，只能任其缓缓聚拢，再疯狂的刺激也无暇顾及，他很快地沉沉睡去。醒来时，金玉春发现她背对着他坐在床边抽泣，扳过她的肩头询问，回应的却是深渊般无情的缄默。性欲是有时间感的，爆发后世界已全然改变。

清晨的微光之中，金玉春目光所及，尽是松懈的皮肉，时光残忍的痕迹，只有黑夜中的性欲让她焕然一新，此时只留下哀叹。仔细想来，她只不过把他当作另外一个人，这是一次再糟糕不过的性，不过，却暂时帮助他恢复了肉体的平静。这一段纯粹的肉体关系一直持续到沈玉婉回来才结束，两个人当作什么事情也没有发生过。

为了恢复儿子的正常，恢复儿子的学业，沈玉婉精明地为他正式挑选了一个女友，女孩名叫庄雨洁。庄家与沈家过去在京西曾经是世交，一起来到了台湾。女孩正在台湾艺术大学美术学院学油画，很有才华，在圈子里多少混出点名气。她说话总是轻声细语，脸上挂着善良的笑，脾气相当直率，却很懂事，很少给人惹麻烦，属于那种非常容易让人心满意足的女孩，所以他们之间的交往是轻松的，但很难深入进去。

她习惯闷在画室里，披着一件格子衬衫，手捏着画笔，坐在那里画上大半天。除了每周都要去瑜伽馆练习她很少外出。偶尔会喝一两瓶啤酒，抽几根烟，后半夜悄无声息地一个人大便。这些就算是她所有的毛病。

她所画的东西都是在时光中久久不愿变质腐朽的东西，她似乎想方设法要把它们冰冻在千年的冰层里，各式各样的植物和女人的肌肤。她对植物着迷至极，每一种都要亲眼看看，花多大气力多少经费都在所不惜，一定要通过自己视网膜的验证才去画，几乎成了半个植物专家。所有的画框画布都得自己亲自购买，亲手制作，金玉春有时会嫉妒为什么世界在她眼里透出的是无法剥夺的美好，那些生生不息的残忍、冷酷、肮脏……她都视而不见。

她总能不急不躁地做着自己的事，脸上常常浮现出惊喜的笑，即使对再熟悉的人或景色都带着好奇的目光。她固执地维持着自己的纯真，做到这一点需要有经济条件的支撑，好在庄家不缺钱，这样才能让她尽可能少地碰触到世间残酷的一面。

她是生活在梦境之中的人，忘记了世上还有刺痛人心的贫寒，她所听的音乐也几乎是仿制梦境的音乐，或是如同呼吸般的瑜伽音乐，她渐渐地把金玉春也当作鸟语花香的一部分。她就如同停在海滩上的海鸥一样伫立不动。在她眼里，整个世界都不抵两个人手心相贴。

阳光也罢，春风也罢，目光也罢，亲吻也罢，她的一切都好得不能再好，柔情蔓延，金玉春所做的只是看着它升起、消退。其实她根本想不到，她身边的男友随时会崩溃，他根本进入不到她的世界，即使她把自己的身体完全交给他。

在金玉春记忆中的那点青春的影子也就是与庄雨洁恋爱的那一段时光——他突然间对学业完全失去了兴趣，让那些怪异的细菌和病毒都见鬼去吧。他大多数时间里都无所事事，手里除了大把的时间外一无所有，眼睛盯着夕阳，花相当长时间才能落下去，天黑之后的时光更加漫长，他被迫学会在悠闲之中消磨自己。

在校园里，也许某个时候，他会看见一位身穿白色连衣裙的女生缓步走来，像一朵随时会被别人采走的花儿，和庄雨洁一样，面容凝静，眼神比溪水还干净。只有那个时代盛产这样的女生，她们个个多情而纯洁。一代代的女生就如同不同气候下的植物，是在某种难以言说的气氛中出产的。女人在一生中的某个时段是神秘庄严的，那是天生难以剥夺的东西，可惜只能保持很短时间。只能任她轻飘飘地走过去。岁月也被她裹挟而去，她成了象征。每天看着庄雨洁的背影，看她如何走进沉落的夕阳，对金玉春来说就是人生最迷人的幻觉。

连庄家的住宅也处于台北一个相当特别的小区，大门是希腊神庙廊柱式的，是由一位著名的设计师挖空心思想出来的，名为“星光部落”。投射进院子里的光线都带着金钱的光泽，保安严格到即使飞进一只陌生苍蝇也要登记的程度。这里的房价自然贵得离谱，偏偏有人喜欢离谱。

出入社区的每个人都轻手轻脚地，礼貌得让人吃惊。这里几乎难看得见老人和孩子，大部分住户都是些营养良好、皮肤泛着光泽的年轻人。

楼前的草坪总有一个牵着两条苏格兰牧羊犬的女孩，狗必是刚刚吃过了新鲜的牛肝，毛色纯正鲜亮。女孩戴着遮挡半边脸的墨镜，手插在红色运动短裤的口袋里，嘴里嚼着口香糖，仿佛此种生活非她莫属。

在这里，能听到最多的声音不过是自然的虫吟、鸟鸣和风声而已，每一根毛发都会放松下来——大约重新回到娘胎也不过如此。

为了这一处贵得离谱的小区，旁边不知荒芜了多少年的田地、原来的草野荒坡被硬生生地夷为平地，移植来的银杏、松树等各种植物没有水土不服的迹象，和这里的有钱人一样精力充沛。喷水池、荷花池、凉亭、免费网球场、篮球场等一应俱全。里面每张椅子都是纯木质的，毫不含糊。一公里之外便是即将兴建的高尔夫球场。

唯一遗憾的是，城郊机场的飞机必然要在小区不远处的上空中穿行。飘浮在半空中的飞机如同玩具一般，缓慢地移动。不远处的轻轨在黑夜里寂寞地滑行，隔壁阳台上会有人定时练习吹黑管，像轻风一般流畅。打开窗户，偶尔会听到几声飞机马达悠长的呼啸声，这让小区里的人稍微感到一点点单调。

最后，连他们恋爱的结束也是那么轻飘飘的，没有什么重量，交往半年多，金玉春就去了加州大学旧金山分校医学院，从此两个人再也没有联系。到了美国，金玉春恢复了他强大惊人的学习功能，也就是在那里，他遇见了自己的恩师弗里泽教授，专攻病毒基因的研究。对于自己的得意门徒，弗里泽称他为“诺贝尔小子”，并邀请金玉春加入了他的病毒基因阻断技术研究室。

那段时间，他换了好几任女友，从一个女人飘到另一个女人身边，被称为“青春期大男孩”，根本和他学业上的造就无法相提并论。金玉春向雷新月坦露过，他那个时候是那么贪婪地渴望女性的温情，但很快又会厌倦，这和他小时候缺乏家庭温情、生活极度压抑有关。他在男女关系中表现出来的幼稚、冲动和怪异，成为医学院里那些精明的女孩们的笑料，直到他已经成为世界闻名的病毒学专家也没有变过，他一直是病毒研究领域的那个“大男孩”。

应该说，他的婚姻是来自母亲苦苦的哀求，那时候金玉春已经进入美国疾控中心，与博格斯跑遍了大半个非洲，就像当年老博格斯和柳原跑遍大半个中国，收集日本对华细菌战的证据一样。沈玉婉这次给他介绍的女人名叫陆慧敏，也是疾控中心热带病研究所的专家。金玉春来到京西医院后，才从白玉兰口中得知，陆慧敏就是原湘雅医学院院长陆远方的孙女，陆远方曾经是白玉兰的导师，也是她进入京西医院的推荐人，金玉春不禁惊叹，这世界真的既是魔幻的又是宿命的。

他们第一次见面那天，亚特兰大正下着一场大雨。他们在“岩石”咖啡馆见的面，因为大雨的缘故，咖啡馆的人很少。金玉春等了半个小时，才看见她进了门，他们之前在电脑上交流过。出于礼貌，她无声地朝他摆摆手，算是打个招呼，仍然在接听一个电话，竭力保持矜持的样子。但她还是没控制得住，很干脆地朝对方嚷了最后一句话：“不用再说了，我们结束了。”之后便挂掉了手机。

金玉春终于看清楚她那张白皙微润的脸。她把愤怒的眼神投向他时，那里面有一闪而过的惊恐，似乎有一场她无法承受的危机正如影随形地追逐着她，随时可能降落到她的肩上。之前，金玉春也知道这个陆慧敏在疾控中心有“女巫”之名，与他的名声不相上下。

当时，陆慧敏握着手机的手还在抖，胸口激烈地起伏着，脸上挂着即将抛弃某个男人的坚决，而且她似乎认为很有必要当面做给他看。女人遇到不顺心的事情时总是那副冷冰冰的腔调——女人比男人更具有生物性。

稍作停顿，金玉春不得不佩服她扭转情绪的能力，她整个人如同一潭止住了波动的湖水，那些波纹和投射其中的阴影霎时不见了，脸上的红润也褪尽了，看得出，她处理男女关系相当利落，能在瞬间就为即将开始的新一段男女关系做好铺垫。

当时金玉春觉得，要命的女人只需要凝神看几秒钟就可以感觉到，就看你是不是会随着她一个轻微的举动而进入超离现实的恍惚之中。就像他后来遇见雷新月一样。

陆慧敏是那种看一眼后就会吸引着人再看下去的女人。她是那种被足够的安静喂养出来的女人，所以她是实验室的“女巫”。坚定挺直的鼻子，健康光洁的额头，柔软丰腴的嘴唇，唇峰突起，发着淡淡的光泽，皮肤看起来比一般人冷。她的脸庞略微丰满，头发用复杂的方式密密匝匝地高高盘起，时刻昂头的姿态与受过专业训练的舞蹈演员无异。她眉梢不时地垂下，目光飘过阴云，变成了某种牢不可破的东西。那是从心灵生长出的叶片，有一天会变成席卷她的风暴，她天然地保持着猫一样的敏感和警觉。

她打扮得并不时髦，裙子相当宽大，被同样宽大的肩膀撑起来，V形领口开得很大，露出蓝色乳罩的花边，脖子挂了一串水晶珠链。一条蓝色镂花的装饰腰带浅浅地束了腰，露出不十分明显的身体轮廓。金玉春被她一小截象牙般光滑的小腿和蓝色皮质凉鞋中的脚所打动，鞋上面还留有雨点的痕迹。

陆慧敏有一种恰到好处的自命不凡，令人不但不反感，反而会觉得那是她应得的。她目光坚定不移地从一个视点转向下一个，和她深幽幽的湖水般的内心连在一起。像金玉春在非洲见过的专心盯视着猎物的猫科动物，那种专注如同遥远的梦一般的呼吸。外面的雨声渐弱。在这样一个被风雨密封的空间，这个女人那尖锐的、呼啸而来的美感赫然在目，连裙子上淡蓝色的花瓣也因为这张脸而振翅欲飞。

她伸向金玉春的手冰凉滑腻，像蛇一样敏感。她凝视着金玉春，眼神如婴儿般洁净——那是一种既不接受也不拒绝的凝视，只是她与人交流的一个习惯而已，这种眼神却能轻而易举地打动任何一个男人，而且不会让人有任何一点儿不舒服。

她小心地揩着脸上未干的雨水。等到擦拭干净后，她整个人如绿叶被冲刷一般鲜亮润泽，刚才遭到破坏的情绪也一扫而光。

他们保持着明显的距离感——每当金玉春试图再亲近那么一点点时，她都会立即有所察觉，然后毫不客气把他推出她的安全区域。金玉春不禁对她好奇起来，并且集中精力在想“她到底哪一点打动我”这件事。

她的手来回抚摸着尖俏的下巴，如同一只猫义务般舔着自己的尾巴。目光却直对他，继续刚才的探索。

说起她的过去，她毫不隐讳地说：“我有过几个男朋友，都是家人安排的，这很可笑，当然你也是其中之一。”接着她说，“其实，你挺讨女孩子喜欢的，至少比我想象的好，我听说过关于你的笑话。”她嘴角漾出一丝微不可见的笑，看起来不像是敷衍。

也许是因为美貌，她说出的每一句话都那么耐听，耐人寻味。寥寥的话语总是给人焕然一新之感，还故意留出一点儿悬念，金玉春相当用心地观察着她脸上身上每个细微的变动，感觉她是他见过的女人中最吃不准的一个，当然，大多数女人他也都吃不准，但她更甚。

突然之间，她痛苦地弯下腰，头发乱纷纷地散落下来，遮住了她的脸。金玉春吓坏了，连忙站起，她伸出一只手低声制止道："胃有点儿不舒服，挺一下就好了。"

随后她干咳了一声，身体相当大幅度地抽动了一下，便缓缓地恢复过来。她端起那杯即将冷却的咖啡一口喝了下去，然后放下杯子，双手交叉于胸前。

这个姿势金玉春太熟悉不过了，每当他身体失控时，每天会呕吐不下几十次，比打嗝还容易，胃会最大限度地抽紧，拧结如同一枚纽扣，身体收紧压缩，所有的骨骼都咔咔作响，连心脏差不多都要脱口而出。疼痛牵动着浑身肌肉，甚至小腿也跟着痉挛，十指僵硬，眼泪喷薄而出。嘴里发出胃空荡荡的回声，除了口水和少得可怜的胆汁外，不会再有什么像样的东西。每到那时候，他总是能在最绝望的时候见识到更多的绝望，以至于一直也没有见到过绝望的顶端。

"老毛病，不碍事。有时会连续好几天，情绪差一点儿就会出现，完全是神经性的。已经有一段时间没有出现过了。"她平静地说。

她说的一点儿也不错，金玉春这才强烈意识到，他在她身上嗅到一股同类的气味，那种独自撑过漫漫长夜、软弱得几乎崩溃的气味。由此产生的吸引力是致命的。

第一次见面，她便把自己得抑郁症的情况告诉了金玉春，两个人很快便如同无话不谈的老友。金玉春问她有多严重，陆慧敏用略带调侃的口吻道："实际上，我们都属于某种病毒的变种，有着相同的背景。其实每个人主要虐待的对象就是自己。一个人到那一步就不只是神经过敏，而是出现了幻觉。更可怕的是我相信那都是真的。每夜做的梦差不多都相同，不是坠楼，就是溺水。我能真真切切地听见自己的骨骼碎裂、鲜血四溅的声响，不过我不难过，反而觉得那一刻很痛快。梦中的水必定是深得根本没有指望浮出来，楼也高得望不到顶，它们压迫着我，那不仅仅是窒息，至少窒息还有机会挣扎。你一生都不会体验到这个滋味，每根神经每块皮肉都被反反复复地撕碎。我不知道结果如何，反正就是不愿意这么不明不白地离开人世，我相信总有一天我会熬到恍然大悟的。我比那些患有强迫清洗症的人还要严重得多。看见不干净的东西就忍不住要拿过来清洗。我会一再地洗手洗脚，指甲缝也不放过。不只是污渍，还有气味、声音，感官所及，我全都不放心。看到有眼睛的东西都会吓得出冷汗。我只吃带壳的、削过皮的东西，只吃开水煮过的蔬菜。”

陆慧敏冷静地看着金玉春道：“大男孩，我这么说没吓着你吧？”

金玉春苦笑道：“我们简直不相上下，看到你就像看到我自己一样，我早已不在乎了。”

陆慧敏拍拍胸口说：“还好，现在我们活得还不错。从小到大我很少给别人添麻烦，有什么问题总是自行处理。父母谈不上喜欢我，他们想要的是一个男孩，所以对我不冷不热，没有多大兴趣。说起我的童年，只觉得眼前一片空白，连一两件像样的事也想不起来。这世上总有些孩子是可有可无的，我总想做件大事能让家人意识到我的存在。后来我虽然进入世界级的实验室工作，但也无济于事，依然没有引起父母的关注。记忆中，我父母的关系很好，他们都是病毒学家，有相同的爱好，我觉得有一天假如他们两个人不得不分开，一定会过得生不如死。可他们后来居然还真的分手了，真是不可思议。”

她喋喋不休地说着，她的话把两个人拉得越来越近，他觉得陆慧敏对这个世界有着远比他深刻得多的洞察，而且远比他聪明得多，强大得多，根本不是弱不禁风、敏感过头。

那一刻，她变得无比柔情，变得轻松愉快，随后她认真地看着他，静默了很长时间。然后，她突然靠近金玉春时，他还没从她的话里走出来。紧接着，她迅速地、满怀感激地在金玉春的右侧嘴唇处贴了一下，算不上吻，只是皮肤的触碰。然后她起身果断地走出了咖啡厅。金玉春心里有说不出的伤感，一时间喉咙哽咽，眼泪涌上来，滑过面颊，最后抵达她吻过的地方。陆慧敏的吻把他钉在那里，那股刺骨的体味也留了下来，她的嘴唇冰凉，仍保持着柔软光滑。

像是命中注定，两个心灵曾经伤痕累累的人之间产生了难以想象的致命的吸引力，他们成了真正的恋人。

当金玉春第一次进入陆慧敏的寓所时，还是被屋子里大面积蓝色所带来的冷到发梢的宁静给镇住了，似乎房子有股阴森之气，正常人连一个小时也待不下去。搞不清她为什么非要把这一堆蓝色的东西凑到一起。从进屋的脚垫，到床单、被罩，甚至牙刷都是蓝色的，如果可能的话，她会把地板漆成蓝色，或是索性切割一片蓝天塞进房间里。

他想起他们第一次见面时，她身上的蓝色就给他留下深刻的印象。

随后金玉春又见识了她的蓝色皮包、皮鞋、内衣，似乎蓝色已经渗进她的皮肤里，连骨头也发着蓝光。女人偏爱某种色调并不奇怪，但从没见过如此偏执的，好像在她的世界里蓝色才是最可靠的。

最初金玉春和她做爱毫无快乐可言，她总是战战兢兢，好像会伤到她似的。碰到她哪里她都会紧张得不得了，不住地发抖，一边强颜欢笑地敷衍着。对她来说，痛痛快快酣睡的时间很短，总有什么压着她，浑身老是汗淋淋的。金玉春经常在半夜醒来，摸着她一头散乱的长发和白得发亮的皮肤，觉得自己的身体中充满了不知疲倦的生命力。应该说，人生的很多滋味是靠女人才能体会到的。

金玉春感叹自己有一天会变得如此强大，感到与陆慧敏相恋的日子像是上帝赏给他的，那感觉如同巧克力融化在口腔中，慢慢弥漫出浓烈的甜味。和她待在一起的时候，他感到放松，很惬意，时间不再乏味地循环。有时听她轻声细语地说话，或是两个人静静地躺在客厅的沙发上，看下午的阳光一寸一寸移动、离去，好像是与眼前那个世界毫不相关的一件事。这种感觉也是只有与陆慧敏在一起才会有。

但也有出乎他想象的事情发生，比如某个夜晚，陆慧敏就像被什么邪恶力量牵引着，她赤裸裸地走向窗户，脚掌落地的声音极其轻微。窗帘拉得死死的——出自她的手，她整个人被钉死在地板上，雕塑般立在窗户边，死人般没有半点人的气息，已经被梦或者什么吸食殆尽。没有喘息，没有身体的起伏，静止得比钢铁都要稳定。

还有，她晚上一旦失眠，会一件接一件地洗衣服，要把支撑她清醒的精力全部洗掉。她想了一些转移注意力的方法，比如，她会专心琢磨如何把头发洗好，一个步骤接一个步骤，真是毛骨悚然的过程。有时她会因为洗发液用完而整整哭一个晚上。她会一遍又一遍地清洗身体，按照她自己设定的仪式，就像是演一出拙劣至极的戏。

他慢慢地接受她的抑郁症，他不再是那个脆弱敏感、随时可能崩溃的大男孩，他有信心带她走出心理的黑洞。虽然他知道这并不容易，正像英国著名作家维吉尼亚·伍尔夫的丈夫里奥纳多·伍尔夫在传记里这样写道："……如果没人管她，她会什么也不吃，直到饿死。想让她吃饱以维持身体良好的状况，简直是超乎寻常的困难。她心中总有某种罪恶感，它的来源我无法得知。那表现在某些特定的方面，尤其是进食。在忧郁症最严重的'试图自杀'阶段，她经常独自一人坐在那里几个小时，一言不发，被毫无希望的忧郁症完全淹没。任你对她说什么话，她都毫无反应。用餐的时候，她对面前盘中的食物毫不注意。我竭力劝她多少吃一点儿，但那真是很痛苦的过程。每餐饭她得花一两个小时才能吃完，我必须坐在她身边，将汤匙或叉子放到她手中，不断地轻声请求她吃东西，同时扶起她的手臂。大约每五分钟她才会自动地吃下一汤匙。"

金玉春决定采取最极端的方法，他决定与陆慧敏结婚，因为这算是他第一次真正的恋爱，两个人再也分不开了。就像他对她说的："我根本不在乎。"主要的原因就是陆慧敏就是曾经的自己，他也知道这是一次冒险之举，但他愿意大胆一试，就像他在非洲追踪最凶恶的病毒一样，面对拉沙热、马尔堡、埃博拉病毒，多少次他与死神擦肩而过，让他对生命有着某种新的认识，即使陆慧敏有一天真的因为抑郁症自杀，他也绝不放弃对她的拯救。何况陆慧敏已经有好转的迹象，她答应了他的求婚。

就这样，他们很快结了婚，并且成了病毒研究界当年最大的新闻。后来，他们结伴去了非洲，在塞拉利昂建立了病毒观测站，幸福生活了四年。但是一场意外又一次剥夺一切，就在他们在英国参加一个流行病防控大会时，结束的那一夜，他们喝了不少酒，不过金玉春自认酒量大，根本没当回事。那天他们聊得很开心，金玉春驾车带着她去兜风，他车开得很快，当他从一个路口转弯的时候，一辆载重货车突然出现在眼前，他根本来不及反应，就听到陆慧敏最后的尖叫声，而且清清楚楚地听到了她骨骼碎裂的声音，然后什么都没有了，一切就这么消失了。金玉春亲手毁掉了自己用心血建立起的一切。

当金玉春回到两个人的家时，房间的窗帘紧紧地垂挂着，阳台上镀铬横杆上还吊挂着陆慧敏的套装和袜子，蓝色冷水杯里还晾着解渴的柠檬水，衣柜里的衣服满满地摆列着，未见取拿，冰箱里整齐摆放着充足的食品和饮料，而那只颜色特别的粉色旅行箱就倚靠在墙角处，纹丝不动。

金玉春一时还无法接受所发生的一切，他会想起她在床上发出的轻微鼾声，她滑入睡眠的身体是那样的安静迷人。是的，他确信她很快就会回来的。

某一天清晨醒来时，他似乎看见陆慧敏正缓缓拉开土黄色麻质落地窗帘。清冷沉滞的光线浮现在她瓷器一样的肌肤上，赤裸的手臂那么细弱，她心平气和、全神贯注，如同置身于一个空旷的舞台，整个人与灰蒙蒙的天空融化在那一刻中，甚至他注视的目光也随之融化其间。

他有相当长一段时间都陷入一种难以自拔的回忆之中，外面的雨声潺潺，从窗口望出去，是变得湿重的、层层叠叠的树叶，雨在玻璃上破碎了，一绺绺地放任流淌着，旁边房间传来吸尘器发出的嗡嗡声。他的那张要命的面孔终于沉下去了，浮上来的是陆慧敏那张苍白的脸，让他一阵阵地战栗。他想起以往岁月中那些纠缠厮磨过的女人们，她们被时间销毁，化为乌有，什么也没有抓住过……这些东西奇妙地纠集一起，汇成一个旋涡，把那些失去了滋味的、无尽迷惘的时光翻来卷去，压得他喘不过气来，于是，想牢牢攫住眼前这张面孔的想法是如此坚定不移，好像能让他找到生命唯一的出口。

陆慧敏此刻再化作了他的鼻息，一吸一呼之间牢牢地附在了他的身上，眼望着出入的车辆，耳边是她锐利的急切的声音，像是在动摇他不太牢靠的灵魂。

他想起了她最喜欢的一首诗：

我希望我可以哭得
像天空那般随意。现在眼泪不会
那么容易流下来。眼泪
卡在我的灵魂里
……
岁月不曾为我停留
也不愿停留，岁月为何

不停留？花儿不断
开了又谢
开了又谢，而我的人生依然
寂静如水。

后来再想起她时，残酷的肉欲在体内像一阵清风迅速掠过，多年前发生的那些事还在起作用，记忆真的很奇怪，已经葬送了的时光片断会在瞬间复活。手指的触觉、腹部的摩擦感，还有冰凉的肉体嗅觉，记忆有时是纯感官式的。只剩下这么多。金玉春还会记起陆慧敏那男孩般小巧紧绷的屁股——让人稍稍有些遗憾，以及那同样小巧紧绷的乳房。还有她陷入迷乱中慌慌张张的眼神，似乎身陷绝境，奋不顾身地在感官中寻求解脱，没有比肉体的需要更真实可信的。她单薄的嘴唇开始张合着，如同挣扎在陆地上的鱼，发出嘶哑的叫嚷，任他粗鲁地冲撞。她的头在眼前挺着仰着，他放缓了速度，试图更深更清晰地探测到她的肉体，从肉体的迷雾中去捕捉到以前的那点影子，让爱和灵魂在那凝结的时刻里会合。

第四章

京西医院院落很大，但大门是低矮的、不起眼的、老式的，那就是它标志式的式样，整个医院安静地潜藏在京西郊区的一片丛林里，它一直带着某种神秘的色彩。在这座城市里，各式各样的医院星罗棋布，少一所缺一所，人们不会觉得少了什么，但京西医院却是独特的，即使外省也视之为具有象征性意义的医院。

医院拥有国内最大的传染病防治中心，是三级甲等的传染病医院。一般人会觉得它就是一所肝病医院，因为医院百分之八十的床位是给肝病患者准备的。肝病的病因不只是病毒性肝炎，逐步扩展到非传染性肝病的病人也越来越多，酒精肝、药物中毒，还有其他免疫肝病的现在也有了。在肝病领域分得比较细。从诊断和治疗手段上来讲，在世界上也算是比较先进的。实际上，医院主治三十九种法定传染病、新突发传染病及其他感染性疾病，在细菌、病毒、支原体、衣原体引起的中枢神经系统、消化系统、呼吸系统感染等疑难杂症，以及艾滋病、各类传染性与非传染性肝病的诊治及研究方面处于国内领先水平。医院一年的门诊量就达六十多万人次，年收容量四万余人次。患者来自四十多个国家和地区，其中外省的患者达到百分之八十以上。不管来自何地，一旦染上与传染病相关的疑难杂症，首先想到的是京西医院，国家几次大的传染病疫情防治都少不了京西医院专家的身影。

说起京西医院，起初是京西城里最早的一家西医医院，是由一位德国传教士捐资兴办的，名为“圣心医院”。抗战时期，日本1644部队占领了医院，改为专门从事研究制造病毒、用于侵略战争的研究所。抗战胜利后，经过改造，更名为陆军总医院。新中国成立后，医院正式命名为京西传染病专科医院。很难得的是，最早的建筑还部分保留了下来，虽然之后进行了大规模的改建和扩建，但是遗留的风格依然延续，这一点，多亏了现任院长白玉兰多年以来的坚持。她所在那间办公室，那幢带有基督教风格的小楼，便是所有建筑的核心，记录了中国传染病防疫的历史，那也曾经是当时的中央防疫处所在地，当然也是日军1644部队的指挥中心。没有人比她更了解脚下这片土地曾经发生过什么，以及即将发生什么，业内的人都称她为“化石”级别的传染病学专家。

但她是孤单的，至亲好友或逝去或流落他乡，除了收养了一个女儿白云霓外，只有她还完好无损地留在京西，于是在她的心里，京西医院已不仅仅是一栋栋古老的建筑，而是处处浸透了生命的记忆。有时白玉兰到外地参加学术会议，去机场前，她都要执拗地在院子里绕一圈。一旦从外地赶回来，她会让司机拉她先回到医院，就像与离别良久的恋人重逢一般，只有回到医院，她的心才算真正踏实下来。她的灵魂早就渗透在京西医院每个角落里，毫无遗漏。

门诊楼前马青山亲手栽种的那棵白玉兰树已经成了一棵老树，每天白玉兰从它跟前经过，看着它从枯到荣，到繁花似锦，默然无声地成长。奇特的是，马青山去世的那一年，树虽然依然枝繁叶茂却没有开花。直到白玉兰平反成为院长的那一年的春天，那棵树突然又花开满树了，所有人都说是白玉兰给医院带来的吉兆，这让白玉兰相信人与人之间存在着不可思议的感应，超越常理的地方。那棵树成了他们之间唯一遗留的纪念物，有时候她看浓烈的花开时，甚至怀疑她与马青山之间什么也没有发生过，是的，她感激过他，信赖过他，唯独没有爱过他，无论是深情还是无情，时间总是一视同仁，不依不饶地做着清除人间所有痕迹的努力。

1947年初秋，第一次见到马青山时，她反复好奇地打量这位京西地下情报系统的特委。他就像一个随时能够自由出入这座城市的幽灵，国民党情报部门有他所有的档案，可就是抓不到他。他胸前别着中央党部的党徽，戴着遮挡面部的墨镜，包里装着《剿共手册》和几张国民党大佬签赠的相片。摘下墨镜，那两道像火焰一样燃烧的奇异的眉毛让他迅速复原了令人过目难忘的面貌，但他并不在乎有人能发现。她听过马青山很多的故事，比如1937年他曾在苏联军事外交学院学习，精通跟踪、暗杀和通信；他肩胛处的枪伤是1935年在上海法租界的一场枪战中留下来的，左耳朵也残缺了一角，那天他一个人击毙了四个身手不凡的刺客；他是特科锄奸队的主要成员之一；等等。每一个故事都像传奇一样，与眼前这个男人还一时难对得上。

她还记得他问她的第一句话竟是：“你杀过人吗？”那口气就像问她是否刚刚吃过午饭，显得那么平淡无奇。她当时瞪大眼睛，惊异地望着他说：“我是接受过训练的，会开枪，但我是学医出身的，我父亲也是医生，更多的时间是在救人。”

“那你会救你的敌人吗？”他抚了一下下巴，又给她出了一道难题。

她有些迟疑，觉得他问的简直是一个哲学问题。她在陆军总医院工作时，眼里只有病人，而且一直是在救治国民党的官兵。他当然知道她的处境，目光中并没有半分责备地说：“最近京西增加一倍的特务，在清剿我们的人，已经有三十多名同志被捕了。就在半个时辰前，他们在郊区的练兵场被枪决了。所以，从此之后，在京西你只和我一个人单独联系，我们之间的会面不能告诉任何人，包括你的姨父、表姐，所有的人。”

她根本不知道，坐在她面前的男人刚刚用极端血腥的方式救了她的命，此时却若无其事地望着她，冷峻的脸偶尔闪现出难得的笑意。

见到白玉兰（当时化名南蓓蓓）后，马青山第一次觉得有杀人的罪恶感，这是他刺杀生涯中唯一的一次。杀的人是他的宿敌，曾经是特科的同事，现在是京西宪兵司令部司令，外号“马脸”，他熟悉马青山的一切套路，终于破获了马青山在京西唯一留存的情报站，正赶回总部汇报、准备行动时，被马青山半路截杀。

行动的每一个细节都是经过反复推敲的，马青山对此非常细致，自己从来就没有失手过。京西一直处在兵临城下的混乱之中，而那个叛徒已经拿到了前往香港的机票，他知道马青山会毫不留情地报复。马青山是一个忠诚而又偏执的人，绝不允许一个叛徒就这么轻而易举地溜掉。

血随着雨水流淌，路人似乎并未受到大的惊扰，均默默地疾走离去。在马青山的记忆中，京西上空的枪炮声从未断过，便是最灵敏的麻雀也变得迟钝。马青山这次行动如此麻利，可见国民党难以挽回的颓势，“马脸”像蚯蚓一样扭动着。马青山对这次刺杀竟有几分沮丧，曾经十几年的战友，就躺在他脚边，没有进行激烈的反抗。看“马脸”挣扎的瞬间，他无法忘记那苦笑而无助的神情，透露出命该如此的凄凉。

而且他有一种奇怪的感觉，漫长的战争结束起来竟然会是这么仓促，还不足够精彩，枪炮即将平息，他也将像街上平静的行人一样，从此心平气和地生活着。而一种执拗的激情一直在他身体中激荡，他就是为战争而生的人，没有子弹呼啸声响的日子会很乏味。这也许是他射出的最后一粒子弹，上级接收京西的计划已经下来了，他已经被任命为军事管制委员会副主任，所以他离开现场时，有种意犹未尽的感觉。

目前的这个国家真是朽坏到极点，一触即粉碎，每个人都惶惶地自寻生路，他有一种强烈的冲动，要建立一个有活力有生命的政府，改造因频发的战乱和贫困而变得颓废又麻木的人民，为他们寻找到新的出路。

在眼前这个美丽柔软的女人身上，马青山嗅到隐隐透过来的清香，那是没有半点世间烟火的气味，他不知道她是不是嗅到自己身上浓烈的血腥味，他杀了太多的人。而且，他头一次产生了对妻子杜爱真不贞的想法，并预感到他和眼前这个年轻的女人之间将来一定会产生某种深刻的关系，那是他无法抵挡的吸引力，对其他男人而言，可能是一个闪念，而对他竟成了坚定不移的信念。他问了她的年龄，整整差了二十岁，但他心中的占有欲还是不由自主地像山一样立起来了。曾经人人都称他为纯洁的信仰殉道者，是的，他为信仰早已殉了道，对死亡毫无恐惧感，但见到了白玉兰，他如同见到了祭坛的圣女，只有她能洗净他身上沾满的血污，他要保住自己这一条命，等待解放。

像是故意的，这次会面白玉兰穿着鲜红的旗袍，像一团艳丽的火焰燃烧着，又像一株自然开放的花，和马青山记忆中四溅的鲜血混杂在一起，形成奇异交错的影像。他不知道她为什么穿这么显眼的衣服，真是一个大胆而鲁莽的举动，一点点的疏忽都会要了她的命。但他没责备她，而是生出天然保护她的强烈意愿，不能再让她受到任何罪恶的侵扰。

任用白玉兰做临时的情报员，吴玉章简直是在赌博，这是万不得已的选择。她还不够机警，对所面临的危险还茫然无知，作为情报人员，仅靠坚定的信仰是不够的。这个时候，白玉兰并不熟练地把装有板鸭的食盒递给他说："这是姨父捎给你的，还麻烦带给吴叔叔。就说姨父的身体已经完全康复了。"

白玉兰的表姐吴燕如一直迷恋着眼前这个谜一样的男人，一提到马青山，吴燕如嘴角便会含着少有的生动的笑，她同样也是一个冷酷的人，他们是一路人，所以她会把仅有的笑意全部献给他。女人是瞒不住女人的，以前一直是表姐负责情况的传递，白玉兰到达京西第一日接替她时，她还不无担忧地说：“我担心老马会看上你，我爱上他已经是不幸了，他是有家室的人了，你千万别扯进来。”一想到此，白玉兰便笑吟吟地说：“表姐常说您是她心目中了不起的大人物。”

马青山嘴里的纸烟逸出淡淡的烟雾来，“你表姐也是了不起的，她简直就是京西最灵敏的耳朵，也是极勇敢的战士。”

这个男人并不高大，身体却十分精壮。用一双散发着冷意的眼睛盯着她，不，应该是牢牢地绑住她，让她身体动弹不得，让她有些内心不安，莫非被表姐言中？她的眼睛真毒。她奇怪马青山为什么选了这家英国人开的咖啡厅，而不是戏院或是茶楼。这里的一切非常洋派，聚集着不少外国商人、使节和军事顾问，唱机播放着悠闲的西洋音乐，一幅与世隔绝的景象。当然，从那些外国人的只言片语中，也听到即将到来的战争和飞涨的物价，他们同样为未来忧心忡忡。

阳光斑斑点点透射进来，白玉兰突然问了一句闲话：“马特委，我们迎接的新国家是否人人都能像我们现在一样悠闲地喝咖啡？”

这事似乎难倒了他，马青山想了一下回答道：“很多人还吃不上饭呢，我们恐怕要非常忙，这个破碎的国家有很多事需要我们去做的，我们希望更多人安全幸福地生活，就像你是医生，希望治愈更多的病人。国民党无可救药地失去了人心，才会崩坏如此，可是还是有人愿意为它效忠。我们当前的任务就是，尽可能减少杀戮，和平解放京西，这里有太多的历史遗迹，非常难得和珍贵。”

想起在街道上射杀“马脸”的情景，马青山看着白玉兰，就如同看着顽皮孩子的父亲一样。她目前还只是一个狂热的拥有单纯信仰的革命者，稚气未脱，却有着牺牲自己的胆气，他要承担小心翼翼看护着她的责任，她过得一直是安全而舒适的，还未真正体验到残酷。

“我们一定要把余非凡博士留下来，国民党会消失，但疾病不会的。你父亲曾经说，整个国家当数他救的人最多，这其中也包括我，你父亲正是用余教授制造的青霉素治好了我的伤寒，他是个了不起的人物。”

听马青山说到余非凡，白玉兰脑海里立刻浮现出柳原那张汗津津的脸，还有他嘴角老是挂着略带嘲讽的笑，心便热起来。她有些热烈地说：“余教授是没有政治立场的，虽然他也痛恨旧政府，而且也是国民党重点争取的专家。不过，我正争取他的助手，他也是一个病毒专家，被外国人称为‘细菌之子’，他叫柳原。”

看到她说到“助手”时脸上漾出的笑意，马青山立刻洞悉其中的秘密，虽然他对男女之情从未有过细腻的感触，但他却是一个能洞穿他人的心理专家，他头一次因为女人而产生了几分嫉妒，于是严肃地问：“争取他有几分把握？”

白玉兰忍不住露出一丝得意的神色说：“他和余教授一起研制出中国的‘青霉素’，他的家人都死于宁波细菌战，是有进步思想的年轻人，完全可以争取过来。”

马青山看着她有些夸张和惊叹的表情，一时不忍心责怪她的轻率，只是慎重地压低声音说：“做一个情报人员，按照组织纪律，首先要有超越一切情感的理智。你目前是吴玉章同志唯一的联络人，一定要减少与一切不熟悉的人的接触，不能出现任何意外。你要知道，为了让你能顺利进入京西，多少同志做了多长时间的铺垫和牺牲。”最后，他用几乎残酷的口吻说：“尤其在这个非常时期，绝对不能发生不恰当的情感，现在京西城里增加了一倍的宪兵。就在进门前，我亲手处决了一个叛徒，他已经破获了吴玉章同志的情况，如果晚一步，你的身份也会很快暴露，千万别忘了，我们的生死就在一线之间。”

白玉兰的脸色大变，浑身的血液都凝固了，她随即控制了自己的失态，怔怔地望着他。

“而且，我们也牺牲了两名同志。要不是我亲手杀了叛徒，此刻我要做的是马上接应你离开这里，而不是和你喝咖啡。吴玉章同志会马上被他们抓走，那损失就难以想象了。”他依然平静地说着。

白玉兰这才意识到马青山为什么被称为这座城市地下情报系统的保护神，他就像一只凶狠异常的鹰，用他强硬的羽翼护佑着他们每一个人，并且向她身体注入巨大的安全感和信念。但当柳原那张面孔浮现眼前时，她紧绷的神经就会松懈下来，她知道自己犯了组织纪律错误。

“特派员，我知道错了，我今后会更小心的。”白玉兰不安地说。

马青山用不容置疑的口吻说:“我只是提醒你，现在已经进入新中国成立前最残酷的时期，你对京西整个情报系统至关重要。但你只受了不到半年秘密培训，组织上一时找不到更合适的人选，才过早地让你进入这么危险的地方，现实要比你想象的残酷百倍。我答应你父亲，保证你能毫发无损地回来。放心，我们都会活着迎接解放。”

“好了。”马青山满意地戴上帽子，窗外能看到一辆雪佛兰的轿车开过来，他干净利索地站起身说，“至少这几个月你是安全的。记住，棋盘街13号，一旦遇到任何危险，第一时间赶到那里。进屋后，马上拉开窗帘，会有人在两个钟头内接应你出城。要记住，只有我、吴玉章、吴燕如同志是可信的。余非凡并不知道你是白思明的女儿，但来自湘雅医院陆远方的推荐他是放心的。”

接着马青山轻声道：“是你父亲救了我，我在中央医院输了三天生理盐水。”接着他把咖啡一点一滴地喝尽了，把手边的那只火柴盒轻推到她跟前，白玉兰知道盒子的夹层里写着下次接头的地点。

刚好此时白玉兰光滑的嘴唇正噙着一口咖啡，用婴儿一般的眼睛凝视着他，轻轻地放下咖啡杯，款款地站起身来，表现出之前没有的从容。马青山知道，这算是特科的同志专门送给他的杰作，并非他想象的那么稚嫩。

他走出咖啡厅后，心里生出的柔情竟如此强烈。而她对他只抱有同志式的好感和崇拜，在白玉兰眼里，马青山是深不可测的，他一直是隐藏在秘密战线的神秘人物，他和吴玉章、吴燕如的背景只有中央才知道，他从不向外人道，包括白玉兰。

马青山嫉妒她的年龄，讨厌起自己残损的耳朵；而她似乎看惯了男人眼里的宠溺，她成了他红色信仰的圣物。他有些恍惚地完成了第一次与她的交接，心急如焚地等待着下一次的见面，他简直不相信自己竟然会生出如此柔弱的情感。

她的美是干净透彻的，就像他在苏联所见到的雪停下来，大地所显现的圣洁，她似乎是他多少年一直苦苦寻觅的那个女人，杜爱真是他的妻子，但并非他所爱。他的每一个手指都留下了野蛮的血腥味儿，还包括身体上所留下的伤口和疤痕，他的野心、残酷、世故、疯狂、多疑，都随着她的笑声如冰融化成了水。

说起马青山的妻子杜爱真来，白玉兰依稀还记得，她的模样还算周正，鼻翼处有淡淡的雀斑，嘴唇厚实，额头突兀地显露出来，可以看出她比别人想得多。她笑得很坦然，仿佛早已洞悉了对方的心思，看不出有一丝一毫的自卑感。她对待别人总是有太多的笑，似乎是为了回报你对她的一点关注而已，她是一个非常知足的女人。

很少人知道她是华东野战军首长杜成功的女儿，一旦有人提及，她就会立刻断然制止，态度真诚，没有丝毫做作。在中央医院做护士时，她就是出了名的好脾气，同时又是那么礼貌和体贴。她曾经是家里最让人操心的孩子，体弱多病，家里人总担心她不能顺利地长大成人。她是那种多得数也数不过来的普通女孩，几乎都长着同一张容易让人忽视的面孔。虽说杜爱真是那种一般男人不会放在心上的女孩，但马青山不得不承认，这个女孩身上有一种深藏着的熠熠发光的东西，那就是无私的善良，让他心生好感，否则也不会有后来的婚姻。

马青山是在中央医院治疗伤寒时，认识杜爱真的。即使在苏区治病期间，马青山的身份也是隐藏的。医院里除了白思明外，所有人都把他当作普通的伤员，哪里知道他是在地下战线大名鼎鼎的英雄。杜爱真受命对他进行特殊护理，她第一眼就被他异于常人的独特气质所吸引，而且认定他是自己一生所托的男人，一触碰他的眼神她的心就会怦怦地跳，无论什么时候，他都会像大山一样矗立，她恨不得和他一起承担病痛的折磨，但这个男人从不在别人面前呻吟一声。

马青山是何等敏锐的人，病情稳定后，他自知又逃过一劫。每当杜爱真亮晶晶的眼睛凝视他时，他似乎找到了一个宁静得让他真正安歇下来的停泊处，他来来回回出入敌占区，什么样的场面什么样的女人都是见到过的，说不清这个女孩有什么东西吸引了他。她是那么柔软，却又那么镇定自若，全没把任何苦难放在眼里，无论置身何处她都能拥有一小块不受侵扰的世界，目光像溪水一样清澈，骨子里有一种说不清的高贵。

据医院的人讲，两个人关系的特殊是在马青山病愈后一场医院举行的舞会中才被人们发现的，之前他们之间发生了什么，无人知晓。那一天，杜爱真穿着最时髦的裙子，显现出前所未有的光艳，她的目光从没有从马青山的身上移开过，而马青山则穿着一套并不合身的军服。更令人吃惊的是，从不跳舞的杜爱真竟然跳得一点儿也不差，随着马青山自如地在医院简陋的会议大厅里飘动，一只手从攥着马青山的手那一刻起就没有松开过，她是那样旁若无人，连休息的空隙也没有人能插进来。

众目睽睽之下，他们是那样怡然自得，他们的目光长时间凝结在一起，那是恋人之间才有的凝视。没人知道他们之间发生了什么，两个人全神贯注地投入到眼前的交融之中，似乎已经忘了旁边的世界。他们中途离开了舞会，花了半宿的时间在医院附近闲聊散步。

爱一眼就能看得出来。杜爱真眼里放着光，那是从灵魂深处发出来的，所以才如此咄咄逼人、耐人寻味，一副已经把马青山牢牢抓在手里的样子。她的爱不拐弯抹角，赤裸而横蛮。这时候的她也显露出妩媚的一面，她会当着所有人的面低声叫他“青山”，那颤音是晕眩滚烫的身体发出来的，弄得医院里的人在背后惊叹不已。

就在医院里的人四处打探马青山的背景时，杜爱真的父亲杜成功带着妻子秘密来到医院，父女经过一番激烈的争吵之后，杜成功还是被女儿决绝的态度打动了，他是知道马青山身份的，担心女儿一旦嫁给这个天天出入生死境地的男人，说不定哪天就成了寡妇，而杜爱真全然不知其中的危险。这时，马青山接受了新的任务，告诉杜爱真马上要离开医院，要回到原部队。在杜爱真苦苦的哀求之下，两个人在杜成功夫妻面前磕了头，就算是成婚了，仓促到两个人连一顿饭也没有吃，马青山就被接走了。事后，医院的人好一段时间还都蒙在鼓里，只是觉得杜爱真完全变了一个人，脸上时不时浮出痴痴呆呆的笑来，如同梦游一般，问到她，她闭口不语。

之后，他们总是秘密地见面，杜爱真不在乎任何形式，只要马青山是她的男人就足够了，而且她很快为他生下两个儿子，个个像他一样结实，她坚信他们的婚姻就像山一样牢固。直到新中国成立后，他们的关系才正式公开。

新中国成立后的马青山在京西几乎成为一尊神，他是京西的功臣，而且担任军管会的主要领导。尤其在京西医院更是如此，他成了京西医院第一任名誉院长。每当医院有什么大型庆典活动，他就成了压阵的道具。而他一向很配合。那个时间是被精确计算好的，他会不失时机地登场，全场鸦雀无声，似乎有一股神秘莫测的力量降临，他是那种能压住任何场面的人。所有医护人员都立起身来，用崇敬的眼光看着他一步一步地移动，好像担心他半途会不小心跌倒似的。他笑吟吟地稳步徐行，最后缓缓落座，大家才放下心来。

京西人私下说，别看马青山年纪不小了，其实鸡巴结实得很。他有根不同凡响的生殖器，只长了一只叮当作响的睾丸——另一只是在执行锄奸任务时失掉的，却给他带来了无上光荣。

但是就在他仕途顺利、家庭安稳之时，马青山为了白玉兰，人像着了魔一样，他不惜牺牲自己来之不易的政治生命，嚷嚷着要和杜爱真离婚，这一下把杜家人完全得罪了，由此这件事惊动了中央。高层很快发下话来，马青山被视为高级干部在新中国成立后为了个人的私欲抛妻弃子的典型，即使他过去立下赫赫战功，还是撤去了他在京西的要职。更令人不解的是，这个时候的白玉兰并没有接受他的求婚，还在等待着台湾那边柳原的消息。这种一厢情愿赌徒式的做法也只有他才能做得出来，一个曾经的冷血杀手，心肠比钢铁还要硬几分，竟然为一个并不爱自己的女人自毁前程，这不是鬼迷心窍是什么。

凡是马青山认定的事，任何人都阻挡不了。自从不得不与马青山离婚，杜爱真马上就疯了，人就住在杜家位于军分区的大院里，被严格看护着。几乎每天十点，她都会推开阳台的窗户，喋喋不休地叫嚷起来，一遍一遍地嘶喊着马青山的名字，似乎要唤醒他的良知，召唤他的魂魄归来。她衣衫不整，蓬头垢面，家里人也拦阻不了，这撕心裂肺的喊叫声似乎能传遍整个京西。喊叫声之后，是她喋喋不休的自言自语，像是在控诉那个忘恩负义的男人，还有那个狐狸精一样的女人。其实她的家人知道，即使在杜爱真精神病发作的时刻，她仍然爱着那个男人，一直到她死，她的灵魂也附着在马青山身上，一刻也没有离开过。

人们渐渐地已经习惯了这个凄惨而看似荒唐的现实，马青山也得到了报应，他被发配到京西郊区的一个农场当场长，即使这样，他也没有任何悔意，对迟早会得到白玉兰这件事坚信不疑，留下白玉兰一个人在京西医院接受着千夫所指的骂名。这也是他早就想好的策略：没有人再敢打白玉兰的主意，更何况是马青山舍身相求的女人，除非他真的不想要命了。

最终，白玉兰答应了马青山的求婚，是在她与柳原承诺五年为期的时间之后，而且她从表姐吴燕如那里得知柳原与沈玉婉已经成婚，他们起初的想法太乐观了。又赶上中央对过去地下情报系统审查时期，她需要强大的支持才能过关，这里有着她生存的盘算。从情感而言，这个婚姻是绝望之极的选择。

白玉兰再清楚不过的是，马青山对她的迷恋是感官式的。至今她还清晰地记着，她闻到浓烈的酒味、汗味和烟火的气味，他的每一块骨骼都在噼啪作响，每一块肌肉都在颤动，嘴里呜咽地低吼着，他迫不及待地掠夺她的每一寸肌肤，把她撕碎、生吞活剥，毫无伪饰，贪婪而凶狠，他生怕半途生出半点变故，他要把她脑子中的那个男人完全抹去，而肉体是最直接的，所以他才这么粗暴。

一开始，白玉兰奋力地抵抗，但很快就放弃了，闭着眼任他撕裂她的身体。这是一个令人生畏的男人的身体，布满了刀枪留下的疤痕，再说，她知道这一刻注定要发生，她泪如雨下，她剩下的只有屈辱和悲伤，虽然她并没有违背和柳原“五年为期”的承诺，但她最终还是背叛了爱情。她渐渐麻木了，失去了惊恐和自尊心，就如同一次近似强暴式的体验。他就是这样剥夺了她的羞耻心，让她用最短的时间屈从了命运。

马青山把征服她的肉体当作进入白玉兰内心唯一的途径，除此之外，别无他法。因为一个男人若是占据了一个女人的心，是难以抹去的，柳原还悬在他们头顶上呢，唯有用肉体的占有渐渐改变她的想法，女人一旦真的认命了，曾经让她心慌意乱的爱情终究会变成冷静的回忆。所以，马青山一直处于性欲的亢奋状态，他原来广阔的世界现在只集中在一个女人身上，没有人再关注他，陪伴他的不过是一大片田野和几十个农民而已，于是他忘我投入到对白玉兰肉体的征服上，就算是某种逃避和补偿吧；而白玉兰却患上了性交恐惧症，她一听见他兽性的喘息声响起，就会吓得瑟瑟发抖，那是与爱情格格不入的肮脏的行为，毫无快乐可言。她开始厌恶自己的肉体，感到已经被彻底玷污了，自己不过是对方发泄肉欲的低级生物而已，好在他们因为政治审查只短暂地在一起待了几个月，她已经觉得被摧残得奄奄一息了。

过了一段时间，马青山内疚地对她说：“玉兰，你是多么干净的女人啊，谁得到你都会要遭点报应的。好在我这个人命硬，见到你之前，我不知道纯洁是什么，我觉得人配不上这个东西，但是我忍不住亲手毁了你。在看见你的第一眼起，我就已经无法自拔了，不管付出多大的代价。不过，我答应你，我要用自己的生命保护你，不受任何人的欺凌，这算是对你的补偿。”

的确如他所言，马青山给白玉兰留下的政治遗产，够她安全地度过一生。他既是一个冷血杀手，也是一个成功的外交家。挂在他嘴边最多的一句话就是：我每次都留有后路，不到万不得已，我是不会杀人的。他留给白玉兰一只铁箱子，就放在沈家的宅子里，里面有上级领导给他的手函——他曾经是中央首长的警卫，也有与京西头面人物相互之间的信函和互赠的物件，还有一本他记录下来的曾经营救过的人员名册，这一点他是精明的。那些人遍布京西的各个阶层，都欠他一份人情，而他索求的并不多。这一切他都毫无保留给了白玉兰，并且告诉她如何运用。

马青山以惯有的情报人员的方式做了这件事。所有他救过的人，或是与他有过密切关系的人，都会接到他一封秘密的信。信的内容大同小异，就是白玉兰一旦受到审查，或者他哪一天不存于人世，希望对方能够出手相帮，完全是私人的相托，出于一个男人保护自己女人的本能，没有身份、地位的要挟，事实证明，他的准备是有战略眼光和预见性的。

他曾身居京西军政要职，他一旦受到审查，因为过去方方面面的关系太多，难以说得清楚，包括与国民党高层的关系，简单拿出其中一条就可能置他于死地，权力斗争是不讲道德和事实的。他告诉白玉兰，他掩护过数位首长，至少能保全自己的性命。他目光灼灼地对白玉兰说：“我的每一滴血都是干净的，可惜有不少证明人已经死了，这些事他们是认的，我的清白是用命换来的，即使埋在地里，我的骨头也是干净的。”

不知算不算幸运，马青山受审查不久，便中风了。脑子只有一部分可以用，他只能控制着一半的身体，连嘴角和舌头也控制不了了。每次见白玉兰，他会尽量挪开自己的眼神，不让白玉兰看见自己如此不堪的景况，他的神经被摧毁殆尽，但他总会伸出鸡爪一样萎缩的手攥着她那丰腴的鲜活的手，继续把她置于他的掌控之下。其实他再清楚不过了，他的占有就此结束了，而白玉兰的美依然盛开如昔，他享用占有她的身体是有期限的，但有一点令他欣慰的是，没有哪个男人敢轻易招惹马青山的女人，即使他神志不清，他也不会终止他的报复的。

那些可以支撑他的辉煌，只有眼前这个渐渐模糊的身影了。“小玉，”这个声音只有白玉兰能听得懂，马青山说，“你今后不要再来了。我们尽快离婚，所有事我已经安排好了。”接着他发出孩童一样吭吭的声音。她听懂他所有的意思，就像他所说的，这是暂时为了生存的策略。因为这时白玉兰已经怀孕了。

他的判断一向不会错的，除了他的身体，一个无数次越过鬼门关的人，身体怎么会如此脆弱呢。白玉兰顺从了他，离婚不久，便被发配到西郊农场改造去了。马青山告诉她时间不会太长，只是去避避风头，把孩子顺利地生下来。没想到的是，中风后的马青山却被杜爱真一家人不计前嫌接回了家，更为出奇的是，在护理马青山期间，杜爱真居然恢复了正常。就这一点来讲，她对马青山才是深入骨髓的爱，才会有这样的奇迹出现，他们才是性命相系的人。

等白玉兰平反再回京西医院时，专程探望了一次马青山，事先征得了杜家的同意。白玉兰也因此第一次见到那个痴情而善良的女人，比她想象的还要宽容大度，神情中没有仇恨和病态的痕迹，同时也见了他们已经成人的儿子，都像马青山一样精壮，一家人对她的到来保持着足够的礼貌。那个满头花白的女人眼睛里时时流露出的善意，让白玉兰顿时心生难言的内疚，他们曾经残忍地把这样的女人逼成了疯子。

就在一间宽大的客厅里，白玉兰再次见到了轮椅上的马青山，在家人的悉心照料下，他仍然顽强地活着，只是病情一直没有得到好转，他的身体已经失去了大部分控制，旁边一个手脚麻利的保姆时不时熟练地擦掉他嘴角流下的涎水。

灯光足得一点儿阴影也找不到，马青山的目光——如果还算是目光，正歪斜地瞅着乳白色的皮质沙发发愣，他仅存的大多数时间里都要老老实实地待在那里，直到死去。

他早已经忘记自己过去如何风光过了，就因为一根爆裂的血管就结束了他曾经所有的野心。他那双短粗的布满老年斑的手交错着摆在胸前，靠着轮椅扶手的胳膊支撑着不断歪斜下坠的身体，还得有人及时照看。他身体正在萎缩风化——野心和力量已经被抽干了，只剩下松松垮垮的皮肤和裸露出来的骨骼，死亡就在头上盘旋，只有那两道铡刀一样的眉毛还是那样坚硬地竖立着。

这时，杜爱真俯身在他耳边大声地说着白玉兰的到来，马青山呆滞的目光只闪了一下，标志性的眉毛颤抖了一下，显示他内心还有残存的知觉。旁边的人像是看到奇迹发生了，所有的目光都期待他变得更清醒一点儿。果然，他不负众望，开始咧着嘴，像是在尽力做出孩子般天真的傻笑，显示他的情感并不麻木单调。但只一会儿，他控制嘴角的能力便丧失了，又再度恢复到没有知觉没有情感的世界，他无声地打了个呵欠，眼皮开始下沉，看来他不喜欢被这一大帮人围着，最终还是强大的疾病令他驯服了。

这个时候，白玉兰做了一个让所有人都感到讶异的举动，她屏息注视着面前这个管不住自己口水的老人，不受控制地俯下身，伸手攥住那两只像是被捆绑在一起的手，轻轻地掰开。老人不满意地咕噜了一声，任她来回摩挲着。所有人的目光都紧张地投向了表情淡然的杜爱真，但没有看到她情绪有一丝波动。

在那个静止的场景里，所有在场的人都会觉得，那四只手曾经在另一个场合中有过更加丰富的交流。很快，白玉兰知道自己的举止失控了，又将那两只手恢复了病人喜欢的姿势，再次紧紧合拢，似乎生命还在他不肯屈服的手心里紧握着。马青山很少使用的脸部肌肉艰难地拉扯了一下，他的眼睛改变了一下视角，但还是无法对准白玉兰。不管如何努力，还是无法移到理想的位置，最终他放弃了。

最终，白玉兰泪光一闪，她意识到，这将是他们生前最后一面了，她的伤感也在此时此刻结束了，是啊，没有结束不了的事情。她随即挺直腰身站了起来，放弃了与周围人进一步交流的打算，身子转向了门口，并对身边的杜爱真说：“老马一直就是你的。”

最后一次见马青山，是在他的葬礼上，棺材里躺着继续受人瞻仰的马青山，他的脸色居然红润，皮肤还有弹性，残留着顽强生命力的痕迹，不像一般的死人那样硬邦邦的。所有人当中，只有杜爱真脸上挂着哀痛欲绝的痕迹，她强撑着，也许一股轻风就能把她刮倒。眼前的葬礼早在她的预料之中。穿上丧服后，她的眼睛是空洞的，魂魄已经被死者一点儿不剩地带走了。

那一天，白玉兰因为奇特的身份而成为葬礼中的主角，她在人群中卓然而立，穿着一身挺括的黑色中山装，那是父亲留下来的，完全是男性的打扮，胸前别着一支玉兰花，身体是挺直的，头发稠密却丝毫不乱。脸是冷峻的青白，一丝哀痛的神色也没有，仿佛已经参透了生死。她的举手投足似乎只不过是出于一种礼节，即使棺材里躺着的是一个毫不相干的陌生人她也会照此行事，那是出于对杜爱真的尊重，她知道，真正爱马青山的是眼前这个悲伤欲绝的女人。她恭恭敬敬地在遗体前鞠了三个躬，然后转向杜爱真，鞠了一个躬，最后一言不发地匆匆离去。

如今已经快九十岁的白玉兰习惯了身体的退化，但那种大家闺秀的气质不减分毫，皮肤虽然松弛了，但依然细腻，她的头发还留存了不少，每天都被梳得一丝不苟，就和年轻时一个样，只不过颜色变成了雪白闪光的白色，她从不焗油，她要自然优雅地迎接一切，不管是病痛还是死亡。前来医院的病号都感受到她疗愈人心的气息，她是他们心目中的女神，只要她优雅轻松地坐在病人面前，对方的病痛就缓和了许多，心情也平复下来，不管自己身患什么病，都觉得得到了拯救，不再焦躁不安，即使明知道身患绝症。

一般而言，白玉兰通常在家中调配自己的早餐，就像是配药一样，她不相信别人，有时候也就是一杯脱脂牛奶，几粒枸杞，待梳洗好后，再泡入几片曲奇饼干，外加一头大蒜，一瓣一瓣地掰下来，就着面包有意识地细细咀嚼，预防心脏衰竭。每隔一段时间她就会变换花样，但她吃东西的速度一直是迟缓的，保持充分的咀嚼，以便消化，她牙齿还算结实，胃口也不错。

虽然有专车，而且院务部专门为她安排了一名生活秘书，但她基本不用，她喜欢独自步行去医院，也就半个小时的路程。中午她只吃很少的东西，会喝一小杯酒，吃一只雪花梨和几片西瓜，或一小碗粥，而后小憩二十分钟，听到自己打呼噜即可，并不深睡。下午她喝下一大杯菊花茶，处理完非她处理不可的事情后，就去病房转一转。虽然公务繁忙，她还是坚持天天门诊一小时，她并不想成为十足的官僚，她更愿意救治病人。她只需要看一眼病人的气色，便知道病情如何，尤其那些病情危重的病人，家人总希望她去做个最后的判定，无论这个判定有多么残酷，他们都会不再遗憾了，在她的轻言款语中接受现实。她总是用最简省的治疗方法，从不多开一粒药，最普通的处方单子她都认真书写，没有一个笔画是马虎的，虽然每天接受她诊治的病人很少，但日积月累，她在医院却是看病最多的医生。

年纪大了以后，睡眠会越来越少，有时甚至会失眠，这世间留给她的时间不多了，她了解自己的身体。每当她无法入睡时，索性披衣出门，踏着如水的月光，独自走在院子里，来到马青山种下的那株白玉兰树下，打一套简易的太极拳。夜色里，只见那树任性地挺拔着，以不变的姿态直指星空。有时她会把手贴在树干上，感受那种滚烫、暴突的筋脉隐约的颤动。她早就学会了自我倾诉，索性一个人静静地待着，观察着脑子里纷至沓来的各种意念，任它们时隐时现，直到心平气和之际，才又回屋踏实睡觉。

她不大乐意别人称她白老，那是一种令人生厌的尊称，专指那些曾经位重权高但已经过气了的名人要员。马青山对她说的没错，权力就是人显示出的最大的存在感，谁又能真正抵挡住欲望呢？如今年龄成了死杠和红线，元老们只好纠集一干人以调研的形式游山玩水，吃一点喝一点，再捎点茶叶、干果之类的土特产，对政事的感慨和评论在接班人那里，几乎是左耳进右耳出。一旦被人称为白老，那意味着她已经被供奉起来了，离那些挂在墙上让人瞻仰缅怀的人物不远了。在医院，偶尔有人喊她白老时，她就感觉是提醒她早该退休了，该给别人挪地方了，她得到的已经够多了。

同样，她也不喜欢被人称为白院士，显得太知识分子太专家学者化了。像大师、泰斗之类，人一旦戴上这样的桂冠，便已非有着真实生命的凡人，只能高山仰止，令人望而生畏，最要命的是还会被人认为不过是一本正经的学究，一个符号，谁还能与你为伍？

有一次她参加了一场宴请，主人是京西有名的商人，也是她救治过的一个病人，更主要的是他的父亲曾经是马青山的部下，若没有这层关系，白玉兰是不会赴这种宴会的。在京西，请到白玉兰比请一位市领导都难，因为她是这座城市不多的几个“象征物”之一，能活过她的人寥寥无几，而且她依然保持令人惊讶的健康状况。这位商人郑重其事地请来一班社会各界的名流作陪，这个面子是白玉兰给的。当她在主宾席落座时，那帮人已经等候多时了，那位心怀感激的商人再次隆重地介绍了一番白玉兰，白玉兰很快打断了他说：“再这么介绍下去，我听着像是念悼词呢，大家凑到一起吃顿饭，还是轻松一点儿吧。”

菜是淮扬菜，酒是洋酒。虽然白玉兰发了话，那帮人还是拘谨地面面相觑，她的名头太大了，似乎压得他们喘不过气来，吐出的每一句话都是小心翼翼的，生怕有什么不敬之处，气氛陷入沉闷的境地。白玉兰立刻对那位商人说：“洋酒还是换了吧，换点有劲的，菜也不要搞得不咸不淡的。”经白玉兰这么一提醒，那位商人马上命服务员换酒换菜，气氛也慢慢活跃起来，酒再下了肚，交谈变得轻松起来。在座的人还是头一回见识了白玉兰的酒量，一杯接一杯，她竟没有失态，他们都被她优雅的姿态所打动，这种气质在现在的女人身上很少见得到了，他们在心里想象着她过去会是一个多么迷人的女人，也只有像马青山那样英雄式的人物才能追到手。

到了宴会终了，几乎所有人都醉了，她的话语关切到了每一个人。谁也没想到即使是赴这样仪式性的宴会，白玉兰也已经把在座每个人的底都摸了一遍，所以她看似不经意的谈吐，都能触到某个人的内心。

凡是能够参加白玉兰所在的宴会，都禁不住被这个老太太迷住，人也会变得高贵一点儿、美好一点儿，酒也忍不住多喝一点儿，然后满怀崇敬地望着她，听着她嘴里诗性、跳跃而透彻的言语。

在众多的称呼当中，白玉兰还是更喜欢人们称她白院长，这个称呼告诉她仍然拥有对京西医院的绝对权力，她也不能免俗地迷恋它。马青山一直认为她是拥有当权潜质的，就看给她多大的平台了，即使指挥千军万马也不在话下。“因为我们都是不甘人下、充满野心的人，”马青山说，“一种控制别人的野心，也是人生最有趣的游戏。”这种野心只在柳原面前消失过，她心甘情愿地被他征服，像一个真正柔软的、需要怜爱的女人，是的，也只有柳原让她觉得自己像一个女人。

京西医院完全是按她的心思构造的，如同玩积木一样。她把编制规定的十六个业务科室拆分重组为四十个临床和科研中心，还在连接病区的走廊地带增设文化墙，集中展示医院的历史文化以及医院涌现的历代名师名家名医的照片，既体现政治性又有历史感。她又改建了阳光大厅，设有喷泉、小桥流水，每次改建她都要亲审图纸，查看建筑材料，包括移植来的一草一木。她力求不落俗套，老建筑一处也不能毁掉，建筑自带记忆感的，又有多少人会明白这一点呢？

在白玉兰的调整之下，京西医院的人在京西显得有些特别，他们在同行中显示出某种说不出来的傲慢，但在专业上毫不含糊，同事之间很少拉帮结伙，讲规矩大于讲感情，所以人显得有几分木讷和内向，由于是病毒专科医院，相互之间的接触更为谨慎。专业性的消毒、杀菌、灭活，挡住了外来的病毒，也挡住了信息的传播，在京西医院与外面的世界之间筑起了一道天然的屏障。

医院的病号多数来自欠发达地区，有头有脸的人得了那种病还不敢来看，医生护士不像其他综合性医院神通广大，新毕业的大学生死活不愿意来，勉强来了也想方设法尽快调走，逃离这个又脏又累的病毒窝子。

于是，白玉兰下决心调整一线医护人员的奖金分配比例和系数，突出传染病医院职业劳动高风险而且是常态化下的高风险的特点，增加传染病岗位补贴。京西医院一线医生护士的收入比医院的院领导多，而且比京西其他医院的同行高。她还亲自领着医院后勤人员四处奔波，把医院北门马路对面的一块地给拿过来了，作为医院生活服务保障区，马路下面构筑了地下通道和停车场，把马路两翼的医疗区、办公区、文体活动区和生活综合服务区连在一起，实现了各区域既物理隔离，又功能对接的一体化系统。还开发了数字化医院管理系统和精细化管理系统，兴建了一批经济适用房，凡结婚的医护人员都能有一套户型适中的住房。

白玉兰一番作为，在医疗系统同行中引起了很大的反响。京西医院也成了优秀青年医学人才向往的地方，白玉兰的办公室经常有一些毛遂自荐的年轻人，还有一名年轻的院士致信白玉兰，想率领自己的学术团队一起投奔到她的麾下，兴许还能尽快实现京西医院国家科技成果一等奖的突破。许多人都说白玉兰本事大，她心里清楚，如果没有院长这把交椅，她的蓝图最多只能成为咨询报告，根本不可能如此迅速地落实。

快九十岁的医院院长，在哪里都是奇闻了，但在京西，人们见怪不怪了，在这个女人身上，什么奇迹不会发生呢？白玉兰每次参加医院院长会议，她的座次安排给会务组添了不少麻烦，只好破例给她一个重要位置，这会让她颇为尴尬。后来，一般的会议她干脆委托常务副院长参加，一是不给组织添麻烦，二是也省去那些年轻的院长的指指点点。

其实，在快过六十岁生日的那段日子，她估摸着该退居二线了，心里老有一种烦躁不安的感觉，她知道那是所谓的权力感在作祟，有着明显的撕裂般的疼痛。以前她不考虑领导退休前失控的状态，人都是事临到自己头上，才能领悟某些东西。她以为自己能平淡地面对这一切。

以前她经历过的惨痛还不够多吗？父亲不吱一声地吃药逝去，留给她的遗书也看不到，骨灰撒在她无法知晓的某个地方；一个成形的男婴就死在她眼前，出了她的子宫后，甚至还没有来得及呼吸一口人间的空气；爱人还是娶了情敌，而她不得已嫁给自己并不爱的男人，短短的婚期之后，男人就中了风，不再认识她了。她有时都不认识自己了，紧攥着那么一点儿权力是为了什么，她不是这样浅薄的人，只是她不习惯，不习惯离开京西医院，只是为了守护点什么，老年人的贪婪？也算是吧。

当她仔细环顾医院里的一切，到处都弥漫着自己的气味，每一处都留有自己的影子，没有人会理解的，她想着，她死了，也会成为这里的幽灵。办公室的沙发、茶几、落地台灯、书橱，特别是她坐的那把木制椅子，都有些年头了，想到自己退休了，离开这间办公室后，这些家具就会被继任者扔出去，成为垃圾，她的心就会紧缩，前人都会成为后人的垃圾，无论生前如何风光，都会成为时间狠狠嘲笑的对象。所以在她退休前的一段时间，她很多时间都一个人闷在屋子里，没人敢去打搅她，更谈不上敢向她提及退休的事情。

她从办公室出来时，常常是月上树梢了。她径直向门诊楼走去，那株白玉兰树依然茂盛，像是等待着她的光顾和告别。这树是通灵性的，至少对她而言是这样的，她便会再一次伸手去抚摸它，让它感受自己破碎的心。树就是树，并没有人一样灵敏的神经，自然才是它唯一合理的本性。她知道，对一棵树而言，自怜是愚蠢的，医院的所有人很快就会接受她离开的事实。

但是从心底处泛出的酸楚，还会让她忍不住伏在树干上脆弱地哭一会儿。她会有些幼稚地和树说说话："我退下来之后，你就没那么显眼了，别人也再不会把你和我联系到一起了，不会有那么多人上赶着与你合影，或许哪天新院长喜欢银杏、白杨、榕树之类的树，嫌你碍事了，巴不得我的痕迹抹掉得越干净越好，你也会受到连累的。"

上面已经拍板了，就等着文件下来，白玉兰焦灼的心情还没有平息之时，命运又一次眷顾了她——一场意想不到的大规模病毒性流感在京西暴发了。一夜之间，城里大大小小的医院里躺满了病人，大多是儿童，产生的恐慌自然难以复加。不明症状的高烧发热，各种退烧药物的作用有限，疫情在迅疾地扩大，不到一星期，大街小巷不见了孩子的踪影。传染病一向如此，突如其来，令人猝不及防，医院暂时所能做的就是给虚弱的病人输液，期望着奇迹的出现。这个时候，所有人都等待着京西医院的防治方案，还有白玉兰的出现。原本坐拥国内最好的传染病医院，反应却令人失望地迟缓，人们焦急地等待着，京西医院居然静悄悄的，毫无声响，于是期待很快变成了绝望的咒骂，看来传言白玉兰离任是真的，没有白玉兰的京西医院就像没有了灵魂。连北京国家疾控中心也坐不住了，派来了几位防疫专家，一番检验下来，得到的结论令人失望：罕见变异的病毒，暂时没有对症的药物。整个京西城一时间陷入可怕的境地，一切正常的生活和工作都停滞，而且封禁如孤岛一般。在外地的京西人也一律被当地人视为病毒携带者，被隔离对待。这在京西历史上还是头一次，京西医院更是成为笑柄。

所有人盼望的奇迹又一次出现了，白玉兰又扮演了一次拯救者的角色。混乱不堪的疫情报道中终于传来白玉兰清晰有力的声音，京西研制出一种中药汤剂“玉兰露”，再加上西医辅助治疗方案，可以很快缓解疫情。其实，这种被称为“玉兰露”的中药汤剂是京西医院中医研究中心不久前才研制的产品，正在进行第四期的临床试验。在外人看来，这是一个大胆的行为，若非难以控制的疫情，没有人敢批准使用未通检的药品，这是白玉兰的赌博，除了她自己，也押上了京西医院的名誉。只有白玉兰和少数几个病毒学专家知道这种药具有稳定可靠的药效，白玉兰不是疯子，她丝毫不怀疑自己的判断，所以她敢把药剂挂上了自己的名号，这是她的保证。

疫情果然如她所言，不出半月就被控制了，惶惶不可终日的市民迅速恢复了信心和平静，除少数患者因发热引起的并发症而不治之外，其他人陆续退热康复，很多人由于恐慌如此快地终结还没有缓过神来。于是，京西医院再一次成为国内舆论的中心，面对如此级别的传染病取得了如此有效的防控结果，媒体不吝溢美之词。其中一篇《一个人拯救了一座城市》的文章被认为是最能表达民众崇敬之情的，为此中央高层很快签批了对白玉兰表彰的意见，白玉兰也达到她个人名誉的巅峰。

于是，她的退休安排被组织取消，理由再充分不过了，这次防疫工作的功绩，再加上防疫专业的特殊性，尤其白玉兰无人替代的特例，这个时候如果停了她的职，其后果可想而知。此时的白玉兰正受省里的委托，进行全国范围的事迹演讲，荣誉如潮水般涌来，她已经被定义为国家级的英雄。当然，她的头脑是清醒的，无论再大的荣誉也会如烟花一样过去，她并不在意，唯一的私心得到满足——继续留任，她觉得并不过分。

翌年11月，白玉兰当选为中国科学院院士，新药也通过了审核，她的名气大得连自己都吃惊，这是她无法控制的。她的希望也超出了预期，是否留任院长的事情已经不是京西能够决定的，甚至省里部里都要谨慎对待，她已经是具有国际影响力的大人物。

自此以后，也就没有人再提她退休的事情了，多一事不如少一事，何况她的身体格外健康，权力是保养品，丝毫看不出老太太精力不济的迹象，若非她自己提出，没人惹这个乱子。

第五章

一次，由于白玉兰在外地出差，雷学武代表白玉兰接待了卫生局一位副局长。对于这种应酬，他一向很积极，不放过任何一个积累官场人脉的机会，自从白玉兰在公开场合指名道姓地敲打他以后，他才收敛了许多。

这位姓闻的副局长在圈子里一向有贪杯好热闹之名，为此，院办还专门调来两个能陪酒的护士长和一名护士。雷学武先到了预订的包房，不一会儿，就听三个嬉闹的女声由远至近传来。门推开后，两个护士长他是认识的，向他亲热地打着招呼，而那名他从未见过的护士对他笑吟吟的，自报是肿瘤放射治疗中心的护士，然后口气异样地说："雷主任，你忘记我了？我一直听您的讲座，场场不落。"那女人的眼神似醉非醉飞过来，头发后盘着，脸被质地极好的化妆品遮得一丝瑕疵也没有，香味幽幽地散着，腰被带子浅浅地束着，黑色的裙子和皮包细致地搭配着，一截白皙的脖子直直地挺立着。雷学武在脑子里快速搜索着，没什么印象，他一向自认为记忆力超常，但在数千人的京西医院里，总会有他永远也不认识的人。

这个名叫陶洁的护士多少让他有些尴尬。那阵子他刚升为大科室主任，成了学科带头人，人变得意气风发起来，讲座一场接一场，一个大教室乱哄哄的，仰向他的脸又不可能一一看清，讲完走人，很少与听课的人交流。这时陶洁歪着头，嘴角向上弯着道："雷主任的课讲得真精彩，每一次的印象都是挺深的，没想到能在这里见到您。"她的赞扬让雷学武恢复旧日的骄傲，他挺挺身子说："算不了什么，那都是陈年往事了。"正说笑间，闻副局长驾到了。

那闻副局长身体健壮，酒量也好得出奇，雷学武自知酒量不行，干脆告饶，让两个护士长替下了他，与闻副局长推杯换盏起来，热闹异常。唯独陶洁稳稳地坐着，并不参与那份热闹，倒是闻副局长主动和她喝了几杯，她喝起酒也是浅浅地动动嘴唇，毫不在意他人的脸色。雷学武忍不住用眼神暗示一下她，陶洁小声道："我又不会说话，只不过是被临时抓来的，再说了，这样的好机会今天还轮不到我。"说着瞟了一眼那两个变得有些轻狂的女人，雷学武见惯了如此的场面，并不感意外。

雷学武猜不透她的心思，见她如此自尊和克制就心生几分怜爱，但他知道这是一个相当难以琢磨的女人，也是难以驾驭的女人。怕冷落了她，便小心地挑着话和她说，他也不知道自己怎么生出这么多的耐心，那过程就像吃鱼挑刺一样小心。雷学武心里叹道，给她做丈夫一定是件很烦琐的事。

想到这儿，雷学武随便问道："你老公在哪里上班？"

"已经死了两年了，车祸。"那腔调有些冷冷残酷的味道。

雷学武自知冒失地问了一句错话，看她的脸色并没有变，目光似乎超离这群人伸向远方，那一刻如一尊高贵的塑像一样。

“白大主任可是一个美人啊，京西人都说您艳福齐天呢。”陶洁回敬他一句，听得出，她的赞美是真心的，不过探过来的目光锋利得像要剖开雷学武的心。刚想说点什么，雷学武的手机响了。

走出包间，雷学武接完了白云霓打来的电话。再落座在沙发上时，音响打开了，闻副局长正和其中一个护士长跳舞，脸正经地仰着，两个人身体之间保持着适当的缝隙，剩下的两个女人正在窃窃私语，一副习以为常的样子。

等他回到座位时，“美女的电话？”陶洁嘲讽地问道。雷学武觉得她一分心思已经用在了自己的身上，这句话就是一个证明。于是，他不加掩饰地说：“是啊，她一个人时总有些害怕。”陶洁怔了怔道：“害怕什么呢？莫非怕你会被别的女人抢走了？”

“你开玩笑了，我有什么好抢的？”

“您太谦虚了，白玉兰的女婿，京西第一美女的丈夫，未来的接班人，想抢的人多着呢。”

陶洁含着杯子里红酒浸泡的冰块，一下一下咬碎，那清脆的声音刺激着雷学武的听觉，好像她在用牙齿发泄着什么，正在这时，她包里的电话响起来了，她瞧也没瞧地伸手关了手机。轻声要了雷学武的电话，然后她说：“哪一天——”雷学武接着她的话说：“是啊，都在一个院子里工作，有机会我请你吧。”

中途，陶洁也被拉去和闻副局长跳了一支舞，那条黑色裙子轻轻地旋起来，不知听到闻副局长说了什么话，她侧着头咯咯地笑着，倒比那两个人显得更放肆一点儿。雷学武看见闻副局长那只手不老实地贴伏在那条鲜艳的裙带上，随着她身体的起伏有力地托着，像是小心托着极易破碎的器皿，而陶洁那张纯白的脸上在暗暗的光线中射出大胆而放荡的光来。

酒席散了后，闻副局长被等候多时的司机接走了。两个护士长同路，一道打车走了，似乎是故意留下了他和陶洁。陶洁坐上他的车时，两个人都处于半醉的状态，她居然提议去看一下镜湖水库，说是今夜开闸泄洪。雷学武因为院士没评上，副院长的职位无望，沉郁了有一段时间，陶洁此时的提议很符合他的心意。

“你大概不知道吧？那个闻局长的老婆得了乳腺癌刚死了不久，他就开始耐不住了，今天特意到京西来选美的。”陶洁醉醺醺地道，“两个离婚的护士长，再加上我这个寡妇，怎么样？听说他昨天去的是中心医院。男人是最靠不住的。”

雷学武这才弄明白今天酒宴的含义，自己不过是为掩人耳目的陪客而已。车窗落下，清凉的风灌进来，陶洁的酒劲上来了，她絮絮叨叨地说着，声音淹没在车的呼啸之中，那张毫无瑕疵的脸此刻不停扭动着，涨得通红，头不停地点着，脖子要折断似的。

直到车拐上出城的路，陶洁把头伸出车窗，哇哇地吐起来，背向后弓着，一愣神，车吱溜歪在道边，留下紧急制动下滑动的车辙。陶洁身体大幅度地晃了晃，终于停下来了。再看那女人不断抽动着身体，好像人要栽出车去。他轻敲着她的背，听她呃呃地叫着，嘴角挂着涎水，然后贴伏在车窗上一动不动，胃里已经腐烂的食物的气味夹杂着酒气涌入他的鼻腔，他感到了一丝恶心。

月亮高悬着，夜晚轻拂的暖风脉脉地流动着，不断有车灯晃向他们，然后就疾疾地呼啸而过，以为出了什么事故。雷学武把她拖进车内，用找到的一条毛巾细致地擦着她的嘴，才触到她，她突然蜷缩成一团，极其厌恶地喊道："不要碰我，不要碰我。"然后又瘫软地伏在放倒的椅背上。一会儿，就在惊恐中睡去了。

雷学武抽着烟，静静地等着她的清醒，迎面是不断扫过来的灯光，她两条裸露的膀子发着银色的光。一会儿，她又仰在椅背上，传来她咻咻不止的鼻息，她在酣睡，雷学武仔细凝视着她侧脸起伏的轮廓，此时她显得很美很恬静，上面一丝暴乱的痕迹也没有了，又换成另外一个人。陶洁嘴微张着，吐着刺鼻的酒气，和着夜晚发苦的气味，有很长一段时间在两个人之间的静默中消逝了。雷学武正想着要不要开车送她回去，不知什么时候，陶洁警惕地睁开眼睛，有些陌生地看了他一眼，显然记不得他什么时候坐在了自己的旁边。

"到了哪里了？"她身体动了动，随即又痉挛一下，伸手捂了一下嘴，干呕了几声，眼泪也跟着流了出来。

"不是要去看泄洪吗？"雷学武又递上毛巾。

"是啊，我一晚上就琢磨这件事。一定要看的。"

酒后醒来的她很虚弱，酒力散了，人也变得安静下来，车平稳地前行着，没多久，镜湖水库那条横隔江水的坝已经隐约可见了。

"你知道为什么请你来看瀑布吗？"耳旁传来她逐渐清醒的声音。她接着说："不知为什么，你给我的印象很深，你在我心里一直是京西最优秀的专家，一点儿也不张扬，我听别人说，你因为老太太，才夹着尾巴做人。后来我还专门跑到别的医院听你讲课，记得那是冬天，你穿了一件灰西服，套了一条围脖，下面穿了条牛仔裤，还有皮靴，踩着雪吱嘎响，帅气得不得了，我跟在你后面，不知道吧？你可是京西首席防疫专家。”

“是吗？我感觉你好像是在说另一个人似的。”雷学武把烟头从车窗扔出去。

“不止我一个人这么想。”她咻咻地笑着，迷人又成熟的笑，看样子脑子已经完全缓过来了，手里夹着雷学武替她点燃的烟，一丝丝白气隔着她转过来的笑脸，朦胧得很，像萤火虫一闪一闪的。末了她说：“我当时就想着有一天能单独见到你，真的，又怕被你看轻。”说罢她又咻咻地笑着，深深凝望他一眼，人好像跳进了回忆中。

雷学武确实有那样一段神采飞扬的时光，但他现在却是被白玉兰特意冷藏，她似乎在等着他的锐气磨损殆尽，谁想取代她也不行。他算是看透了。

“今天真意外能让我见到你，想起了从前的事。我是看着你变得消沉了。”她好像对目前的他不大满意，继续道，“你要是离开京西会好一点儿，没想过？”

车不知不觉临近了水库，从远处看，一股股喷涌的细浪画着弧线，跌落时发出巨大的响声，凉凉的水气逼近他们，感觉那么宏大壮观。陶洁站在江岸边，身子好像在瑟瑟发抖，雷学武担心地看着在喷溅水流背景中的她，似乎她随时会被翻滚的浪卷了进去。他想伸手去揽住她的肩膀，但还是止住了。

前几天下大雨，江水已经在悄悄地上涨了。陶洁说："再过一段时间还要下大雨，所以在泄洪，反正京西风水好，从来也没有遭到水灾，淹不着咱们。"

她转过脸对着他，眼神有一丝难以掩饰的哀愁，他无法进入她复杂多变的情绪，不知道那丝哀愁是从哪里发出的，只是轻声地对她说："看得差不多了吧？咱们回去吧。"

回来的路上，两个人浑身上下好像还沾着浓重的水汽，脸上都挂着疲惫的神色，一个夜晚要折腾尽了。陶洁闭上了嘴，很少说话，抽着烟提神。

车停在医院西北新开发的一幢高档住宅楼下，小区静得一丝声响也没有，楼群黑压压的，像一只只鸟笼。陶洁人好像才从一个静默的梦境中醒来，恢复那种特有的优雅，她对雷学武说："我今天太丢脸了，你不介意吧？"

"没什么，只是不要喝那么多酒，会很伤身体的。我也该回去了。"

陶洁目光闪了闪，有些哀怜地说："我一个人上楼害怕，就算是陪我，上去坐一会儿吧。"

雷学武肯定白云霓早已睡着了，他只要说自己回办公室睡的，她不会怀疑什么。陶洁的家在十九楼，一切都是崭新的，有着很浓烈的装修气味。

打开房门，陶洁大大舒了一口气，伸了伸身体，随手打开了客厅里的落地灯。橘黄的光映衬她高挑的身材，她甩掉了脚上的鞋，光脚在发亮的地板上咚咚自由地走动着，然后转身对雷学武说：“你先随便坐着，我得洗一下，浑身臭死了。”说着就冲向卫生间，随即水哗哗地响着。

雷学武坐在棕色的沙发上，打量着这个宽大的房子，厅里种了一盆盆高低错落的植物，摆放得十分精心而有秩序。正面的墙上挂着陶洁一张过分放大的黑白照片，正冷峻地盯着他，好像不怎么欢迎他这个陌生访客似的。

夜风透过纱窗，还夹杂着酷热残留的余温。这是一个有很浓女人气味的屋子，卧室的门关闭着，整洁、清香还有些柔媚，落地灯发出梦幻似的光。卫生间门敞着，传来陶洁刷牙漱口的响声。雷学武想着她变化不定的脾气和眼前这间装饰豪华的大房子，越发觉得她捉摸不透，作为一个单身女人，她似乎拥有的太多了，一个护士的收入他是清楚的。这样的女人只要动动脑筋，是不会缺钱缺男人的。

清洗一遍的陶洁显得清新爽洁，她冲了两杯咖啡，端过来时人显得文静而体贴。又随手打开音响，里面传出那首*SANFRANCISCO*，梦中很遥远的声音在沙沙地流淌，这种品位很符合她。

“今天真是在你面前露丑了，劳累你了。”她嘴角和眼梢微微地上翘着，眼神含着那种风流的味道，只是有些衰老的感觉。他的心在那一刻融化在轻淡的温柔中。然后是*WHEN A CHILD IS BORN*。

“没什么，送你到家我也算是放心了。”雷学武知道眼前这个女人一直在试探着他，只是不明白她的真实用意。

雷学武喝完咖啡后，礼貌地告辞，陶洁并没有说什么，只是欲言又止地道："算了，本来还有话要和你说，看你也累了，等哪一天吧。"看雷学武出了门，陶洁斜倚着门，扬着一条光洁耀眼的手臂，定定地看着他走向电梯口。

出了大楼眼见时间这么晚，又睡不着觉，雷学武给大学同学夏冬打去电话，他是京西医院数据信息部的主任，老婆一直在澳大利亚陪孩子读书，雷学武经常有事没事地找他聊天喝酒。夏冬被他电话吵醒后，骂了几句。

到了夏冬家，两个人都斜躺在沙发上，一边喝着啤酒，一边扯着闲话。夏冬一向是很安静的人，好像脑子经过什么特别的洗礼，大学就爱干一些奇怪的事，练气功啊，看禅宗的书啊，或是一个暑假用来练欧体字啊，反倒对医学专业没什么兴趣。

两个人聊起女人来。夏冬说："听起来很好笑，我只愿意跟老婆干那种事，别的女人不碰，见到陌生的女人，我拿不准，或者没有兴趣，或者说我恐惧。再说了，我又不是性欲狂。不需要。"接着他嘶嘶地笑道，"说实在的，我只想保持一种心理的安全，那种事容易上瘾，收不住，没什么意思的。你不觉得，一个女人就是男人的全部，如果你们合拍的话。我和老婆对这个比较淡，偶尔把孩子打发走，没有任何干扰，才能痛痛快快地干一把。"

他们还是头一次这么严肃甚至有些学术性地谈论这个问题。

"算了吧，鬼话，我就不信了，只能说你发胖了，变得性迟钝了。"雷学武这会儿想起那个充满挑逗感的陶浩，坦白说，"即使那种事只有几分钟几秒钟，为什么每个人都乐此不疲，一个男人很多时间里都在想如何进入一个陌生女人的身体，不管你承不承认，这是男人最深刻的本性和贪婪，这几乎是无须争辩的事实。”

夏冬一脸憨厚地笑道：“每个人都有适合他的方式，我觉得这样蛮好的。比如出轨、偷情之类的，我有我的老婆已经足够了，克制对一个人太重要了，女人再丰富也不过是女人，没什么特别的。我觉得你现在很危险，当心玩火自焚，情感是件再麻烦不过的事了。”

是的，夏冬说的没错，他是在玩火，但又克制不了。

两个人喝了一会儿，雷学武还是选择了回家。夏冬意味深长地说：“这段时间你有些反常，我总觉得你要出事。”

雷学武回到家里，见白云霓躺在沙发上睡着了，电视机还闪着，人看来洗过了澡，穿着雷学武买的那件白色丝绸的吊带睡衣，一个人清爽地被夜覆盖着。那件睡衣一直是两个人之间性生活的暗示。雷学武快速冲了一个凉水澡，身子不由兴奋起来。

虽然是后半夜，这仍然是一个亢奋异常的夜晚，风从纱窗吹进来，月色洒了一地。雷学武关了厅灯和电视，在暗夜里伸手把白云霓从沙发上抱起来，白云霓嘴里咕哝着，身体软软地贴伏在他的胸前，长发垂落着，隔着薄薄的丝绸，雷学武好像抚摸到更多的东西。

在床上的那会儿，她闭着眼睛放肆地叫着，一腔细致的柔情都用在肉体的起落之中，这一熟悉的过程他们不知行过多少遍，肢体每个细微动作都在雷学武感觉的掌握之下，执行起来自然从容不迫，一个女人的肉体有时就是一个世界，不输于男人所征服的任何一样东西。渐渐地，他的思绪飘浮在她肉体之上，摸着她柔若无骨的腰，思绪杂沓，紧要处雷学武不断提醒自己：要集中精神、集中精神。然后两个人极乐地嘶叫了一声，很快如水一样地涣散了，摊散在床上。

床上那两具起起伏伏的身体就是这样以十几年陈旧的方式结束他们短暂的交合，雷学武体贴地抚慰白云霓睡着了，这期间她脸上带着舒畅的笑，只是懒得睁开眼睛。雷学武光着脚走进客厅，在书架胡乱翻出本书来看，又觉得一个字也看不进去，于是打开了电视，望着有些苍白的月色，整个城市陷入空虚的寂静之中，在夜里虚度了。

台灯幽幽的光线在白云霓雪白温润的肌肤上泛着光，雷学武一般很难入睡，他有些陌生地看着白云霓的身体，听着她均匀的呼吸声，甚至带着一点点厌恶。自己实际上又了解天天与自己同床共眠的女人多少呢？一个人总是无法探知另一个人真正的内心世界，永远也不可能，她还有他所不知的未知世界。这个晚上却让他难以入眠，他跳下床，从衣柜下的抽屉里掏出那瓶“艾司唑仑片”，倒了两片，放进口里，就着玻璃大水杯，咕咚咚地灌进去。

一会儿，脑子开始轻飘飘的。是啊，他甚至搞不清白云霓是不是贞洁的，这个无法开口的问题已经延续了十几年，一想到这儿，他的心再一次剧烈地跳着，胸腔在嘶鸣着，鼻子吸着盛夏令人心烦的空气，那个夏天的情景清晰地跳跃到眼前，同样是燥热的空气。

那个时候，雷学武没什么背景，和大多数学生一样，来自贫穷的县城，他父母都在一家国营纺织厂工作，但他身上居然没有一点儿土腥味儿，看到他，你会觉得某些人的人生真的受到了上天的祝福，至于他们是不是能享受到就不得而知了。

如果是与他有着同样的背景的人，一定会记得县城那座破落的车站，那是有标志意义的建筑。也许那座车站根本算不上一个车站，只是由一间污迹斑斑的砖房再加上一扇歪歪斜斜出入的铁门构成。几个穿着邋里邋遢铁路制服的职工不时打着呵欠走出屋，对乱纷纷挤上站台的人发号施令，经常误点的火车培养出了他们的慢性子。

两三辆食品车不慌不忙地在上下的游客中穿行，用令人怀疑的劣质食物捕捉着饥不择食的人。几行交叉的铁轨上偶尔会逗留着几列编号的货车，一只火车头游戏般在慢吞吞地游走，喷着袅袅的热气，汽笛“呜呜”着发出凄清的声音，在县城不大的上空回荡。

当一列火车吃力地驶出站台时，站长嘴里叼着一只哨子，两手执着信号旗，孤零零伫立在站台上，表情严肃，像一只被人忽视的路标。

站台的对面是一个无名烈士陵园，立着一座刻着“永垂不朽”之类字样的石碑。

粗糙而毫无希望的县城大抵如此，雷学武熟悉这一切就像熟悉自己的手指一样。

对一个即将走出县城的孩子来讲，铁轨很容易让他展开想象。夜里，当一列火车经过时，所有的人都会听见尖锐单调的车轮滚动声，伴随着一阵激烈的车轮滚动的声音，他们香甜地滑向梦乡，而他觉得异常孤独，难以入眠，年龄越大他越急迫地想离开这里。

实际上，雷学武还算不上县里人，他的家处在县城的边缘，有个很不起眼的院子，种着几样蔬菜。也许他很早就预感到，某一天他会越过那两道飘带似的铁轨，到一个未知的地方去，虽然没见过什么大世面，他还是有着先天不寻常的野心。

而那个时候对白云霓来说，离开了白玉兰严苛的管束，京西医科大学的生活简直就是天堂。但三年级的那个夏天成为她一生的耻辱，从那一刻起，她原本风光无限快乐无忧的生活因为一个巴掌跌进了深渊，她成为整个学校的笑柄。过去，她因为美貌抢尽了风头，很多人都说过，白云霓毕业后，京西医科大学再也没有标志性的美女了。那时她还参加学校的文艺会演，演过话剧《雷雨》中的繁漪。同届的很多人一直还记得那一幕，当舞台射灯投向白云霓时，台下所有的人都被她迷住了，她就像一个幻梦，一个精灵，身穿着一条紫色飘动的裙子，破旧的红色丝绒幕布就是她的衬景。很多人把她当作幻梦般大学生活的一部分，雷学武也不例外。

那时，白云霓交了一个男朋友叫商小平，是她上一届生物医学工程学院的学生，她按白玉兰的要求，去的是预防医学系，而雷学武在公共卫生学院就读。商小平是外省一个副省长的儿子，处处显现出高人一等的气质，样子白白净净，一看就是高干子弟。谁会想到交往了一个同等家庭背景女孩的商小平，居然明目张胆地背着她和白云霓谈恋爱，把周围的人都给蒙蔽了。直到某一天，那个女孩突然出现了，搞了一次突访，让所有的人猝不及防。

那女孩首先在路边观察了许久，然后一步步庄严地走进医学院的大操场，令在场的商小平大吃一惊。那个女孩戴着一副墨镜，穿着一套浅白色的运动衫，径直走到正在浅声低语的商小平和白云霓的面前，当时他们的手臂正亲热地交叉在一起。就那样，那个女孩站在他们面前，冷冷地打量着一脸惊愕的白云霓，随即很干脆地抬手扇了白云霓一记耳光。

一记耳光实实在在地落在白云霓那张美丽而无辜的脸上，击碎了她脸上挂着的甜蜜，几乎所有晚饭后在操场上散步的人都看见了，他们围拥过来，一瞬间就明白发生了什么，然后乱哄哄嘁嘁喳喳小声议论着，所有的目光都集中在白云霓那张由白变红的脸上。很快，这件事成了雷学武在校期间听到的最轰动的新闻。

可以想象那个情景，雷学武私下不止一次地想象过，白云霓纯白的脸留下暴力的红印，表情在错愕羞愧中凝固了，旁边是不知所措的商小平，那个女孩气昂昂地斥骂道："你这个不要脸的小婊子，还想抢我的人？"

这句话被不同嬉笑的口传递着。一时间明白过来怎么回事的白云霓，捂着脸惊慌地向寝室逃窜，凌乱的脚步跌跌撞撞，这是她一生中所经历的最大的刺激，她思绪混乱地穿过看热闹的人群。商小平原本直挺的身子此时惭然地弯曲着，那女孩抱着手站在他面前，好像在接受他臣服的姿态。

说实在的，雷学武从心里很感激那个行为冲动粗鲁的女孩，否则白云霓永远也不可能来到他的身边，成为他身下实实在在的女人，也许是上天注定，把这个女人用这种方式送给他，那次事件让雷学武长时间嫉妒的心中有一种阴暗的快意。

他们曾经是那样的相配。可惜一切就像流星那样短暂，那样绚丽。而这会儿她完全遭到遗弃了，是白痴、可怜虫。

事件发生后，商小平的女友住进了离学校不远的旅馆里，她好像还觉得意犹未尽，不声不响地等待着商小平的最后分配，然后再安全地拉着属于她的薄情郎回家。

每天早晨六点钟，她都会准时出现在商小平和白云霓曾经热恋的操场上，面对着宿舍进行一圈圈示威似的晨跑，穿着一身运动服，鼻子上架着那副傲慢的墨镜，一直到她和商小平一起回去。她在操场上生机勃勃的形象，让宿舍里的学生看得心里发紧，赞叹起她的勇气。

之后，她会拎着一只装着饭盒的兜子，夹杂在匆匆忙忙赶去打早饭的人流中。她一个人坐在餐厅的桌子旁先吃完自己的那一份，然后端着另一份，敲开商小平的寝室。那段时间商小平很少出门，出门也是由她陪着，脸色很难看，谁也不爱搭理，只是老老实实跟着她走着。人们对商小平的看法也一落千丈，他损害了人们对他的好感，好在他很快就离校了。那乱糟糟的时刻很容易让人们彼此相忘。

那时的白云霓就像一只受了过度惊吓的老鼠，她被那一巴掌打晕了，还来不及做出反应，幸福无忧的生活已经戛然而止了，好在这件事没有传到白玉兰的耳朵里。她左侧的脸时常隐隐作痛，还有眼泪、羞辱和懊悔，除了上课外，她尽量足不出户，头压得低低的，不敢看任何人投来的目光，打饭也由同屋人代劳，而且她每天都去图书馆和一个好友在第三学生食堂吃晚饭，她小心翼翼地路过走廊、楼梯，生怕那个粗暴的女孩会突然横在她面前。

她甚至不知道商小平是什么时候离校的，上一届学生已经像潮水般地退去了，掏空了她的心，留给她的是光秃秃的沙滩，他居然没有留下一封信、一张便条、一句话，偶尔她在窗口瞄见过他落寞的背影，他曾经是那么骄傲，那个女孩一直不离他左右，她一时搞不清自己是不是还爱他，甚至不相信眼前的那一切是真实的，就像有人跟她开了一个天大的玩笑。但那个勤奋晨跑的女孩是真实的，每一个落下的脚步都在扎她的心，让她最后一点儿信心粉碎。有时她会在夜里坐在朝向商小平窗口的台阶上，静静等待着他的出现，直到宿舍大门落锁。她柔弱到没有丝毫反抗的勇气，除了怨天尤人，还有什么呢?

她变得沉默寡言了。属于白云霓的学生生活到此结束了，她多希望能随着上届学生一起，在混乱中踏上一列火车，去往一座陌生的城市，离开这个让她伤心透顶的校园。但她是离不开京西的，她的生活都是母亲设计好的。但她不知道如何对付在学校残剩的日子。临近暑假时，她借口要准备一个考试，留在了学校，她不想白玉兰看出什么端倪。

雷学武也没有回家，感觉一部分原因是因为白云霓，还有重要的一点是，他在县城中学的同班同学苏婕要来看他，她现在在外省的一所师范大学上学，大学期间他们确定了恋爱关系，实际上是她主动，所以他没有当任何人的面公开过。当他确认同寝室另外七个人都回家，才放心地通知苏婕，他预感自己和苏婕可能发生什么，同时他还有个计划，此时也是接近白云霓最好的时机。他的身体和心就像兴奋的夏季一样，是呀，一切都可能发生的。他要做两件完全相反的事，他一直是一个野心勃勃的人。

那是一个暖意融融的夏夜，他兴冲冲地赶到火车站，在嘈杂的人群中，看到了一脸倦意的苏婕，她一副孤立无依的模样，嘴唇紧闭，焦急地四处张望着。他内心呻吟一下，她显得那么的无辜，丝毫没有察觉出自己从开始就陷入有一天会被抛弃的命运。已经有一段时间没有见面的她，显得略有些清瘦，他内心一直对她的外表有些失望，她脸上很少有动人之处，薄薄的鼻子，深陷的眼睛，嘴唇没有光泽，从恋爱之日起他就抱着这个心态，而这时另一张无可挑剔的脸就会浮现在他眼前。

在摇摆的公共汽车上，他们的手紧握在一起，她说过，只要一只手就足够了。他熟悉她表达爱意的每一个举动，感到了从她身体传来的温热，只是太微弱了，并不能触动他。她倦倦地把头斜倚在他的肩上，像一个归家的孩子一样。他讨厌想起他们是从一座破旧的小镇来的，这样感觉他们太相像了。

这个夜晚，伸手可及的肉体，让雷学武的身体有着忽然意想不到的冲动，那种躁动的欲望在暖暖夏日轻风中流淌着。是啊，这么长时间的厮磨，他应该得到她身上最后一点儿可以享乐的东西，这一点他很有信心。

略显空寂的宿舍楼里，雷学武静悄悄地拉着她进了寝室，走廊还有着毕业生散去的痕迹，啤酒瓶的碎碴、捆绑行李的草绳、撕碎的纸片，狼藉一片，那情景有些凄凉，苏婕的手心出着冷汗，他们都很紧张，这还是头一次秘密共寝的经历，他们既兴奋又有些担心。

就这样，他们洗漱完毕后，亲密地躺在了雷学武那张干净的床上，说了一会儿亲热的话，苏婕的眼圈发红了。他们隔着薄薄的衣衫，在微汗中热烈地拥抱亲吻抚摸，那一刻是那么的迷幻、不由自主，有些窒息，不同于他们以往的亲热。窗子打开着，一丝丝淡淡的凉风吹来，让欲望变得如此惬意。“脱了吧。”雷学武试探地说。苏婕迟疑了一会儿，雷学武的手穿过她的那件黑色的裙衫，他的温柔使她的羞涩感也像衣衫一样迅速地除去了。

在高中时，他们就曾亲吻过，每次都是轻轻的，和他们年龄很相称。

微弱的光中，终于可以看清她剥得精光后黝黑的身体，她的手臂护着瘦弱的身体，那是她仅有的一点儿领地。那一刻，雷学武就知道自己最终不会选择这样的女人，决不会的，可这一会儿不同，这不过是一次性的掠夺、好奇。

他的意念中已经把她抛弃，远远抛弃了，心里却发出作恶后的笑声，这使他愈加强烈地思念住在预防医学系女生寝室的白云霓，幻想着她赤裸的身子，那具精美的女人身体，正和眼前这具起落的肉体融合在了一起，这使他的行动更加热烈坚强。苏婕在哀哀地叫着，旅途让她太疲劳了。但她并没有因为疼痛而退却，她实际是一个肉体相当灵敏的女人，出乎他的意料，那一次次快意的升腾同样也攫住了她，在那个情欲洞开的瞬间，她甚至比雷学武更清楚肉体的需要。

破旧的床在吱嘎地响着，窗外的月色好像在眼里粉碎了一样。他们蜷在一起，好像两条沉默的鱼。那一刻，让他们摆脱了十几年的陈腐书本，走向一个新鲜的世界里，男女欢情的境地轰然洞开。

床单上绽放的红色，好像是贞洁的炫耀。苏婕一声不响，光着身子把床单放进盆里，把桶里预备的水倒进去。雷学武吸着烟，看着这一切。难道一个女人完全的贞洁就是男人得到的最关键的东西吗？难道称之为欢爱极限的事最后都是以污秽收场吗？他有些迷茫，心里既满意又有些内疚，他明知已经惹出最大的一个麻烦，但他自信有办法处理好。

时至今日，一想起苏婕，总给他一种完全肉体式的回忆，兽性的气味，灵敏的舌头，叹息和喘息，黝黑的夜。

几年后，他从白云霓的身上，并没有得到贞洁的证明，白云霓也没有解释，出于尊重，他一直也没有开口问过，当然，他很在意这件事情。

二十多年积攒的所有肉体秘密就在这个炎热的夏夜里完全揭晓了，雷学武很有悟性，他已经初步学会从肉体到心灵操纵一个女人，虽然每一个女人的密码各有不同。

这是一场玩火的游戏，他想很快地掠夺完身边躺着的这个女人，再用一个恰当的理由将她抛弃，青春期的恋爱都是浅薄的，这不需要太多的技巧。谁会对大学里的恋爱过分苛责呢？

一连几个星期，他和苏婕都沉浸在一个男人和一个女人最初的性试验当中，这是一门花样翻新的功课。在这所颇为开放的医科大学里，这算不上是件离奇的事。因为这个原因，白玉兰曾考虑让白云霓去军队的医科大学，但白云霓借口离家远而拒绝了。

苏婕比他爱思考，喜欢安静，她津津有味地读着杂书，甚至有时候会严肃地和他探讨性。然后动手在洗衣房里替他洗衣物，一切过得井井有条，她是一个奇怪而单纯的女人。偶尔他们还会在附近的影院里看电影，在公园里散步，夜里则是高频度的性爱。苏婕好像过着伊甸园里的生活，脸上带着神秘的光彩，她心满意足了。而雷学武则对这一切慢慢感到某种腻烦，害怕随之而来的许诺，他觉得他应该得到更好的女人。

这段时间他很少能碰到白云霓，偶尔见到，只是相互点点头，白云霓比以前苍白了许多，通常是心不在焉匆匆地擦身而过，当然，对雷学武身边陌生的女孩也没有表示出任何好奇。

暑假即将结束了，雷学武还想着自己的计划，心里有点儿着急，正好苏婕提出要回他们的小镇看一看，雷学武借口联系实习单位留下来，送走了一直处于陶醉状态的苏婕。走之前他们以疾风暴雨般的性爱结束这一段短暂的浓情蜜意，这是一个恰当的结尾。

站在站台上，看着苏婕从车窗伸出瘦弱的手，列车卷起的风掠过他时，他松了一口气，心里想，这一切就此结束，不知她是否受得了这种打击，她献出自己的所有，但这种歉疚代替不了爱，有什么办法呢。随即空落下来的心被那个还沉浸在痛苦之中的女孩充满了，饱满的爱冲刷着他。

真是一个恋爱弥漫的夏季，到处是荷尔蒙的气味。

就在送走苏婕的那天晚上，他匆匆跑去买了两张德国电影周的票，身体充满了兴奋感，看场电影是个再合适不过的借口了，为了避免尴尬，他买的是七点半的票，他们可以借着淡淡的夜色出门。她太需要散心了，他为自己的设计扬扬得意。影片是《玛丽亚·布劳恩的婚姻》《丽丽·玛莲》，两部不错的片子。他相信白云霓不会回绝的，她正需要一个人及时的关心，再说了，他们在一起上过公开课，雷学武因为专业成绩突出，也是学校引人注目的角色，两个人彼此并不陌生。

他挑出最整齐干净的衣服换上，那一摞新洗的衣服每件都是苏婕亲手折叠好的，苏婕对洗洗涮涮这些女人的活蛮在行的，衣服还留着一股清香味儿。他觉得自己是一个卑鄙透顶的人，那条印有淡淡血纹的床单还铺在床上，还有苏婕的体味和激情的痕迹，那又能说明什么呢？但他并没有因此多爱她一分，送走她以后，他已经一转眼把她抛在了脑后，这样的女孩原本他就没有放在心上。

而他想起第一次见到白云霓的情景，心里的冲动无法抵挡，她就是他一直找寻的那个女人，这一点确定无疑。她整个人已经焊接在他每一根神经上，多少次他因为她的一笑一颦而感到心醉神迷，一起上公开课时也不例外，她苍白的嘴唇微张着，柔情而清澈的眼睛看得你心里透亮，饱满而闪亮的额头，丝丝摆动的长发，修长笔直的腿，像鹿一样流畅的体态，纯白的肌肤，总是清爽适宜的衣服——对她的非分之想此时已经变成了迫不及待的野心。

在走向预防医学系的女生寝室时，他的心迷乱地跳动着。那里的寝室他曾经去过几次，班级之间的联谊会、学术讨论会，还有法定的节日。门旁挂满了她们总不间断的鲜艳内衣，屋子里充满了成熟女孩混杂在一起的体香，墙上贴着时髦歌星招贴画，还有各种叮叮当当的挂饰，每张床都是洁白温馨的，好像一座座敞开的让人心驰神往的圣殿。他伸手敲门时，腿有些发软，汗从后脊梁上沁出，头有些晕眩，好像中暑一样，还好，午饭过后，走廊里的人很少，都在午睡。等了好一会儿，门才迟疑地打开，白云霓的脸隔着白帘探出来，她怔了怔，随即恢复了平静的笑脸，用惊讶的眼神望着他。

“晚上有事吗？我有两张德国电影周的票。”雷学武有些口吃地说，“想请你一起去看一看。”

单独面对白云霓时，他竭力保持平静，脑子一下子跳出商小平那副老练的模样，任何女孩都会被他玩弄在股掌之中。整理得干干净净的大桌子上摆着几本书，一张椅子对着窗口放着，雷学武想起有人说过，有某间女生寝室窗户上总有一双雪白的脚伸出来，好像有意挑逗一样，所有学校的人都在猜是谁，恐怕就是白云霓本人了。他不敢想象她会有如此大胆的举动，因为在他打定她主意之前，他好不容易通过跟踪寻访才弄清了她的底细——京西医院院长白玉兰唯一的女儿，这意味着什么？只有京西医科大学学业顶尖的人才才会有资格进入的令人向往的医院，白云霓就是最直接的跳板，有多少人垂涎于她的美貌，却不知她的身份，还故意摆出一脸清高的样子，避而远之，他雷学武才不在乎别人怎么说呢。

白云霓穿着一件丝质的睡袍，一副把自己深深禁锢的模样，脸上还有午睡后的惺忪，上面的哀怨好像还没有清除干净，头发松松地散着。强烈的阳光穿透了那件半透明的睡袍，隐约看得见她黑色的乳罩和内裤，他喉咙发紧，滚烫的热流在体内狂奔。

"谢谢。"白云霓腼腆地说，腔调压得很低，那件看起来丢人的事让她变得比以往谦卑多了。她不时双手交叉抱着，像是要遮掩不很得体的装束。

雷学武听见自己的声音嗡嗡微弱地响着："你也该散散心了，别把自己总关在屋子里，别管别人怎么想，你是无辜的。"

听了这句话，雷学武看见白云霓的嘴唇轻微地抖动了一下，眼睛立刻蒙了一层温润的东西，令他怦然心动，看来他的预谋成功了。

等白云霓轻轻合上了门，雷学武才舒了一口气，他们说得很少，这已经足够了。来往的女生们好奇地打量着他，她们都知道那个一直幽闭的女孩是谁，正看她笑话呢。走廊里的铁丝挂满了各式各样女生的衣物，有的正滴滴答答滴着水，夕阳的光线投射进来，显得很温馨，不时还传来录音机放的缥缈情歌。

站在镜子前的白云霓凝视着自己那张脸，有些消瘦了。悲伤得已经够了，这丢人的事又不是我做的，可别人总不这么看，她想。泪痕并没有侵蚀掉她半点美丽，相反让她更加楚楚动人了，她一遍遍慢慢地梳着流泻到肩头的长发，满意地发了一声叹息。也奇怪了，她一点儿也不恨商小平，而是恨周围看笑话的人，好像他们打心眼里巴不得自己有一天受到羞辱。镜子里的脸由于愤怒而涨出微红，她不能继续让他们当笑话看，没想到人都是这样缺乏同情心，嫉恨比自己优秀的人，她抚着曾经挨打的脸想，眼泪又不争气地流下来。

她心里十分感激雷学武，他是一个勇敢又好心的人，与平时刻板的形象完全不同，她对他的好感油然而生，毕竟他是在出事后头一个真正关心她的人啊。

夜晚来临了，夜色减弱了燥热，干爽的风轻轻地吹过。雷学武早早就在楼门口处等着，周围是出出进进的人，走廊里尽是拖拖沓沓的脚步声，他盯着墙上乱七八糟的海报看着。白云霓沿着楼梯轻盈地走下来，她高扬着头，目光很傲慢，轻轻掠过迎面走来的人，身上穿着一条她从未穿过的白色束腰棉布裙，胸口绣了三朵艳丽的小花。雷学武远远就仰着脸微笑着，看她一步步走向自己。他记得她穿过的每一件衣服，也许她这样装扮是为了忘记过去吧，雷学武心想。她的长发用一条手绢束着，脚步轻快，身上浮动着素雅的清香。那件在阳光下透明的睡袍还燃烧着他的心。他并不在乎别人怎么看，可是，白云霓独有的美也让他紧张，充满了压力感。

他们并肩走着，很少说话，一束束好奇的视线在他们身上停留，雷学武显得有些慌张，像拿了什么不属于自己的东西一样，而白云霓则故意显得很轻松，笑声都变得很夸张，她对那些白眼几乎已经习以为常了。

在雷学武的班里，一大半的女生都来自城市，对从乡村来的男生向来不以为意，从不把他们放在眼里，她们喜欢高一届有成熟感的男生。雷学武打心眼里反感那些装腔作势的女生，白云霓不也是吗？他对是否能征服白云霓心里一点儿把握也没有，她太高傲了，就像一个公主一样，何况她后面还有白玉兰。

白云霓忽然提起了苏婕，雷学武还以为她对什么都视若无睹呢。

“过去的一个女同学，”雷学武掩饰说，“看亲戚的时候顺便看一下我。”

白云霓“嗯”了一声，她发现这个男生并不像平常看起来那么无趣，而且很细腻，居然记得起她入校那天穿的衣服。他的目光不同于别人，那么的小心翼翼，那么在意自己的一举一动。问他毕业后的打算时，雷学武试探地说：“像我这样的外地人，想留在这座城市里，只有留校一条路喽。”白云霓颇有深意地说：“以你的成绩，去京西医院也不是不可能的。”当时雷学武的心“咯噔”响了一声，到底是白玉兰的女儿，口气就是大。

电影院很近，穿过一条马路就到了，白云霓很遗憾看见他们的人很少，那个女孩子会演戏，她同样也会，这么一想，她觉得自己的身体放松了许多，轻飘飘的，那是很长时间没有的感觉。

虽然电影院破旧了一点儿，里面坐着形形色色的人，他毕竟和白云霓坐在了一起，有时她光洁的手臂还会触到他，这就够了。他的眼里只有她，他甚至为自己的痴情感动，心是那么的软弱，为她投过来的一丝微笑而着迷。爱在他脑子里就像一道道强烈喷溅的弧光，那是他青春中最强的光亮，既遥远又近在咫尺。

一场电影之后，宿舍里的人常常看见雷学武出入白云霓寝室的背影。暑假即将结束，人越来越多了，雷学武照常大大方方地去找白云霓，摆出一副恋爱的架势，脸上挂着有些迷幻似的笑，像中了魔一样，人们不得不叹服那个高傲的“妖精”，一生都不会缺少男人的关照，世界就是这么不公平。他们不知道，白云霓这样做不过是在报复别人对她的看法。因为感激，她也开始有一点点喜欢雷学武，但心里并不爱他，她爱的还是那个对什么都满不在乎的商小平，那个她总也搞不懂的人，有时他激情如火，他的甜言蜜语和粗暴的吻让她像融化的雪，至今她还对那些细节心醉神迷；转而他又会懒洋洋、温吞吞，好像忘记了她的存在。他对女人就像一个高超的魔术师，谁能抵挡他优雅温情的抚摸？那十根白皙无比的交绕的手指，嘴角总挂着一丝嘲讽的笑，凝视你时可以看见一双透彻如婴儿一样无邪的眼睛？

有时间她还会去他们曾经去过的草地啊，公园啊，还有经常去的阅览室、大教室，他喜欢读专业以外的流行小说。当然是一个人去，回想的时候，既甜蜜又心酸。这一切都镶嵌在白云霓的心里，但她还是应雷学武之约，不时到学校体育馆里跳跳舞，恢复了原来的生活。随便他们怎么看了。雷学武很清楚，他不会傻到连这一点也看不出来，自己不过是她心情过渡时的陪衬，她用他挡一挡那些刻薄嘲笑的目光，实际上，她并不是真正地把他放在心里，她偶尔还会失口说几句商小平说过的话。

“你还爱他吗？”雷学武嫉妒地问，他也不知道问过多少遍了。

每逢这时，白云霓心里就有些慌张，这对雷学武有些不公平，她坚决地说：“不，但他也不是个坏人，那个女孩配不上他，我一直这样看。”

接触多了，雷学武觉得这个女孩并不是那么高不可攀，她有一个与美丽外表并不相称的脑子，顶多有些冲动和神经质，没有什么野心，也没有心计，他不知道这些气质因何而来，除此之外，里面装着的就是枯燥的医学专业知识、几本小说、几首流行歌曲，再就是女孩不切实际的幻想。是啊，她很会打扮，舞也跳得娴熟，这都不是最重要的，所谓的心灵不过是情绪上的任性而已，他越来越有把握把她弄上手了。他不相信美貌会降低女人的智商，但她们太容易得到好东西，所以用不着动那么多脑子。

新学期课程很轻松，雷学武每门功课都以高学分结业，他做好了两手准备，或者留校，或者借白云霓的光去京西医院，他才不在乎别人怎么想呢。

学校里的人已经渐渐接受他们俩的关系，男生们对雷学武开着玩笑，已经把商小平那桩事淡忘了，他们当然并不知道还有一个苏婕的存在，并且和雷学武上过床，否则，雷学武就是十恶不赦的小人。

实际上，在雷学武的心里，苏婕比白云霓更理解自己，也更有头脑，只是他们太相像了，有一天，她会明白这一切的，他早就做好了做恶人的准备。

雷学武专注于本学期的实习，他托人事先找了京西一家普通医院，而且联系到了两个实习的名额，他兴冲冲地告诉白云霓时，她倒没有拒绝，好像是他应该做的一样。其实，白玉兰早就给白云霓打过招呼，任何时候都别打京西医院的主意，所以在白云霓大学期间，白玉兰几乎没有去京西医科大学探望过她，之前她就拒绝接受京西医科大学名誉校长的头衔，否则，以她的身份到访会惊扰所有的人，所以白云霓在大学才有着如此大胆的举动。她相信，即使闹得沸沸扬扬的丑闻，也不会传到白玉兰的耳朵里，否则学校如何向老人家交代；而白玉兰低估了白云霓在她严格管束后产生的叛逆，所以白云霓才有着类似报复性的轻狂。

白云霓一直以为自己隐藏得很好，但没有想到遇到雷学武这样有野心且汲汲于钻营的人，会想着调查自己的身份。

医院离学校很远，每天一早都是雷学武骑自行车驮着白云霓一起去实习，在一个馄饨摊用早餐。他们被分在不同的科室里，干着轻松的杂活，中午则一起在医院的食堂用餐。没多长时间，不少人时不时总瞄着白云霓，这个清纯脱俗的女大学生让他们的眼睛为之一亮。很快，就有几个腰缠万贯的药商请白云霓出外吃饭，都被她婉拒了，她本能地憎恶男人的动物性和无情，商小平还是伤她太深了。

大学生活就是这么风轻云淡，有时让人觉得空洞无物，有些茫然若失。午休的时候，他们会来到湖边的草地上，看着浸在湖水里避暑的人们，几座用铁架搭就的跳台，不时就有人扑通扎进水里，一个接一个。晒得发红的皮肤，滑稽可笑的泳裤，不少人在奋力向湖心岛游去，湖中是一条条斑驳的铁皮船，漫无目的地漂荡着。柳条在他们头上拂动，一个夏天即将过去了。在他们的记忆中，这段时光只留下淡淡的影子。她的笑脸，被风吹起的长发，两只光洁圆润的手臂，热烘烘的草地——时间就是这样在人心中留下或深或浅的影子，再也触摸不到了。

雷学武第一次向白云霓示爱时，用的是一首优雅极了的诗，是他从《圣经》中记下来，写在他送白云霓的生日贺卡上：

因为冬天已往，雨水止住过去了。

地上百花开放、百鸟鸣叫的时候已经来到，斑鸠的声音在我们境内也听见了。

我的鸽子啊，你在磐石穴中，在陡岩的隐秘处。求你容我得见你的面貌，得听你的声音；因为你的声音柔和，你的面貌秀美。

那正是他无数个幻梦所汇集的字眼。

那一天，雷学武第一次吻了白云霓，是在一间空荡荡的公共教室里，两个人都有些发冷，白云霓套了一件白色的毛衫，她的耳朵好像是透明的，他们相互拥抱时，雪花少有地悠悠荡荡地从后窗坠落下来。白云霓并没有躲避他，只是在莫名其妙地哭泣，她觉得这时表达爱情，心情有说不出的糟糕，她身子发冷，雷学武能听见两个人的心脏的跳动声，两个人相拥在一起除了取暖之外，实在再找不出可干的事了。

嘴唇毫无热度地触到一起，雷学武想撩起她星星点点的欲望，可是总好像找不到她的核心，她在想什么呢？眼睛轻微地闭着，他的一只手轻触着她的一只乳房，那么柔软，如同一团棉花，而自己好像在和一尊雕像亲吻，她咬着牙齿，并不情愿地回应着，雷学武心里有说不出的沮丧。那些雪好像落在他们身上，将他们掩埋。夜暗沉沉的。之后她在他的怀里短暂地睡着了，他一寸一寸抚摸她完美的脸庞和天然卷曲的头发，看着她细密的睫毛在不安地眨动着。他知道要真正地得到她尚需要时日。

“我做了一个梦，”白云霓醒来说，“我光着脚在寝室里跑，楼梯一圈圈的，像是迷宫，有人在敲我的门，我拼命地钻呀钻呀，总有人在敲门，不停地敲着。”

有时候，白云霓觉得雷学武很陌生，他的胆大妄为、野心和无赖，再加上他精于算计，在很多时间里，她都处于束手就擒的境地，以她的脾性，她不喜欢这样，但奇怪的是，每次都让他得逞了。尤其是他们的第一次，他居然选择在她的家里，白玉兰那一段时间正在国外考察。在白云霓的记忆里，极少有人能踏入她的家门，这是京西医院人所共知的事情，白云霓想可能是过去母亲做地下情报员和下放农场的经历，所产生的对人的警惕感。

那幢小二楼是白玉兰就任京西医院院长分的，屋子里摆放的每一件东西，即使是白云霓也不能轻易挪动，所以屋子里的每一处都沾染着白玉兰威严的气息。那天，她禁不住雷学武的苦苦哀求，带着他偷偷摸摸地闯进了母亲的禁区，她能想象得出，等母亲回来后一定能觉察出一个陌生人的气息，她天生有这种令人恐惧的感知力。

好在白云霓还有自己独立的房间，她还记得那一天下着小雨，他软磨硬泡，不断地哀求她，而且发誓毕业后马上和她结婚，她才心软答应了他。雷学武也算得上是京西医科大学最优秀的毕业生之一，上进而且成熟，让她觉得踏实。但那一过程她一直担惊受怕，她拒绝脱掉上衣，而雷学武的裤子还挂在脚上，场面显得很滑稽。雷学武试几次都没有成功，他喘着粗气，脸通红的，弄得她很痛，他就不断地用甜言蜜语抚慰着她，终于进入她的身体，他才长吁一口气，立刻变得勇猛起来。她闭着眼睛，脑子却浮现着与商小平柔情相拥的情景，希望早点结束，不想看到雷学武急欲占有自己的贪婪嘴脸。但令她感到羞耻的是，渐渐地，她身体也会产生些微的兴奋感，商小平的脸在她的呻吟声中扭曲，最后碎裂了，她心里充满了不贞的愧疚。一切结束后，雷学武自豪地向她宣布：“你从此永远是我的女人了。”当然，他也沮丧地发现，白云霓对性并没有太大的兴趣，那种肉欲的至乐也只有苏婕能给他。

虽然摆脱母亲上学后，白云霓内心产生长期压抑后逆反式的爆发，但除了和商小平谈过一段短暂的恋爱外，白云霓再也没有从肉体上实际接触过其他男人。何况雷学武也是知道的，校园里那种轻飘飘的爱情算不得什么，白云霓还是贞洁之身，并不像白玉兰担心的那样白云霓身上还带着生母疯癫的血液。虽然商小平的亲吻和抚摸让她心动过，但她还是把第一次献给了雷学武，不过遗憾的是，她没有给出眼见为实的证据，也说不出到底发生了什么。如果眼前的男人换作是商小平，她早就吓得失魂落魄了。

直到两个人毕业开始找工作时，白云霓才找到白玉兰，原原本本讲了她与雷学武恋爱的事情，那神情与当年林晓岚向她坦白与虾子的关系时一模一样。白玉兰大吃一惊，才想起让院办的人查清楚白云霓在学校里的所作所为，院办的人怕触怒了她，轻描淡写地讲了白云霓的两段恋情，还宽慰她说，大学生谈恋爱很正常。白玉兰自知无可挽回，后悔自己太自信对白云霓的掌控了，客观地说，那段时间她第一次面临退休的关键时期，她太紧张了，即使睡着了，神经都是紧绷着，她会梦见那个偏僻的农场，一个人一遍一遍地锄地。好不容易风平浪静了，却发生这样的大事，她需要单独见一下雷学武，确定白云霓是不是上当受骗了。

没有人比雷学武更清楚这一天对他意味着什么。记得某一天白云霓郑重其事地告诉他，她的母亲就是白玉兰时，他假装很吃惊地说：“真不敢相信。你的意思是不是想要和我分手了？”白云霓有些悲壮地说：“从小到大，只要在她跟前，我没有做过一件违背她的事。好像所有的人都惧怕她，从来没有人能左右她的意见，但这次不管她什么意见，我认定了你。”

听到这番话，雷学武心里有了几分把握，也有着对白云霓说不出的感激，他再清楚不过了，只要她有一点点犹豫，他就会失去她。白玉兰绝对不会接受像他这样毫无来处的人，于是说：“我知道配不上你，绝不会让你感到为难的，也不会破坏你们母女的感情的。”白云霓苦笑道：“我已经是你的人了，别说傻话了，只是你不知道我的母亲多么强硬，除非她认可，没人能说服她的。”白云霓有着他难以想象的忠贞观念。

雷学武事先不知预演了多少遍面对白玉兰时的表现，他必须全力以赴地做着各种准备，包括用所有积蓄买了一套西服，花很多时间在京西档案馆找有关白玉兰生平的所有资料，甚至一篇平淡无奇的报道也不放过，但是所获甚少。在京西，白玉兰虽然是远近皆知的名人，但她仍然保持独有的神秘，尤其她在新中国成立前的那段经历，以及与马青山短暂而离奇的婚姻，还包括她收养的这个女儿白云霓。白云霓拒绝向他透露她与母亲的过去，这是白玉兰再三告诫她的。按白玉兰的话说：最好让有些事烂在肠子里，就当什么也没有发生过。这一点白云霓做到了，她自己也变成了一个能埋藏自己心事的女人。

能走进京西医院白玉兰办公室，这对雷学武而言，也是令他自豪的经历，白云霓自然不知道母亲的安排。进屋后，白玉兰并没有把他当作特别的人看待，就像是对待手下的员工一样，客观而冷静地打量着他，这让雷学武感到有些失落。

雷学武做梦也没有想到，白玉兰第一句话是："我这里有一封一个叫苏婕的孩子捎给你的信。"

仅这一句话就击碎了雷学武的脊梁骨，他自以为是的精明，比同辈人的成熟，以及雄心勃勃的野心，一时间都化为乌有，变得卑污不堪。他手攥那封信，就像接受了一纸审判，一时间如芒刺在身，冷汗骤下，人像喝醉了一样。白玉兰漫不经心地摆弄着手里一副黑框的眼镜，时不时扫过来怀疑的目光，他结结巴巴地辩解说："我们已经结束了，她是同意的。"的确，前不久，他以两个人毕业后将分居在不同的城市为借口，结束了他们之间的关系，这也是他算计好的。电话中，他听到苏婕极度绝望的哭泣声，但她还是答应了，那是她最后的一点儿自尊心。难以置信的是，白玉兰居然拿到苏婕写给他的信，为了白云霓她真的什么都能干出来。

"是的，她到现在还在维护你，除了她，谁会原谅你呢？人年轻难免会犯错，但有些事是做不得的，会立刻得报应的。只是你的运气好，碰到一个善良的女孩，否则你连业也毕不了的，我这一生最痛恨的人就是，欺侮伤害善良者而不担心报复的人。"她轻声地说。她是那么端庄优雅，甚至是迷人的，就像一盆干净得不能再干净的清水，让每个人身上的脏污都显现出来，白云霓只是学到了她一点儿的皮毛，已经令人仰望了。

现在只有白云霓的贞洁是雷学武唯一的筹码了，他和白云霓的事已经在京西医院传开了。白玉兰已经从白云霓口中证实了两个人已经上过床，至少在她的心里成了难以擦掉的污点。她对林晓岚母女在男女之事上的不知检点简直恨之入骨，她没想到这种事会遗传，会再度重现，而且白云霓已经执迷不悟了，白玉兰担心的是再出现林晓岚的结局，否则她一眼也不想看见这个没有羞耻心的人。

忽然，白玉兰话头一转说："你获得'余非凡奖'的专业论文我看过了，你弄的那个关于华北地区传染病的趋势模型，是我这两年看到的关于传染病防治最有创意的研究，我找人核实了你的样本数据，是准确无误的，京西非常需要你这样的人才。当然，学术最看重的还是一个人的优良品质，但你的所作所为让我不得不怀疑。"

雷学武不做任何抵抗，微弱地回答道："不管我做了什么，我爱白云霓是真的。我完全接受您的意见，只要对她好。"

白云霓要是得到白玉兰一半的真传，那将是多么完美的女人。雷学武想起传闻说白玉兰曾经有一个孩子胎死腹中，以后再无法生育，便内心叹息道。但白云霓如果真的是白玉兰的亲生骨肉，他是万万没有接近她的可能的。

后来，白玉兰的问话都是放在雷学武的专业上，把明明很重要的问题放在了一边，她是故意的，雷学武之前用心的预演和熟悉的那些资料一点儿也派不上用场。这反倒令他生出从未有过的狂热的崇拜之心，他愿意为了她做任何事，这就是白玉兰难以想象的魅力所在，她用自己独有的方式迅速征服坐在她面前的人，而且对方会把她的呵斥当作享受。于是，与白玉兰的第一次见面，雷学武已经心甘情愿成为白玉兰可以随意践踏的尘土。而且，令他意外的是，他得偿所愿，做了白玉兰的女婿，但注定从此之后，他将置身于白玉兰锐利的眼神之下，战战兢兢且永远心怀愧疚。

白云霓自认为自己知道丈夫几乎所有的秘密，他们一直在母亲严格管理下的医院工作，她几乎无须打探，在这个封闭的圈子里，明的、暗的、捏造的、推测的各种消息都会及时地传到她这里，这是人间不可缺少的再自然不过的消遣方式，而她毕竟是传染病中心的主任，甚至于她有时坐在自己的办公室里，闭上眼睛，也能清楚地感知母亲此时的心情，或者是雷学武正在参加的某个会议，甚至能听见他的呼吸。这种融合有时会令她感到单调乏味，但至少有着心安理得的平静。

当她某一天收到一封匿名邮件，一个人打开看完时，那情景不啻她在大学操场众目睽睽之下挨一耳光所受到的屈辱。

几张偷拍的照片。是的，雷学武正和一个女人肩并肩走着，周围是一个小区的楼群。他的神色和往常一样，不苟言笑，而那个女人的目光让她相信这件事是真的，她正很甜蜜地回望着他，虽然相片不是太清晰，但那目光已经深深地刺穿了她的心，让她相信那一切都是真的。

首先白云霓需要进一步证实这件事，她慢慢回想着他们在一起的细节，每次他夜里出门时都有完美的借口，她一点儿也不清楚他在医院里做着什么，问起他来，他只简单应付着，一脸疲倦的样子。是啊，一个女同事说过，男人在外鬼混与他的家庭生活并不矛盾，他们心里并没有感到什么不安，男人嘛，都有动物性。想到自己丈夫和另一个女人在一起的种种场景，再想到丈夫和自己在一起的一幕一幕，她就感到恶心。

昨天他们还例行公事地做过，他还吻过自己的嘴！每一次做爱时，她从不观察雷学武的眼神，她觉得他的眼神很冷，好像要洞穿自己，她讨厌那种凝视。

相片中的丈夫让她陌生起来，好像她正在看一个不相关的人，她更多注视着相片中的女人，似乎记忆里有点儿印象，脑子里在不停地搜寻着，一瞬间，她就知道被彻彻底底地击溃了。

一股寒彻透骨的凉意紧紧攫住了她，她浑身颤抖着，一动也不想动，然后开始自怜地哭泣。屋子里静悄悄的，这时院子里有一种特有的肃静，静得能聆听到自己微弱的心跳，窗外是压下来的阴沉沉的云朵，一个马上要下雨的先兆，她浑身发冷，手臂无力地环抱着自己。

白云霓没想到会有这一天。静下心来，她头一次真切地感到自己并不完全了解雷学武，他们好像因为这个突然的事件，立刻远隔万水千山。她也变了一个人，变得出奇地敏感和细致起来，这也许让她更像一个女人，嫉妒、自怜、愤怒、多愁善感，这些原本已经陌生的情感重新在她的身上显现了。

这让她想起很多事，又回到了大学时那个惊慌失措的时刻，两个同样冷酷而强大的女人，突然打断原本幸福的生活，一点儿不剩地夺走她的所有，而她一点儿心理防备也没有，就像被那突如其来的巴掌打晕了一样。

好在多年的生活磨炼了她，让她能够冷静下来。她随手把那封肮脏的信和相片放在大衣柜的最底层，那里摆放着她花花绿绿的内衣裤，都是雷学武亲手搓洗的，显得很讽刺。

年过四十以后，白云霓发现自己的小腹松弛了，美貌终究抵不过岁月，曾经引以为傲的饱满乳房也垂下来，而那个女人还处于光彩绽放的时期。她在镜子里观察着自己，与那张无耻的脸相比较，也觉得没有任何优势。

她为自己的预感惶惶不安，同时又恨起雷学武来，他已经很少上自己的身了，居然对这种有意的冷淡不动声色。过去她习惯裸睡，为了惩罚他，她开始穿上内衣裤，把自己遮得严严的，她希望他能回心转意，坦白自己的过失，她会原谅他的。但他丝毫也不在意，看来他已经完全迷了心窍，那种惩罚是无效的，另一个女人会满足他的。

白云霓第一次感到彻底的失败，她的美貌在丈夫面前早已经失效了，女人总是要用身体取悦男人，这是生活的本质之一。她开始啜泣，不知道自己该怎么走下去，长久积压的情绪爆发出来，没想到十几年的夫妻情感竟是如此不堪一击。她对着镜子细细地打扮着、观察着，被水浸润的皮肤发着光，脸上留下岁月轻微锈蚀的痕迹，但她还是拥有一张端庄柔美的脸，眼波流动，嘴唇丰厚红润，对除了丈夫的男人仍然有着毋庸置疑的吸引力。

而在这一边，雷学武自以为安全地继续着他的冒险，一想到白玉兰那张冷冰冰的脸，这种欲望就更为强烈。这一天，他和陶洁又约见在自己精心挑选的那家咖啡馆，一个僻静而适合偷情的地方。陶洁早到了，她就像是一颗宝石，在暗处熠熠生辉。她穿着一件宽松的毛线衫，显得宁静而又高傲，一只手不停地摆弄着一只精致的打火机。

她的面前摆着两瓶啤酒，还有一杯她喜欢嚼的冰块。在这种场合下，她显得出奇地自然和放松。接着，她向服务员要了一壶茶。烟气从她的嘴里丝丝缕缕地冒了出来，看上去，她显得那么镇定自若，似乎对即将发生的事早有准备。

两个人聊了一会儿，陶洁问："你在想什么？雷主任。"陶洁乌黑的眼珠转动着，看着心神不定的雷学武。

"这个地方让我想起很多过去的事。"雷学武道。想着他们约会这么多次，仍然搞不清这个女人的底细，但她总是能很快唤起他的欲望，他拿不准继续下去会发生什么。实际上，雷学武早就想明白了，人的一丝一毫无不受着欲望的驱使，即使试图克制欲望本身也是欲望。其实大家都一样，只是有没有机会而已，他安慰着自己。

"是不是想起哪个女人？"陶洁的嗓音甜甜的，没有一丝杂音。

就这样，他突然间吻了她的面颊，她并不感到惊讶，而是满意地领受了，还回吻了他的脖子，她能够到的地方，肉体的韵律一点点变成和谐的震荡。虽然他有所担忧，但也抵不住如潮的轻薄肉欲，这就是人身上唤醒原始本质的兽性，频繁地发情、追逐、享乐。

"我们走吧。"她触了一下他的大腿，脸上带着不知廉耻的粉红色，嘴微张着，喷出体内沸腾的气息，眼睛犀利地捕捉着他。他知道自已逃不掉了，他已经落入她安排好的陷阱里。

他们又来到一家酒吧，想继续用酒把自己顶到真正的毫无顾忌。他们在一个角落里，绵绵不断地亲吻、抚摸，老练地把对方烧成将沸的水，皮肤被烧得噼啪直响，让每根神经都弹跳起来。多捞一点儿，这句话让他完全春情勃发。

他们相互搀扶着坐上出租车，直奔她的住处。一路上，不知怎样就跌跌撞撞进入了她的房间的，整个过程他一直处于半醉的状态。陶洁自作多情地说：“那天的宴请就发现你不怀好意了，男人的目光瞒不住我。”雷学武道：“不怀好意的是闻局长吧？”陶洁扭着因酒精而变得哆嗦的身体说：“你们男人还不都一样，你不想要我吗？”

进了门，他们甚至来不及去除身上的汗味、酒味，衣服扔了一地板，直扑向那张橘黄色被罩覆盖下的床，他们不想被任何东西打扰，任何东西。

最后，她咯咯地笑起来，头埋在床上，一切都停止了，好像一场恶作剧。然后她把他赶进了卫生间。

他在呕吐，胃在抽动。身上每一处都被腥味和臭气覆盖着，眼前冒着金星，自己已经迷上她了，他想哭，喉咙发着呜咽，心在抽搐着。十足的荡妇。热水抚慰着他，他的心逐渐开始安宁下来，他要把一切想清楚。

卧室的电话铃在响，她尖叫地接电话，然后砰一下关上门，一定是某个男人打来的电话，不愿让他听见。

擦干身体，他拾起厅里地板上的衣服穿着，墙上那双冷傲的眼睛盯着正弯腰的他。隐约听见她在里面咯咯地笑，然后门打开了。她已经恢复了镇定和平静，双手抱在胸前，倚着门，光着身子倦倦地看着他。

“对不起，你该回去了，雷主任，一会儿我还有事。”她摆动着无所顾忌的身子走过来，调皮地抚弄一下他湿漉漉的头发，怜悯地吻了一下他，那句话显然是讽刺。看来这个婊子还有男人要侍候，雷学武想。这事再清楚不过了。

“是的，我该走了。”他知趣地说。一切看起来狼狈不堪，只盼着马上冲出屋落荒而逃，这就是他这几天一直酝酿的浪漫之夜吗？他还是依依不舍地吻着她发咸的肌肤。

“对不起了，”她的嘴唇轻触着他的耳朵，“我不能留你了。”幽幽的灯光落在她瓷一样的皮肤上，冰冰地发着光。然后她转身走进卫生间。

走出门，未干的水还在身上蒸发。他倚着对面一幢楼的墙壁，哆嗦着摸出一支烟来吸，他就这样被她没有任何情感地扫地出门了。那扇窗户的灯亮着，隔着窗帘看不见她的身影，此时她一定正忙乎洗净她的每个细胞，这个性亢奋的婊子，生活的磨难让她变得邪恶，他想起她咬冰时清脆的声音。

前一天晚上的事让他心里忐忑不安，彻夜难眠，细细地想了几遍。他对那个女人的底细实际上一点儿也不清楚，难道就因为一次讲座心生的一段渴慕，就稀里糊涂地上床了？恐怕没有那么简单；床上的表现欠佳，让他很难堪，他甚至想不起在醉态中怎么完事的，只记得她白嫩的皮肤，摸起来像丝绸一样，性事十分放荡。后来发生的事更是折磨着他，那时他已经醒了，觉得是一个莫大的污辱，她把他看成什么了？他慢慢想着还能记起来的细节，觉得她好像把他当作一个发泄仇恨的对象。是的，他的头脑发热起来，那个女人对男人有一种难以隐藏的仇恨。

不过，在这件事情上，他还是迷恋上她了，既讨厌又迷恋，他喜欢那种被那个喜怒无常的女人操纵的感觉，她放荡，像一匹母马骑在他身上，而且赤裸裸的，毫不知羞耻。也许算是一种对他的报应吧。

接触多了，雷学武对她越来越熟悉了，知道她的小名叫“弯弯”，听起来好像一个小姐的绰号。他有一点点美好的感觉，因为她的美貌，但更多的是，偷情所带来的纯粹肉体阴暗的快乐。就在两个肉体分开的那个瞬间，一切都消失了，他甚至懒得去亲吻她。

那具无瑕疵的身体，发着银色的光，雷学武似乎嗅到附着在她身体上的腥味，男人的腥味，这使他内心里带着蔑视。这个时候他想起了白云霓，唤起他对女人说不清的、知识分子的精神洁癖，是啊，他动过的女人都有其他男人的污迹。

“是啊，你该结婚了。”

“你这句是真话？”

雷学武笑着捏着她仍然饱满的乳房，上面有一处淡淡的印痕，她发育时被车碰伤留下的。她的身体已经缺乏对男人的敏感，不怎么容易激动，亲吻她时，她还会因怕痒呵呵地笑着，她做爱虽有些漫不经心，但她的姿势是那么的动人心魄，每次都给他肉体完全的高潮。

然后，她调皮地穿着他的衬衫，绾起头发，光着下身，在厨房里忙活着，每一道菜都做得很精致，从不让他插手，居然还有这么一手。

他浅浅地睡了一觉，电话丁零零地响着，他并没有搭理，打给陶洁的电话他从来不接，这是两个人之间的约定。复杂啊，这个女人，雷学武懒得去探究，他已经得到自己想要的东西，这已经足够了，用不着费心玩捉迷藏的游戏。

陶洁的一只手轻轻地梳弄着他的头，那有些浸着凉气的身体一点点地贴伏过来，耳边是她咻咻的鼻息，他听见自己的胸腔在温柔地嘶鸣着。

他们俩如同丛林里相遇的兽。短暂性的欢娱，能忘记许多事情。忘情时候，她贴着他如此之近，这一刻他抛弃了所有的忧惧，思想都集中在器官的触感上，万念于此消融，然而绝望也由此而生。

“今晚陪陪我吧。”她哀求道，眸子里带着热望。

他笑着回望着她道：“今晚你就好好休息，我们还有的是时间。”一边感叹着女人的稚气。

“你们男人总是这么心狠。”她背过脸愤愤道，然后开始啜泣，女人总是有流不尽的泪，冲刷着一生。

“快滚，回去陪那个小婊子去吧。”她甩掉他抚慰她的手臂，“我在你眼里不过是一个贱货，供你玩弄的。”

管白云霓叫小婊子，雷学武的心有些刺痛，不由生出对白云霓的歉疚。他任她赌气似的胡闹，人快快地走向大门。

“雷学武。”她疯狂地从后面拉住他的腰带，双手交绕缠住了他，脸伏在他的背部很快就浸湿，他感到她身体有些痉挛地抽动着。

“不要这样。”他捧起她的脸，那双眼睛直直盯着他，泪水不断地泌出。

“我可以嫁给你的，真的。”她说，“我一直想告诉你。我知道这个想法很荒唐。而现实总是这么残酷。是的，你原本就是一个靠不住的男人。我今天要告诉你，我已经答应那个副局长的求婚，就要离开这个该死的医院了，也不会给你惹什么麻烦。我知道，这样的结果也是你所期望的。”

两个人之间剩下死一般的静寂，在这间被黑暗笼罩的屋子里，只有一盏落地灯在萤萤地亮着，外面隐约传来少有的雷声。

就在与陶洁分手不久，白云霓突然失踪了，只给雷学武留下一张字条：我一个人出去三天，散散心，我不希望任何人打扰我，包括你。有人找我，就说我去旅游了。

看到这张字条后，雷学武狂笑了几声，似乎他的整个世界都崩塌了，人生就是这么脆弱。平静下来，他心神不定地猜测着究竟发生了什么，以自己对她的了解，一定是她知道了自己与那个女人的事情，否则，她不会有这么离奇的举动。恍恍惚惚之间，那三天不知怎么熬过来的，他想着各种可能发生的事。直到他接到白云霓发来的一条再简短不过的消息：明天七点火车站。他如获大赦一般，心里带一丝侥幸。

天光未开，站在车站口，从混乱的人群之中，雷学武一眼看见了白云霓，她脸色苍白，还保持那种特有的文雅。这个时刻，她像磁石一样吸引着他，在过往的女人之中，她显得那么突出而优秀，穿着蓝色西服裙装，十分得体。她疲惫地四处张望着，有些胆怯的样子。他的心长久以来没有这么热烈过了，她虽然不是女人的全部，却是唯一对他忠心的女人啊。

他热情地走到她身边，白云霓淡然地仰望着他，没有刻意地避开他的目光，看来他的担心是多余的。他伸手接她的旅行包，她眼泪无法抑制地流下来，这让他感觉很甜蜜。“你怎么了？去哪里了？”他轻柔地问。

她掩饰着什么，擦着眼睛说：“你什么也别问了。一切都结束了，终于到家了，我只想好好歇一歇。”

他伸手搂着她的肩膀，有一种很少有过的踏实和温暖的感觉在心里流淌，而她紧紧地抓住他的一只胳膊，继续流着泪，她很少独自一个人出门，看来真的想家了。

到了家之后，看着饭桌上摆放着还冒着热气的饭菜，她怔了一下，然后久久依在他的怀里抽泣着，好像受到了什么惊吓似的，他轻轻抚摸着她的后背，强烈的感觉涌向心头，他们好久没有如此动情过，他抱着她走向卧室。

她一直紧紧地闭着眼睛，身体很紧张，好像不认识他一样，任由他动作，两只手紧紧抓着他的腰，生怕他跑掉，两个肉体暂时地和解了。她在他耳边喃喃地说：“别去上班，今天陪陪我。”他很讶异，但立刻就理解她了，这几天她一个人在外也许太孤独了。他伏在她白皙而温润的身体上再次问道："你到底去哪里了？"

"我不会告诉你的。"她坚定地回答道。

第二天吃完晚饭后，雷学武带着白云霓去了一家大型的游泳馆，他站在泳池旁边，看着自己渐渐突起的肚子，一边等着白云霓。

白云霓把头发绾起来，一只手拿着泳帽，从女更衣室里袅袅娜娜地走出来，有些腼腆，穿着蓝色碎花的泳衣，丰满而富有弹性的身体像一尊女神像，两只雪白修长的腿踏着浅蓝色的瓷砖向他微笑着走来，那一幕情景刺激了他，他内心呻吟着，恍然回到了过去的时光，一个女人就是一个男人某段时间最深刻的回忆。

蓝色的水衬着她的皮肤，她的四肢有些笨拙地划动。雷学武托着她柔软的腰，他想起了陶洁，她同样有着灵活而有力的腰腹，她的大腿紧绷绷的，还有那张瓷一样冷漠的脸。

白云霓贴着他的身体站立起来，四周是喧哗的水声。

"你在想什么？"

"没有啊。你真的很美。"

他看着她再次潜入水中。她脸上似乎很幸福，却带着忧伤的影子。就是这么一个令人心醉神迷的女人同样让他感到人生的空虚，这个时候他又万分想念起陶洁来，真是荒唐。

一想陶洁的事，雷学武晚上就做噩梦，总是能梦见陶洁，每逢他们在一起的时候，身边总是围着很多人，他们嘲笑着、指点着，然后他拉着她到处躲着，没有一点儿喘息的机会。惊醒的时候，总能看见白云霓忧心忡忡的眼神，她好像知道发生了什么，只是不点破，雷学武几次忍不住想告诉她，可是还是放弃了。白云霓帮他擦着汗，安慰着他，她知道是那件事一直扰乱他的心神，他做事太小心了，想瞒住所有的人，他的折磨是不会停止的，总是怕他们私通的事被捅出来，老太太这次绝对饶不了他的。

雷学武上床时碰醒了她，白云霓翻身坐起来说："你不是一直问我有什么事吗？我不是责备你，那件事我已经想开了，其实你瞒着我和那个女人我早就知道了。"雷学武吓了一跳，羞愧地看着自己的妻子。白云霓继续道："我本来不想说起这件事，但我知道你一直为这件事忧心。相信我，我是你的妻子，从来也没有想到过要离开你。我想告诉你，不管发生了什么，我总站在你的一边。"

望着白云霓真诚发亮的眼睛，雷学武知道伤她很深，她一直是一个无辜忠贞的女人，这个时候，说出这席话，令他十分震惊，相比之下，自己太污秽了，简直羞愧难当。

第六章

白玉兰的寓所是一幢两层小楼，典型的日式简朴风格的建筑，老房子，冬暖夏凉。楼前是一个不大的小花园，种满了玉兰树，树体小巧轻盈，节短枝密，但花团锦簇，远远看去，洁白无瑕，妖娆万分，散发出阵阵清香。玉兰树每年四月开始换叶，春风拂过之后，老叶慢慢地变黄，春雨滋润着小树，新芽慢慢地舒展。特别是大雨过后，院子里满地都是黄叶和花蕾的包皮。到了五六月，青青的花蕾掉了几次毛茸茸的包皮，就开始开花了。白白大大的玉兰花绽开时，如出水荷花那样冰清玉洁，花中间有个花柱，柱子上长满红、黄色的花蕊。等到花谢时，白白的花瓣变干变黄落到地上后，就剩下一个光秃秃的花柱。每天早餐之后，白玉兰都要花上半小时在小花园里漫步，看着在晨曦里摇曳的树木。

如同白云霓与白玉兰一样，雷新月也与白云霓没有半点血缘关系。那年雷新月从京西医科大学毕业，每一届京西医科大学的毕业生，京西医院都要从中挑选一批，白玉兰必要亲自把关，虽说京西医科大学是京西医院嫡系学校，她对选人的事从不敢怠慢。雷新月家境贫寒，父母离婚，各自成家，她是由奶奶一手带大，也是京西医院的资助生之一，白玉兰一向对资助生格外地关注，更何况雷新月是里面出类拔萃的一个。当白玉兰拿起简历看到雷新月，被她一双坚定而明亮的大眼睛吸引了，就如同看到过去自己的影子——有一双仿佛能洗净污浊的干净的眼睛，凡是有所成就的人，身上都会自带光芒，虽然暂时忽隐忽现，但白玉兰一眼便可以辨认出来。于是，雷新月便成为这一届第一个被选中的学生，而且被分在了院办，一般的学生难有如此的待遇，便是雷学武和白云霓也得从最基础的科室干起来。

于是，便有人猜测着雷新月的背景，以为她是某位领导的女儿，对此雷新月均以实相告，并无任何隐瞒。有人怀疑老太太是不是看花了眼，找了这么一个外貌出众的女孩，莫不是作为接待之用，侍候领导的，从礼仪学校找一个岂不更合适。雷新月就是带着种种非议进入了院办，但是她很快就显现出异乎常人的能力来。

每天上班她比清洁工还早到，除了打扫院办的办公室外，还手脚利索地帮助清洁工清理院领导的办公室。每个院领导都有各自的个性，甚至文件、茶具的摆法都自有讲究，那雇来的清洁工哪里会留意，只是一概清理干净便罢。那雷新月从小就是看着别人眼色长大的女孩，过早体会过残酷的现实，于是对人性有着格外透彻的洞悉。只要她打量一间办公室的摆设，对其人的性格即能了解一二，再加上她平常的察言观色，便八九不离十了。凡是经她的手收拾的办公室，无不显现用心的痕迹，让人立刻感到受到格外体贴的滋味。她早就熟练掌握了撼动人心的技巧，便是白玉兰也自叹弗如。

要想在院办立足，没有过硬的本事根本混不下去。雷新月很早就知道，一个女人如果仅凭自己的几分姿色想要在男性主宰的世界站稳脚跟，不失为比较便捷的生存之道，但以她的品性，是万万做不到的。在京西医科大学她已经体会到，当一个副校长在一次私人酒宴过程中，反复摩挲着她的一只手说，好柔软的手啊。她就知道，年轻貌美永远是男人本性的欲望，即便是平常如此斯文体面的副校长也概莫能外。之后他绵绵不断地给她写诗，除赞颂她的美，还有由此产生出喷薄的激情外，还许诺她留校的指标，当然还有充足的金钱。不可否认，她心动过，而且欣赏他的书法，还有这么德高望重的人对自己的迷醉让她所产生的虚荣感，但她还是假装糊涂地一次次推开那双有些枯干的手，而且并没有让他太难堪。即使她在最艰难的日子，也没有被现实击垮过，更何况是现在。她不想心怀肮脏、无耻地活在这个世界上，而且爱情是她最向往的东西，尤其对她这样一个从小缺失爱而孤独成长的女孩更是如此，爱情对她而言，才是人生给她的最大补偿。

只要人相聚的地方都不是圣地，即使被外人称赞的京西医院也不例外。当一个新鲜貌美的女孩子出现时，各种手握权力的男人都会探测她的底线，从她的上司到各大科室的头儿，她始终不温不火做着各种杂事，应付着各色人等，对各式各样的骚扰和追求一律保持着装傻充愣的态度，很快她成了京西医院男人心目中让人心驰神往又难动邪念的女人，人们才不得不承认老太太那双毒眼。

若非白玉兰选中，她也许会受那位没有得逞的副校长刁难而成为一所普通医院默默无闻的医生，即使是那种结果，她也不会利用手里的证据反戈一击，让他难堪的，她有自己的处事底线，绝不以恶制恶，那是愚蠢的，人之所以无敌，那就是从来不有意制造敌人。所以她对白玉兰充满了报恩的心态，每当偶尔碰到白玉兰时，她都会心怀虔诚地向白玉兰鞠躬致意，毫不在意周围人鄙视的目光。白玉兰成了自己生命成长的另一个完全可以托付的奶奶。

后来白玉兰的办公室一直由雷新月打扫整理，甚至到了某一天如果没有雷新月的清理，老太太就会觉得缺少点什么的程度。凡是有上级领导和大人物到访时，老太太必把雷新月叫来。偶尔老太太问及她来京西医院的感受时，雷新月必说，只要每天能与老太太一起工作，心情就会十分畅快。白玉兰知她说的并非恭维的话。

但是，她最为痛苦的事就是院办所担负的对内对外的酒宴应酬，由于她年轻貌美又是单身，自然成了陪酒的主力，她尚没有资格拒绝，尤其她逐渐成为医院的焦点人物后，更是如此。于是，几乎天天晚上，都要强颜欢笑出现在各种酒桌上，尤其是周末，一天晚上甚至要赶三四场，白酒啤酒红酒喝了一肚子，说了一大堆口是心非应酬的废话，第二天头疼心慌出虚汗，身体很久才能缓过来。

虽然酒桌是一个快速进入京西医院各种交际圈子的窗口，让她迅速摸清京西核心骨干的底细，但身体的付出也是巨大的，目前只能仗着年轻，咬牙坚持着。

其实白玉兰何尝不知道医院的处境，目前医院之间的竞争不只是人才、技术和科研，酒桌上的比拼往往起到关键的作用。记得上一次医院要征用北门的那块地，她亲率一干人奔走于市政府的各个部门，跑坏了好几双鞋也没有明显进展，以她在京西深厚的人脉，竟然栽了跟头，她咽不下这口气。后来她一发狠，吩咐手下人把政府相关部门头头脑脑邀在一起，找了镜湖边的一家私密会所，一张桌子坐了五十位客人，客人说话还得使用胸麦。酒过三巡，菜过五味，请来的领导们依旧谨慎说话，只说些近日流行的黄段子，绝口不提医院想要的那块地。

突然，宴会大厅所有的灯全灭了，有人“骂狗日的这时候停电”。音乐声起，随即灯火辉煌，每位嘉宾的背后都站着一位亭亭玉立的女子，一律身着白色的护士服，胸前别一枚醒目的京西徽章。那些请来的领导们虽说个个久经沙场，却也没见过这个阵势，一下子就被震住了。

宴会厅边就是舞池，女子们伸过葱一样白净的手邀请，此时微醺的领导们个个欣然起立，款款步入舞池。重新入席归位的领导们心情一下子晴朗起来，说出的话更加生动活泼起来，还与自己的舞伴一一对着喝了几杯酒。稍事歇息，就有其中一位女子独立出来，命服务小姐寻来一个特大号的酒杯，当场打开一瓶茅台，全部倒入杯中。女子将酒杯高高举过头顶，娇声道：“我代表京西医院敬各位领导一杯酒，京西医院的建设发展就拜托各位领导了！”话音刚落，一斤一杯的茅台流进女子口中，中间没有喘一口气，全场鸦雀无声，在场的人算是真正见识到了震撼的场面。被邀请来的领导根本无法想象，像白玉兰那样正经古板的老太太会弄出这一套如此新潮的把戏来。

不久，京西医院便拿到了那块地。那一天晚上，京西医院也算是动了真格了，参加宴会的是从上千名护理人员中精挑细选出来的。接待这种活看上去简单，一旦干起来还是挺难拿捏的，不但去的人要漂亮，而且素质要高，比如喝酒一定要量大，但也不能蛮喝，到时候既失态又伤自己身体。说话时既体面又体贴，不要把领导当傻子糊弄，比如说段子一定要机智，可荤可素，荤的要恰当，素的要能出人意料。除此之外，还要能歌善舞，熟练掌握民歌、老歌，与领导对唱时既要突出领导，还要时刻防止领导跑偏，帮领导把调给找回来。还要察言观色，用心体会领导的喜怒哀乐，捕捉风云变幻的领导心理，及时调整应对的策略和措施。还要逢场作戏，假作真时真亦假，让领导眼花缭乱，既满足了虚荣心和好奇心，又不出格。在年龄的选择上，半老徐娘一定不行，让人感觉在吃回锅肉，提不起劲儿；未出道的菜鸟也不行，半天入不了戏，让领导很为难又不好发脾气。

自此，京西医院一战成名，拥有了一支所向披靡的公关团队，而且分成三个梯队。第一梯队由实习护士组成，优势是年轻漂亮，因为没结婚，有足够的时间和旺盛的精力，不足就是经验缺乏，对人际关系了解有限，因此，这一梯队主要对付一般性的应酬活动，对手均为跑断脚、磨破嘴的瞎参谋、乱干事的，层次不高，要求比较普通，也很容易满足。第二梯队由骨干护士组成，优势是性感成熟，有着少妇的魅力，不足是有老公的牵扯，她们主要用于季节性的公关活动，对手职务虽然不高，但手中掌握的资源和权力不可小视，不过只要熟悉其套路和软肋，再加小心仔细，一定百战不殆。最精锐的当属第三梯队，全部由护士长组成，优势是经验丰富、见多识广，自有一番成熟的风韵，主要用于重大公关活动，一定是医院必须攻克的堡垒，也是最难啃的骨头，对手一定是大人物，层次高，大抵是不动声色闲庭信步的主儿。

这一套低劣的把戏白玉兰厌恶之极，但一时的社会风气如此，此为不得已之举。这些年，京西医院哪怕是微不足道的一小步，这支所谓闻名于外的公关团队也为此付出大量的心血。以白玉兰原来的性格，这些乱七八糟的做法简直有辱医院的名声。但医院处于高速发展时期，矛盾和难题层出不穷，根本离不开明里暗里的公关，她只能选择有限妥协，但她个人从来不参加此类聚会，都是院办一概负责处理，且按照她的要求，设了底线。

某一天晚上，白玉兰洗澡出来，正想要上床睡觉，一阵电话铃声吓了她一跳。万万没想到，竟是来自雷新月的电话，她马上意识到一定出了什么大事，以雷新月做事的风格，除非不得已才会找到她这里。得到允许后，雷新月来到了白玉兰的家。

见到的雷新月一脸憔悴，还带着明显的泪痕，满身的酒味儿，进门后向白玉兰深深鞠了一躬说："白院长，打扰您了，我想了很久，还是亲口告诉您，您待我恩重如山，但是我实在撑不下去了，我请求辞职。"白玉兰一惊，大概猜出了情况，于是问："不着急，你先告诉我到底发生了什么。"

于是雷新月大概说了事情的原委：下午因为她处理了一名病号家属投诉的事，很晚才下班，在去综合服务楼吃饭的路上，机关后勤的赵处长截住了她，然后急切地说："正找你呢，快上车吧，时间来不及了。"她当时一头雾水问去哪里。赵处长说句"上车说"，伸手就把她拽上车。

车里已经坐着三位护士长了，雷新月不是很熟，就礼节性地打了声招呼，在后排寻了个靠窗的位子坐下。那位瓜子脸护士长对身边高鼻梁的护士长说："这位就是院办那个小雷，大家叫她小人精。"高鼻梁上下横了她一眼，说："早听说过，看她这副身板，还不知道一会儿顶不顶事呢。"

赵处长则在一旁安抚雷新月说："褚护士长今天老公过生日，只好抓了你当壮丁，今天的酒局非同一般，弄不好的话，耿副院长可能让我下课。"

"有这么严重？"瓜子脸问。

赵处长紧张地说："当然，今晚是请民政局的郑局长，耿夫人的顶头上司。听说民政局空出一个处长岗位，耿夫人这次奔的就是这个。"

高鼻梁生气地说："还是那个丑麻子吧，不喝酒的时候人五人六的，三杯猫尿下肚就开始动手动脚了。"瓜子脸嘲笑她道："上次喝酒你还不是主动坐在人家腿上，让麻子都快尿裤子了。"高鼻梁呸了一声，说："你和麻子跳舞的时候，你的奶子还不差点儿把麻子给憋晕了。"几个人不三不四地说着，雷新月预感将有一番恶劣的遭遇。

不一会儿，车到了一个私人会所，只有一桌饭摆放在客厅里，一个房间供文人墨客现场写字作画，另一个房间是以备酒后打牌的地方。

麻子局长早到了，酒店老板正陪着他打扑克"掼蛋"呢。高鼻梁和瓜子脸马上换了笑脸，声颤音软的，麻子局长脸上的麻子立刻泛红起来。突然麻子问起褚护士长，听说她家里临时有事来不了，多少有点儿不悦。高鼻梁和瓜子脸一边一人安慰他道："有我们陪还嫌不够？"这时，赵处长让雷新月上前来，介绍给麻子道："这是院办新来的雷新月，可是我们医院的院花。”

麻子打量了一回雷新月，脸上的肌肉轻微地抽搐了几下，立刻眼睛闪着光说：“赵处长，没想到你还留着后手呢，你们京西医院还藏着这么出色的一位美女。”

雷新月登时脸红了起来，麻子越瞧越觉得她迷人，立刻吆喝着众人上了酒桌，特意让雷新月坐在他的身边。瓜子脸与高鼻梁刚开始还盘算麻子会选择她们中的哪一位，没想到让雷新月占了风头，自然心生不满。

瓜子脸说：“局长我们玩个击鼓传花的游戏吧，我把眼睛蒙上，用筷子敲杯子，你们就传递局长这张名片，筷子停住的时候，名片在谁的手上，就得喝一杯酒。如果是女生，就得与局长加喝一杯交杯酒。”雷新月再清楚不过了，一桌子的人都在设计着她，但一时间又奈何不得。

眼看瓜子脸在很有节奏地敲着杯子，如一位身经百战的鼓手，桌面上大家屏住呼吸听着那时快时慢的敲击声，桌下高鼻梁的脚漫不经心地碰了一下瓜子脸的脚，敲击声倏地停止了，所有人的眼睛都看着雷新月。

麻子局长自然心花怒放，摆出了随时交杯的姿态，雷新月不知所措地望着大家，乞求地望着赵处长，但立刻失望地意识到，今天是躲不过这一劫了。高鼻梁马上说：“还是我来组织一下吧！”随即拍了一下雷新月的肩膀说，“我们的院花，局长等着呢。”

雷新月还是第一次与男人这样喝酒，麻子喘出的粗气扑面而来，一股浓烈混浊的气息，呛得她直想咳嗽，特别是他那多毛的手臂，让她觉得说不出的恶心。

喝完后，麻子才很不情愿地松了手臂。雷新月正想坐下，瓜子脸在一边起哄说再来个大交！雷新月心生恐惧，虽然她不知道大交是什么，但当她看麻子高大的身体向她逼近时，明白将是极可怕的一桩事。

众人在一旁起哄着，麻子像一头笨熊，雷新月横下一条心，就是悬崖峭壁今天也跳了。于是，她紧闭双眼迎了上去。雷新月踮起脚尖，手臂艰难地缠过麻子的脖颈，整个人悬空在麻子宽阔的胸前，随即瓜子脸喊了一声："亲一个！"麻子在众人的鼓励下，一下捉过雷新月的脸，将胡子拉碴的嘴压了下去。雷新月做梦也没想到会是如此不堪的情景，眼看对方真的向她倒过来，张牙舞爪的样子。她愤怒地大喝一声，一挥手，将一杯酒向对方泼洒过去。随即，整理了一下衣服，骂了一声"无耻"，然后昂然出了门，留下一干发呆的人。

听了雷新月的讲述，老太太骂了无数声的混账、无耻，底下已经荒唐到如此程度，自己竟然一无所知，脸都丢尽了。她压着怒火说："你哪里也不许走，有我给你撑腰。"

第二天，白玉兰在院长办公会上就像一只咆哮的狮子，把在场的所有人都骂了个狗血喷头，这是她多少年少有的一次愤怒。最后她撂下了一句话说："这事是我的不对，就不应该放开这个口子。今后就是京西不办了，也绝对不能搞这种伤风败俗的事情。我白玉兰不是假正经，是真正经，不管现在风气如何，也绝不能把一个好好的新时代员工塑造成了旧社会交际花。"随即她直接把雷新月调任为她的专职秘书。以前，白玉兰一向习惯独处，无须任何人协助。但如今，无论白玉兰出现在哪里，身旁必须有雷新月陪伴，大小事也交由雷新月处理，她这么做并非任性之举，而是经过一段时间观察雷新月所做的慎重决定，她早有此意，正好借着医院整风达成了自己的心愿，这其实也是雷新月长久以来的愿望。

因为白云霓身体的原因，她和雷学武一直没有孩子，这也是白玉兰的一块心病，就像是魔咒，居然传导到白云霓的身上。她一生不作孽，居然落得和余非凡一样的下场。

他们用尽了所有的办法，白玉兰还把女儿送到国外治疗了一段时间，还是无效。白云霓甚至想做人工授精，但雷学武死活不同意。听了别人的意见，雷学武还专程去了一趟九华山。到了地方，雷学武还是第一次求签，于是找了一个和尚打听，和尚告诉他说，九华山是地藏王菩萨的道场，自然很灵验。问及哪个寺庙最灵验时，对方高深莫测地答道："佛菩萨都灵，至于哪个寺庙，是否能如你所愿，则看你的福报大小，是否有清净心。人的心犹如水中月，只有你的心清净了，才能看见水中的月亮。"雷学武知道，这种迷信行为只当是解解心疑。

最后，雷学武来到一个叫禅洁精舍的地方，是个很小的尼姑庵。里面有一位年轻的尼姑，三十几岁，眉清目秀的。雷学武说了来意，那尼姑请出一位老尼姑。雷学武很虔诚地求了一签。那老尼姑闭目道："这事并不难解，自有善缘相续，但须另辟蹊径，万分珍惜。"雷学武似懂非懂地听着，似乎觉得有了莫大的希望。

回来后，听了雷学武的讲述，白云霓自然高兴异常。两个人借那个老师太的吉言，趁热打铁，都认真洗了身子，按照挂在卧室里的十八条操作程序，有板有眼地做了一遍，规定动作做完后，雷学武就跪在床上，双手握住白云霓的双腿，上下来回抖动了八九回。如此又过了些时日，白云霓依然没有一点儿动静。雷学武仔细回忆九华山老师太解签时说的话，感觉莫非是在考验自己是否诚心，于是两个人又坚持了一段时间。白云霓的心又灰了，她觉得雷学武求签求子原本就是荒唐不可信的，他们都是学医的，岂能相信这种哄人的话。倒是高频率的性生活让两个人产生少有的亲近感。

自从收雷新月做自己的专职秘书后，两个人几乎朝夕相处，老太太对这个女孩产生一种莫名的血缘之亲，这感觉就和当年收白云霓为女儿的感觉相类似，只不过当时还有政治上的考虑，而对雷新月的感觉更为纯粹一些，越发觉得这孩子就如同自己的过去重又浮现，不禁叹道：“这难道真是某种不可言说的宿命降临？”

为了此事，她专门把白云霓找来，慎重地说了自己的想法。那白云霓也是常见雷新月的，虽没有老太太了解得那么深刻，但也觉得女孩望之可亲，人品很是难得，再加上她和雷学武年纪也不小了，雷学武一直心游移不定，两个人没有孩子也是一大因素，顿感老太太深谋远虑。而且奇在雷新月的身世，虽有父母却实为只身一人，与老人有着命运中的难解之缘，竟还和雷学武同姓，便应允了下来，在白云霓的心里，老太太在大事决断上总是有异常的智慧。

一开始，雷学武听说这一消息后，万分地不同意，后来冷静一想，觉得老太太才是看透世事人生的明白人，他也早听说雷新月在京西一番不同寻常的所作所为，若能认她为女儿，算是如获至宝，那不正如那位老尼姑所说的“另辟蹊径”吗？他这才恍然大悟一般，有了雷新月，老太太也会和他的关系更缓和一点儿。

雷学武是何等聪明的人，一点即透，自叹这算上天对自己的补偿。于是夫妻两个挑选了一个吉日，找到白玉兰，诚恳地答应认雷新月为女儿。白玉兰叹道：“我一直是个唯物主义者，但唯有云霓和新月，我相信命运真的有一种奇妙的安排，根本无法预想的，也算是水到渠成的一件美事。”

雷学武问：“不知雷新月是什么意见，毕竟我们还没有真正以家人的身份相处，她那么大的女孩子，还不知道能不能够接受我们。”

白玉兰笑道：“那个孩子的心思，就算你们两个人加在一起都不及，但她知恩图报，偏偏就认定了我，否则哪里会有你们想的好事。一切由我做主，能给雷学武和白云霓当女儿是她天大的福分。这事要正式地操办一下，不能亏待了那个孩子。”

说办就办，白玉兰立即在京西大酒店订了一桌宴席，简化了仪式，只请来白玉兰在京西医院的老部下，算是做了一个见证。白玉兰亲自主持了仪式，雷新月当着众人的面给雷学武与白云霓叩头敬茶敬酒，两人送了雷新月一条项链当作礼物，仪式过后，便正式以父女、母女相称。

这事迅速传遍了整个京西医院，自然是说法不一。有人感慨道：“这老天爷专干锦上添花的事儿，你看人家白云霓和老雷一个做官，另一个当专家，什么好事都赶上了，还白捡一个闺女，这两口子真是老鼠掉到米缸里了，白家算是圆满了。”

也有人说：“那女孩就是一个人精，眼睛后面还有眼睛，平时做事老成，便是主任级别的这些人都不及，明明她早就冲着白老太太去的，至于找妈那只是最好不过的借口了。还有人说，给老太太当秘书跟全职太太没什么两样，奖金照样拿着，级别一点儿不耽误。不像我们吹灯拔蜡地写论文，一分一分地挣影响因子，人家就是有一步登天的好命。”

此事过后不久，白玉兰便对雷新月说：“你现在很快就会成为众矢之的，秘书还是不要当了，在医院学术上没有成就，没人能服的，我知道你的底子，还是要弄出点真东西给他们瞧瞧。”

雷新月点头说：“这事我已经想了一段时间了，我听您的安排。”白玉兰笑道：“你真是聪明识大体的孩子，不像你妈就是太犟，认死理，又不像你爸心计过重。”白玉兰告诉她说，最近院里有一个课题，是中西医肝病诊疗中心牵头组织的，研究开发一种有效预防肝炎病毒的中药疫苗。已通过国家科技部组织的专家评审，确定为国家级重大专项课题。由白玉兰担任课题首席科学家，下辖若干个子课题。她准备让雷新月担任这一课题的数据收集工作，并做出数学模型。

事情交代完，白玉兰拉着雷新月的手说：“这是一个公认的世界难题，不是一代两代人就能攻克的。就像当年我们搞的‘战时特种武器伤害的医学防护研究’课题，数代科学家为了人民免受帝国主义侵略者特种武器的危害，为了使年轻的共和国不屈服于霸权主义的压力，受命承担了防原子武器、防生物武器、防化学武器的‘三防’医学研究任务。先后参加了包括首次原子弹、首次导弹核武器、首次氢弹在内所有类型核试验。一次又一次冲入核爆后的放射性污染区，抢收实验动物、解剖试验标本、采集实验数据。历时三十年才研究成功，与震撼世界的人造卫星、南京长江大桥、人工牛胰岛素合成一起，获得国家科技进步特等奖。在人民大会堂颁奖时，我们课题组成员抱头痛哭，许多人已是满头白发，有的已经去了天国。由于绝密课题的特殊要求，在三十年里，我们课题组成员的论文不能发表，成果不能评奖，每个人都是无怨无悔。我们京西医院所谓的名声，也是靠一大批这样的顶天立地的无名英雄支撑着呢。”

第七章

提起京西医院，白玉兰的上一任——虾子院长是绕不过去的，他的传奇经历并不比白玉兰少，甚至可以说，没有虾子院长，就没有后来的白玉兰。那位虾子院长，身世相当曲折。他来自长江中下游的一座小城鱼头镇，那里盛产刀鱼、甲鱼、黄鳝，特别是青虾，个个玲珑剔透。在粮食颗粒无收的灾荒之年，青虾就成了小城百姓的主食，长江就是取之不竭的天然粮仓。太阳升起的时候，男人开始自制虾抄网，三角形撑架是用竹子做成的，兜形网衣是从旧蚊帐上裁剪下来的。太阳落山的时候，男人就着辣椒熬虾子，抿着山芋酒，直到把自己喝成一百多斤的烂泥。女人着手调制麦麸、麻油混合的诱饵，扛着虾抄网去江边捞虾子，一路月光，一路歌声：

江横树影我行枝，
便是虾生得意时。
爬过树尖到月亮，
任她仙女占便宜。

在鱼头集，女人都会捞虾子，但水平却有高低，就像所有女人都织会毛衣，有的只是一路平针，没有任何变化跳跃，织出的毛衣主要用来御寒；有的指下生花，织出的毛衣不仅暖和，而且赏心悦目。捞虾子形似摇橹，有的动作简单、潦草，甚至有点儿粗鲁；有的姿态轻盈，一举一动，亦歌亦舞，看上去极像一幅画，美不胜收。此外，捞虾子讲究时机，不成熟不能抄，一定沉稳等虾，切忌打草惊蛇，起捞时不能迟疑。而桥头边上潘裁缝的女儿是其中最出色的一个，没想到却因此惹来天大的祸事。

应该说，虾子的出世来自于罪恶和不幸。当时，他那未知的父亲的部队营区就驻扎在鱼头镇附近。在那个月色怡人的夜晚，碰巧作为传令兵的他，一个人半醉半醒地骑马赶往驻地。部队得到上级的指令，第二天拂晓就要赶往前线。正当他沿江而行时，远远看见有一个人在江边捞虾子，走近了，一个苗条动人的背影在他眼前浮动着，身上簌簌洒着银色的月光，因为上涌的酒性引诱出他邪恶的欲望来。对潘裁缝的女儿而言，那真是神差鬼使的夜晚，她自小就有几分痴性，人虽然长得俊俏动人，但总是时不时地犯几分糊涂，夜里在江边捞虾子便是她一个爱好，镇里人也不以为怪，反倒视为正常。

那传令兵血气方刚，经历了多次的血腥战斗，早变得心狠手辣，此时强烈的性欲淹没了残存的一点儿善念。于是他把马轻轻放走了，然后轻手轻脚逼近唾手可得的猎物。那女人还沉浸在抓捕青虾的快乐中，猛然被出现在跟前的凶狠无情的士兵吓呆了，发出惊恐的尖叫声，但迅速就被一只粗壮的手捂住了嘴巴，很快便失去了最后一点儿柔弱的抵抗力。虾子就是诞生于这次偶然而丑恶的兽性强暴之中。

在此事成为丑闻之前，那支神秘的部队已经消失无踪了，虾子的母亲虽然受了长时间的惊吓，但也并未告诉父亲。等她的肚子大起来了，潘裁缝才发现了异常，当他审问得知是一个兵匪搞大自己女儿的肚子时，顿觉受了难以承受之奇耻大辱。这是一个传统的小镇，还从没有发生如此丑恶的事情。裁缝老婆死得早，他带着女儿一直小心翼翼、干干净净地过活，哪里想到会横遭这样的厄运。原来就有几分痴性的女儿不久就彻底地疯了，就像是命运有意的安排一样，她经常一个人疯疯癫癫地满街炫耀着她骄傲的肚子，仿佛她拥有了上天赐予的奇妙生育力一样。周围人既可怜她，又耻笑她，咒骂着那个吃枪子的士兵。潘裁缝本人眼见着一天一天委顿下去，他也算是镇上有头有脸的人，若不是为了照顾生活无法自理的女儿，他早就投江一了百了了。

直到有一天，他实在受不了镇里人的冷言冷语，选择了用父亲传给自己的皮尺自杀了。没过几天，虾子就出生了，在他眼睛还没有睁开时，疯子母亲也因为失血过多死了。他身负着罪恶和两条人命，居然无比顽强地活了下来。

小镇里的人哀叹潘裁缝和女儿的不幸，觉得把虾子养活长大是他们的天职和使命。女人们轮换着给他喂奶，同时对着他迭声咒骂那个兵匪说："有朝一日捉了你那猪狗不如的老子，割了他那话儿喂狗。"又叹息道："小猪操的没良心，喂你那么多奶水，就是不见长肉，活脱脱就是一只虾子。"

孩子吃着百家饭，渐渐长大，镇里的人便议论说："这个野种也该有个名字了，干脆就叫他虾子吧，随裁缝姓潘吧。”但有人反驳说：“他老子在哪里呢？还是姓‘吴’吧，‘吴’就是‘无’。”众人都说如此更为妥帖，自此一律唤他吴虾子。

那虾子不寻常的出身，造就出他超乎一般人的生命力和心性，虽然个头不大，却是一万分的精明，小镇里的一丝一毫都逃不过那双高深莫测的眼睛，他像是能揣测出每个人的内心，还含着说不出的仇恨，似乎身上带着两个无辜受害者的怨念。有人说，这虾子越来越不像是镇子的人了，一双眼睛总看得让人心发颤。

时光如水，随着人们怜悯和同情心的日益消泯，虾子成了镇子轻视和鄙视的异类。而这虾子果然也不是善类，他不知用什么手段，竟然摸清楚了镇子里所有人的隐私和把柄，并把这些当作自己在小镇的存身之道，谁也拿他无可奈何。一旦有人惹了他，他便捅出那些令人立刻无地自容的秽事，搞得对方一家人鸡飞狗跳，不知该如何收场。

直到有一天，镇子上主事的几个重要人物秘密商议，想集资拿出一笔钱把他送到外地的学校。没想到虾子竟然一口答应，并承诺不再回到小镇。当他选择了洋教士在京西办的“圣心医学院”时，大家还是吃了一惊，问他缘由。虾子的回答是，他听说那些洋教士一直对人很友好和善，而且学医的人总是饿不死，说不定他还能从救治的伤员里找到那个让自己受尽屈辱的父亲，他要为姥爷和母亲复仇。镇子里的人便觉得这虾子有着不一样的见识和狠劲，以后定会干出一番大事来，但他毕竟是小镇抹不去的耻辱，一件不祥之物，所有人巴不得这个惹是生非的野种早点滚蛋，重新恢复小镇旧有的平静。

很多回，虾子都会梦见所谓的父亲，那个面目模糊的男人骑着马，引导着他走向未知的旷野，他搞不清楚这个逼着自己两个亲人死去的野蛮残暴的男人为什么屡屡出现在他的梦里，而自己却对母亲没有任何印象，看来这污秽的血统是洗不干净了，所以他天生带着某种邪恶的本性，因为不幸和不公平很早就摧毁了他对这个世界的认知。

从“圣心医学院”到“圣心医院”，虾子成了学院到医院那个豁出性命学习的人。小镇的人倒是守了承诺，到时候便会寄来学费，其他的生活费用则需要虾子在医院当运尸工挣来。可以说，他一大半的医术是在死人堆里学出来的，死者大多是传染病患者，霍乱、疟疾、痢疾、伤寒，各种传染病人聚集在这里，而医院的药品极为稀缺。为了保证医护人员的安全，医院是限定人数的，上帝的慈悲也是有限的。每逢到传染病暴发时，大批患者倒毙在医院门口的情景，正如施瓦茨院长所说的“地狱洞开”。虾子被施瓦茨院长称为“地狱工”，他好奇这个个头不大的中国人是不是有着神奇的魔力，居然没有一次感染的经历，而且他拒绝信仰上帝，认为信仰上帝还不如信仰自己亲手制作的防护服。施瓦茨原是德国一个外科医生，是中国的战乱和灾荒所引起的大量传染疾病才改变他的主业，也使“圣心医院”成为中国境内一所专门的传染病医院——一家闻之令人胆寒的医院，医护人员因感染而亡不在少数，所以虾子成了其中难能可贵的人才。

慢慢地，虾子成为“圣心医院”的核心人物，他不但成了施瓦茨的助手，得到他医术的真传，而且成了国内首屈一指的防疫专家。“圣心医院”除了能从海外筹来捐赠的药品和器械，还有各国专家的指导，因此成为国内最好的传染病防治医院。

虾子总有办法帮着施瓦茨处理各种麻烦。那些让人头疼不已的尸首，只要教会能付得起钱，他便会找来一队“幽灵”似的人，他们就像大街上的清扫工一样，将那些可怕的污染源消毒焚烧，化为干净的尘土。同时，虾子也会精明地和死者的亲属做生意，如果想体面地土葬，得付给这个人人畏惧的“地狱工”一笔可观的费用，于是他的“幽灵”队伍不但闻名于京西，而且名声传到了国内其他地方甚至国外。外省一旦发生无法控制的疫情，也会专门请他们去处理，他们手脚麻利而且专业，为当地政府解决了大麻烦，他们也因此获得大笔的酬劳。

更为精明的是，虾子还与“中央防疫处”打起了交道，国内一年四到五次大的临时疫情，“内政部”既无充足的专业人才，寥寥可数的防疫处专家又不可能做具体的工作，地方虽可抽调出人员，但基本常识都不懂，仓皇慌乱之态可以想象，于是虾子的“幽灵”队伍显得极为可贵。所到之处，疫病迅速得到控制，竟成为国内唯一一支专业的防疫队伍，没人知道虾子掌握了多少“幽灵”，并且从中获得了多少财富，只晓得他很快谋得了京西检疫处处长之职。因施瓦茨回国，他又暂时代理“圣心医院”院长之职，一手拥有上帝的护佑，一手管着国内最大规模疾病的防控，直到日军攻克京西之前，他一直是京西隐形的最富有又最有权势的人物之一。

京西沦陷之前，虾子摇身一变，化名朱福海，成为第三战区司令长官顾祝同身边的中校军医，又成了炙手可热的人物，原本军医在军队里就是极稀罕的，何况虾子在京西的名气很大。国民党喝兵血、吃空饷已经成传统，一个加强团不到200人，居然敢上报2000人，逃跑技术也是一流的，失败后，就会谎报几万人失踪。除了给高官看病保健之外，虾子干的最多的事就是，每逢开战前，从团长到军长找他开病假证明，他开的证明就是免死金牌，否则违抗军令不上战场，是要上军事法庭的。虾子有的是办法让那些人看起来像患了病，比如针筒里抽生理盐水，打进皮肤里，不打血管里等等低劣的伎俩。他心里一边痛骂腐败透顶的部队，让他苦心经营的“圣心医院”竟然变成了日军的细菌实验室，意识到这样的政府迟早要完蛋的，一边毫不手软地收取大量的礼金。他最大的心愿还是回到让他风光无限的“圣心医院”，他已经有足够的金钱和人手再建十所与“圣心医院”同等规模的医院。

虾子认识白玉兰的表姐吴燕如，是通过一次完美的阑尾炎手术。当时吴燕如虽说官衔不高，也就是国防部二厅交际处的中校副处长，但能量非同一般，因为她是顾祝同的机要秘书，说不好听的，就是为那位风流将军处理家务事的。

这也是吴燕如人生的第一次手术，她虽然是个刚强的女人，但却对疼痛特别敏感。某一天，她忽然肚子疼痛发作，以至满地打滚，直不起腰来，被抬到了虾子的战前临时医务室，虾子这才知道吴燕如是中央党部机要局吴玉章的女儿。虾子有超级的记忆力，因为一直服务于高层，对中央党部的要员并不陌生。

虾子也算是第一个见到吴燕如裸露身体的男人，虽然女人的肉体对他而言并不陌生，但这个貌似男人、面容有着坚硬线条的女人的身体却是另一番景象，这让他感到莫名的新奇和冲动。吴燕如因为疼痛，在他面前已经忘记了羞耻，虾子在她柔软的腹部轻轻地按了几下，立刻对身边的护士道："注射麻药，马上手术。"吴燕如恐惧地望着这个冷酷而无情的男人问："我怎么了？"虾子安慰她道："别紧张，阑尾发炎，小手术，放心吧，我是可以给自己动手术的人，你还有什么好怕的。"说着一脸镇定、背着手便离开了医务室，这个不起眼的家伙却给吴燕如带来了不小的安慰。

就在医务室旁边的一间冰凉而简陋的手术室里，吴燕如像任人宰割的鱼，被剥去了衣服，盖了一床白的床单，有种死亡会随时降临的悲凉。随着麻药的注入，她恍惚看到那个冷冰冰就像死神一样的男人向她走来，她听说这个曾经从死人堆里爬出来的人，也拯救过无数的人，她突然间对他产生从未有过的信任感。

后来，每当提起这次手术，虾子都会说："这是我一生中最完美的一次手术，伤口缝合也是完美的，几乎看不到疤痕。"命中注定，吴燕如就是上帝亲手交给他的礼物和保护神。

说虾子幸运是不公平的，这来自他总有一种寻找庇护的本事，或者说是他从出生时就已经练就的本能，他牢牢地攀靠着吴燕如，庇护着他能顺风顺水，坐稳了京西陆军医院院长的位子。

抗战即将结束之时，虾子就向顾祝同提出设立陆军总医院的设想，因为当时军队除战斗伤亡之外，官兵受传染病侵扰超过任何病患，他早就拟好《陆军传染病防治条例》交给了顾祝同，而且希望医院就设在日军1644部队细菌培养基地，恢复原“圣心医院”旧有的功能，因为当年“圣心医院”就因防治传染病而众所皆知，为之服务的一大批工作人员随时能召集回来，再加上日军尚未炸毁的建筑十分牢固和布局科学，皆可利用，同时还有特别的象征意义。

顾祝同一向对这个颇有头脑的军医印象深刻，再加上虾子动用了他在军队中结交的关系，顾祝同便爽快同意由虾子牵头成立陆军总医院筹备处，并授以上校军衔，领一等军医证，并下拨了一笔资金。令顾祝同吃惊的是，筹备仅半年，医院就开张了，他哪里知道虾子拿着陆军总医院这个名头和头衔，无论是招收医学人才，还是整修医院建筑、购买医疗器材，既结交了京西各界名流，又拉拢了军政要员，而且迅速成为整个医学界炙手可热的人物，造成他顺利接掌陆军总医院第一任院长的事实。这个位置非同小可，被业界称为“第一院长”，他一个出身卑微，又无教授、博士之衔的小小军医，不采取非常手段，又怎么能坐上这第一把交椅。好在那个世道奉行着权力和金钱至上的原则，做这件事对他而言就容易了许多。

与此同时，他的眼睛还盯上了吴燕如，并不是她身上特殊的女人魅力吸引了他，而是他从她那里找到了退路，或者说是活路。如果真有一个女人令他迷醉，让他此生第一次可以为了一个女人不惜一切，那这个女人就是沈玉婉。当他第一次以体面的身份出现在沈家的流水席上，第一眼看见沈玉婉时，她正拂弄着头发，歪着头漫不经心地扫了他一眼，他所有的毛孔都张开了，他不像别人是被她的风情万种所打动，而是无力复加的性欲。

她每一个眼波的流动，都激发出他肉体最深刻最野蛮的性欲，他看多了狰狞的脸、痛苦的脸，这张天然高贵如天使的脸并没有给他带来什么忘我的美感和柔情，而是激发了他最为卑污龌龊的性欲，他想玷污这一生都不可企及的美好，她是他报复这世间的最恰当的手段。这个时候，他已经化身为那个强暴母亲的士兵，体会到了骨子里的低劣和下等，正是这种宿命般的出身，才唤起了他顽强向上攀爬的强大欲望。那个时候，他从头到脚只有一个执念，那就是，得到沈玉婉就等于真正征服了这个世界。

每次从沈家出来，他都会喝得酩酊大醉，找京西价钱最贵的妓女发泄，然后痛哭一场，看到了那个一直躲藏在身体里瑟瑟发抖的渺小而孤独的灵魂。每见一次沈玉婉，他都会大病一场，只要一闭眼，她的目光、她的声音就会从四面八方向他涌来，让他粉身碎骨，但他宁可死在她的身上。

吴燕如给他的感觉完全相反，她就像冷冰冰、忠诚的守护神，他可以不再担心受到任何伤害。当他花钱雇用耳目去追踪吴燕如的行踪，他就已经知道她是一个身份特殊的女人，情报印证了他的想法。他不禁叹息，国民党的情报系统水平如此低下，竟会对顾祝同身边最核心秘书的行踪毫无察觉，还不如他手下的一个“幽灵”，注定这天下迟早会交到共产党的手里。他庆幸的是，只要抓住吴燕如，他就可以左右逢源。对待残酷的现实，他一向是个清醒的机会主义者。

他决定以吴燕如的方式向她摊牌，地点就在他在陆军总医院筹备处的那间私人办公室里，说有重要的私事相商。说实在的，吴燕如虽然对虾子的医术还是有几分敬重的，尤其他救了自己的命，但她也知道他是什么货色。他们虽然接触并不多，她也清楚，他与那些贪腐的国民党军官并无二致，钱、权、性便是他们全部的追求，半点社会理想也没有。她不知道他找自己会有什么要紧的事，但也不好拒绝，目前他成了顾祝同手下的红人，为长官争了不少面子，眼见那所陆军总医院就要开张了。

于是她按约乘车进入了医院，虽然医院尚在整修，但已成规模，处处是忙碌的景象，而且一切都井然有序地进行着。吴燕如不得不佩服虾子总在别人意想不到的时候，展现出令人称奇的才能，她甚至难以想象这么庞大的工程竟是出自虾子之手，怪不得顾祝同一向对他青睐有加。

司机带她进入虾子的办公室，车是虾子派的，专程接她过来的。进入屋里，吴燕如发现穿着一身军装的虾子颇有不凡的神采，官运加身的男人都会有明显的变化。他的身体仍然似虾一样微躬着，像是随时要射出箭的弓一样。吴燕如一眼便看到了他那双无数次在消毒剂中浸泡的惨白的手，立刻忍不住感受到自己腹部再次被他的手划过的冰凉，他是第一个窥探过自己身体的男人。每次见到虾子，这种不洁的感受就会涌上整个身体。

虾子的眉眼一直是笑着的，他把一张纸递给吴燕如，然后背对着她，面朝着窗外。

那张纸上记录着吴燕如近期活动的所有行踪，她接触的所有的人的简介。她震惊于这个貌不惊人的虾子再一次把她剥得精光，她竟然毫无察觉。

“你是在威胁我吗？你的目的是什么？”她竭力控制着自己的声调，看着虾子慢慢转过身来。

虾子直视着她的眼睛说：“你把这个收好。如果是威胁，我就不会专门请你上门，别忘了是我救了你。我只是提醒你，军统、中统、国防部那些人也不是瞎子。其实我早就怀疑你的真实身份了。”

“这份东西你是从哪里得到的？”吴燕如一边问，一边揣测着他的真实意图。

虾子并没有回答，岔开话道：“你知道我如何用这么短的时间建立起了陆军医院？也许你不信，因为我有一支‘幽灵’队伍，那些都是我在‘圣心医院’时抢救出来的传染病病人。当时他们奄奄一息，没人关心他们的死活，包括他们的亲人也抛弃了他们，巴不得一把火把他们烧得干干净净。是我救了他们，还给他们工钱，让他们有饭吃有衣穿，而且他们从搬尸工变成了防疫专家，比那些从医学院校出来的人管用多了，他们对我是忠诚的，所以你不必担心情报会泄露。可以说，我手里的这支队伍才是我真正的底牌，而且我有资金和渠道，可以从法国、英国买来青霉素、奎宁和疫苗。可以毫不夸张地说，国内不管哪里出现多重大的疫情，只要我带着这支队伍过去，不出三个月，就能控制住。所以，中央防疫处才会答应在这里设立生物制造工厂，而且我请来了余非凡。不出两个月，这里将是中国，或者说是亚洲最大的传染病防治中心也不为过。”

听着虾子说了一大堆看似无关的废话，吴燕如才知道虾子有着如此不为人知的一面，按掌握自己的情况分析，他一定知道她刚接到苏区购买一批防治传染病的紧急药物的任务，那里最近暴发了一次大的疫情，莫非他是想做交易不成？

虾子似乎看破了她的心思，道："其实你我都知道，东北战役之后，国民党迟早要败给你们的，我是一个实际的人，过去我救过很多人，但也助纣为虐，干了不少昧良心的事，我想说的是，如果我加入你们组织，你们会接收吗？"

吴燕如吃惊地看着他，一时间被他弄得措手不及，见他一脸真诚，知道不是虚言，如果有人低看了虾子，那才真的是愚蠢的，于是她慎重地说："我想组织当然是欢迎你的，不过我得向上请示。感谢你这么信任我。"

虾子道："而且我已经准备好你们需要的药品，如果需要专业的人手，我会派几个骨干过去的。"说着，他又递给吴燕如一张纸，"这是货物所在的仓库位置图，还有接头暗语，这就算是我向贵组织表示的诚心。"

吴燕如突然对眼前这个男人产生了前所未有的亲近感，虽然他心计重重，但如果他能为组织做事，将是不可多得的人才，于是，她主动伸手握住虾子曾经令自己心惊胆战的手，说："非常感谢你为我们做的这一切，我想很快上级就会有批示的，希望你从此成为一个有信仰的人。"

虾子有些激动地说："是的，共产党的强大就是来自于信仰，我非常愿意接受你的调遣，这是真心的，这事是我经过深思熟虑的，今后我就把命交到你手里了。”然后他停顿了一下说，“我个人有个非分的要求，那就是，我是否能追求你？”

吴燕如立刻松了他的手，说：“这事我可以明确答复你，这是不可能的，我心里已经有了爱人，而且，在京西解放之前，我不会考虑儿女私情的，这对你我都很危险的。”

虾子倒显得大度，“这并不是我加入组织的附加条件，我建议你的秘密联络点放在医院里，我能绝对保证你们的安全。”

新中国成立前，吴燕如已经身居要位，再加上她父亲的势力，无论是公开的身份，还是在地下党组织里，她都掌控着虾子的未来，虾子早就洞察了这一切，只要抓紧了她，就能够在混乱的局势中站稳脚跟。当年他来到京西，在“圣心医院”做尸体运送工的几年里，他曾对人说：“我的人生道理是从死人堆里悟出来的，死人才会告诉你真理。”

伺候个吴燕如对他来说不在话下。当年吴燕如曾用枪顶着他的脑门，验证他对组织的忠诚，他纹丝不动地说：“我跟你跟定了，就是死，我也愿意死在你的枪下。”吴燕如是个什么角色他是知道的，而且他知道她爱的是马青山，爱得死心塌地，就像他对沈玉婉一样。由于他们共同服侍顾祝同，他才寻得了机会，而且他内心对吴燕如是敬服的，每一件吴燕如交代的事他都办得十分妥帖。

新中国成立后，吴燕如在军管委员会负责秘密统战工作，她战功赫赫，和马青山一起策反了京西警备司令部司令，保证了京西的和平解放。作为京西地下情报系统的人员，虾子也如愿从陆军总医院的院长变身京西医院的院长。

虾子对吴燕如坚持不懈的追求，所有人都有目共睹，沈玉婉对他而言，就是一个不可能实现的幻梦。而那吴燕如得知马青山意在白玉兰后，便断了男女之念，再加上父亲吴玉章出了事，她经历了强烈的刺激和自责后，人变得有些恍惚和失常。这个时候，虾子主动找到白玉兰，告诉她他想早点与吴燕如结婚，这让白玉兰感到十分意外，觉得这虾子倒是讲情义的，并非她眼里的世故圆滑，于是问他何故。虾子答道："你表姐对我是有恩的，而且我们的缘分是注定的，这一点我再清楚不过了。我不能眼睁睁看着她整个人毁掉，这对组织也是一个损失啊。"

白玉兰不由想起她与柳原的约定，心像针刺一样，那柳原目前是死是活无从知晓，肯定是凶多吉少，于是她咬着牙说："表姐那里我会尽力说的，就当你这话是真的。"虾子发誓赌咒地表示，虽然他暗恋过沈玉婉，但那都是一时的妄想，哪个男人见了她不动心起意呢？吴燕如才是他值得交付一生的伴侣、他的支撑和依靠。白玉兰掉了几滴泪说："看在以往的情分上，你救过她的命，又轮到你再次拯救她了，她曾经是多坚强的一个人啊。"

其实，虾子一向打定主意做一件事，都有几层心思。他隐隐听闻，中央要整肃原地下组织，他当然知道其中的利害，他的历史是无法说得清楚的。先是投身于洋人办的医院，后投靠国民党，谋得国民党陆军医院院长之职，后虽弃暗投明，但之前的哪一桩不是罪行？做到功过相抵是不可能的，污点是根本洗不尽的。只有吴燕如是他唯一的救命稻草，就像他获知吴燕如地下党身份时的情景一样，他那时已知国民党支撑不久，国家早晚易帜，索性找到吴燕如表明心迹，放手一搏，在关键时刻绝不能首鼠两端。吴燕如曾当面斥责他是机会主义、生存主义，甚至说他是没有真正信仰的生物。虾子一脸诚恳地回答说："你如果有我的经历，就知道能活着已属不易，因为我也想活得有尊严有信仰，所以才找到了你。"

吴燕如是干干净净的，有着无可挑剔的身份，他们一家为国家做出重大贡献，事迹人皆共知，而且此时吴燕如处于失常状况，他能早点以身相护，可以说是找到最好不过的政治庇佑。

吴燕如这次竟没有拒绝，而且爽快地告诉白玉兰，等她服丧期一过，两个人便可以结婚。虾子虽然不是吴燕如心里最佳人选，但却经过考验是可以相信的人。白玉兰想着她可能是精神受了刺激，心智有些不清楚，于是问她是否考虑清楚了。吴燕如凄然笑道："那虾子肚子里藏着掖着什么，只有我最清楚，当年他救了我的命，而我是他的保荐人，他的命都交到了我的手里，看来我们的缘分是注定的。何况我人都这样了，谁还会要了？既然他敢娶，我有什么不敢嫁的。"于是成婚的事就这样定下来了。

只是婚礼没有如虾子所愿，是在吴玉章留下的楼房里进行的，大厅里还挂着大幅吴玉章的遗像，虾子见了就心凉了半截。他原想搞得热热闹闹，结果只能依了吴燕如的心愿，却没想到现场竟然如此狼狈，像是一场葬礼。新娘一身黑色素服，脸色苍白，胸花也免了，倒衬着陪伴一旁的白玉兰扎眼起来——虽然她穿着普通的列宁装，但也是一副忧心忡忡的样子。两个人勉强地笑着招呼着客人。应着吴燕如的要求，两个人均无亲戚朋友到场，来的只有两个单位几位领导，做个见证而已，气氛自然十分压抑。吴燕如的老上级马青山没有来，他正为白玉兰的事与妻子杜爱真吵得不可开胶，马青山铁了心要离婚，而且事情已经捅到中央去了，影响很恶劣，听说处分马上就要下来了。再说，如果见到吴燕如和白玉兰也是尴尬，一个是爱他的女人，一个是他爱的女人。证婚结束后，来宾们各说了几句祝福的话，就匆匆离开了——连宴席也免了。最后留给两个人空荡荡的、未经装饰的婚房。

送客人下楼时，白玉兰嘱咐虾子道：“今天难为你了，以后的日子还长着呢，我表姐外冷内热，是个冷美人，追求的人多了，并没有亏待你。她现在处于特殊时期，你得慢慢来，等她恢复正常就好了。”虾子哭丧着脸说：“她就是我命中的克星，第一次见她的时候，她半点没把我放在眼里。今天你也看到了，这哪里是结婚，分明是拿我冲喜。”白玉兰“呸”了一声，说：“表姐一向行事简朴，从不搞什么花架子，她比你高好几个级别呢，从哪一点来说，都是你捡了宝贝。”虾子嘿嘿笑道：“我们现在算是亲人了吧，也算是一大收获。”白玉兰脸一红，说：“收起你下流样子，当心表姐要了你的命，你还不知道她的脾性？”说着扭身走了。

上楼合上门后，天也渐渐黑了，虾子见吴燕如和衣躺在卧室里，人显得十分憔悴柔弱，不似素日里的强悍，露出女人少有的妩媚之相、高贵之相，便心猿意马起来，上前轻抚她的肩头，柔声说：“燕如，身子还好？”没想到被吴燕如反手推到一边，对他怒斥道：“虽说我们已是夫妻，但我父亲的尸骨未寒，你现在却只想苟且之事，过些时日再说，你到偏房一个人睡去。”虾子一心的委屈，知她为人刚烈异常，不敢违拗，压住渐起的欲火，替她盖好被子，另寻床铺睡去了。

自此，虾子低眉俯首，不管上班几多辛苦，下班后用尽心思，尽力服侍吴燕如，那吴燕如精神也渐渐好转起来，对他也和气了几分，算是接受了他的存在。在虾子的心里，征服吴燕如的身体才是头等大事，对此他保持着极大的耐心。自从他知道得到沈玉婉已经无望，一腔激情全倾注在这个身体尚在恢复期的女人身上。

第一次触碰吴燕如身体时，已经是成婚两个月之后。之前，虾子一直保持着禁欲的状态。周围有好事者问他新婚感觉如何，那吴燕如并非凡人，做过顾祝同的生活秘书，如今是京西高级领导，一向以冷傲闻名，想来别有一番滋味。那虾子便神秘地说：“知道什么是仙女的味道吗？这辈子你们也只能想想喽。”

等虾子见水到渠成之时，选了吴燕如心情愉悦之夜，便上下其手，准备用强，却不想吴燕如娇叱道：“我受不了你身上那股消毒药味，洗干净了再上来。”虾子知她有洁癖，尤其鼻子分外灵敏，便赶紧去浴室，上下又洗了一遍，恨不得把自己这层皮扒下来。随后，他再次在卧室摸黑爬上她的身体，紧张得身体缩成一只虾。那吴燕如倒是利索，脱净所有衣物，人像剥了壳的鸡蛋。虾子头一回触到如此光滑的肌肤，心里哀叹一声，怪不得女人有着让男人欲生欲死的妙处。想那马青山那样铁浇钢铸之人，枪林弹雨也不会眨一下眼睛，为了一个白玉兰也宁可放弃大好的前程，可见女人的诱惑之大。越是兴奋越是紧张，虾子刚刚贴上吴燕如的身体，身子一颤，立刻就萎谢了。

黑暗中，吴燕如的眼睛冷冷逼视着他，忽然间冷笑一声，一脚把他踹在一边，“真是不中用的东西，亏你也算是摸过我的男人。”虾子心里恨恨地想，除了沈玉婉外，还没有老子征服不了的女人，便是当年京西第一头牌小香兰他也睡过的。

那个时刻，他想起小时候那些肆意辱骂他野种的人。他的母亲被一个凶悍的匪兵强暴，他的诞生就是肮脏的、被人唾弃的，但那种原始的凶蛮的血性却被眼前这个冰冷的女人激发出来。他知道她的灵魂里住着一个强悍无比的马青山，如果不抹去马青山的影子，他虾子将一辈子入不得她的心。她从来就没有真的在乎过他，在她眼里，他就是那个低劣势利的俗物而已，只是比常人更聪明一点儿而已。她哪里知道，他有着超乎任何人的野心和手段，包括征服面前这个一贯强悍的女人。

当他被她赤裸裸羞辱后，那股野性的血液立刻在他身体里激荡起来，他像一只受过无数伤害的野兽恢复了原样，像一股旋风，迅速而粗野地占有了她的肉体，刺穿了她所有的防御，横蛮地任意妄为，不再怯懦。吴燕如被惊呆了，拼命地抵抗着，但抵抗换来的是更凶猛的攻击。虾子就像踏在每一个侮辱过他的人的脸上，他要证明自己从未被征服过。眼前的女人眼睛终于驯服地闭上了，发出和他一样来自生命深处的呻吟声，这来自肉体深处的发泄是那么肆意而满足。她喃喃嘶叫道：“男人，我的男人。”虾子知道她在呼喊着另外一个男人，他此时不过是那个男人的替身。但他已不在乎了，他再清楚不过，过不了多久，她将臣服在他脚下，毕竟他是她的第一个男人。实实在在的肉身侵入将击碎她邈远不实的幻想。

就这样，虾子征服了原本高不可攀的女人，他从来没有这样意气风发、扬眉吐气过，再见到白玉兰时，他的眼神不再那么满是逢迎和渴慕。她说的没错，吴燕如是一个宝贝，让他变成了一个不再猥琐的男人，唤醒了他作为男人的雄心。白玉兰敏感地发现了他的变化，问他道："姐夫，我还从没有发现你这么有神采过。"

虾子凝神看一眼白玉兰，"是的，你说的没错，你表姐的确给我出人意料的感觉。"说到这儿，他心里仍有着说不出的惆怅，那个沈玉婉虽然从此只能出现在记忆里，仍然如虫子蚀心一般。白玉兰知道他说的是什么，脸一红，"你从来就没有正经过，有了表姐算是你的造化。"虾子道："那姓马的对你真的是痴心啊。既然柳原已经被沈玉婉夺走了，我看你也不必守着了。一个男人若动了真心，比什么都重要，更何况马青山就是京西的一尊神，谁不买他的账？你也算是找了一个靠山，封了所有人的嘴，何必那么死心眼儿。"

白玉兰怒不可遏地回答道："我的事用不着你操心，马青山就算把天捅出窟窿来，又与我何干，我从来不是受要挟就会就范的人。"

虾子嘿嘿笑道："你根本不知道这世间有多么残酷，尤其像你这样一个出色的女人。如果不是马青山在这里横着，还不知道有多少人在打你的主意呢，光我就已经接到十几个追求者打来的招呼，他们断定马青山离不了婚。那杜家是什么势力，岂能轻易饶过他，你已经没有选择了，尤其这次政治审查，还不知道会发生什么。"

白玉兰冷哼一声道："是不是在你们男人眼里，女人就是猎物，尤其是漂亮一点儿的女人？"

虾子道："从来就如此。你所说的爱情说到底，也不过是占有罢了。我从不相信有一种纯粹精神的恋爱，那最终不过是欲望的面纱，那也许是专门为你这样美丽的女人定制的。"

白玉兰道："低级，给你说什么你也是不懂的，我相信我一定会再见到柳原的。"随着她的声音低沉下去，她的眼圈红了，虾子不忍心再刺激她。

第八章

白云霓不是白玉兰的亲生女儿是大家心知肚明的公开秘密，至于白云霓的爸爸是谁、妈妈是谁，京西无人知晓，即使白云霓本人也不知道，这个疑问一直折磨着她。

面对白云霓的追问，白玉兰虽心有不忍，还是断然地回答道："这一切都不重要了，如果能告诉你我早就告诉你了，你就当他们从来就没有出现过，再也别提了，知道我是你唯一的妈妈就足够了。"白云霓不解地说："我只是想知道自己的身世，人总不能连怎么生出来的都不知道，我是有权利知道的。"白玉兰叹道："不是我心狠，不管你怎么想，那段过去在我这里早就不存在了。"

再要问，白玉兰干脆一言不发。白云霓即使有一千个不愿意，也只能作罢，没有人能强迫老太太做她不愿意做的事，即使最亲近的人也不行。她意识到，这一定是一段极为难堪的过去，否则何以几十年过去了，无人查找出一丝线索。同时，她也体会到老太太保护她不受那段隐秘经历影响的难以撼动的决心。

一点儿没错，白玉兰所存留的这个秘密，深埋在她内心最阴沉的位置。她原本相信时间的威力，让这些陈年的旧事慢慢腐烂、蒸发，化为再不以为意的清风白云，她已经消化过太多的背叛、肮脏、内疚和血腥。但是随着白云霓长大，渐渐有了那个女人的模样，尤其那双仿佛重生式的眼睛，隔着时光逼视着她时，她便难以招架，记忆无法躲藏。她想脱口而出，不想让它再成为压在胸口难以挪动的巨石，因为那个叫林晓岚的女人即使在梦里也紧抓着她不放。

提起林晓岚，一直是老一代京西人的心里至今仍挥之不去的遗憾，他们大多已是满头白发，但是对她突然无端的逝去充满疑问和巨大的遗憾，那个曾经激情四射的医务处的林副主任，她身上似乎有可以撼动半个京西的力量，是他们心中圣洁的象征，甚至可以替代白玉兰。

那时候回到京西的白玉兰是隐秘的，内幕也是不为人所知的，她失去了婚姻，失去了父亲，失去了孩子，远隔千里的爱人失踪，命运突然剥夺了她的所有，一连串的打击并没有唤起人们对她的同情，因为她毕竟是受过审查的对象，不再干净了。她能再度回到京西，马青山留给她的政治资源的确起到了作用，虽然他已经入狱，还有她父亲白思明猝死在内蒙古、河北的新政府成立后第一次最严重的防疫行动上，所以她的案件受到高层的关注，再加上表姐吴燕如在京西对她政治上的作保，她总算是费尽万般周折，通过了政审，其中重要一条就是她与柳原的关系，最终证实柳原并没有叛变组织，且人已经失踪。白玉兰根本不相信柳原已经化成了冤魂，她相信冥冥之中的感应，她相信只要有沈玉婉，他一定还活着，那个女人的能量很大，好在她终于可以暂时清白地回来了。但在京西人的眼里，她不再是那个曾经纯洁而令人难忘的女英雄了，已经化为再无须仰望的普通人。

回来后，虾子问她想做什么，白玉兰毅然选择在最危险的感染中心当医生，虾子道："你回来，能顶起京西大半个天，但能有几个人懂得你的价值呢？"当时，医院很少有人愿意去那里，再说当时传染病防治技术过关的人的确寥寥无几。受到政治冲击的京西医院也破败了不少，虾子因为成功组织指挥了安徽洪灾后的防疫工作，保住了京西医院在华中、华北传染病防控的地位，侥幸躲过了批斗，其实他身上的罪名早就是一大堆了，单是他为国民党高官治病一项，就可以要了他的命，好在他有地下党的身份，再加上有吴燕如在他后面撑着。

目前院长之名暂由一个革委会的主任挂着，他依然主持着京西医院的业务。余非凡、白思明死了，柳原不知所终，他算得上国内数一数二的传染病防治专家。

曾经的基督教堂式的办公区已经被封闭，还有那些日式的病房区，差一点儿全部遭到捣毁，幸亏虾子放出风来，说京西医院地下还埋藏着日军研究的传染病细菌，说不准会泄漏出来，才把前来打砸抢的一大批群众吓跑了，因此京西医院也成为禁忌之地，再没有受到任何运动冲击，那些人还是知道病毒的厉害的。

临时的感染中心就设在医院一幢偏僻的小二层楼，上夜班时恐怖异常，风吹着门哗啦哗啦直响，院子里面还多了很多野猫，叫声凄厉。后来白玉兰轮岗到后面一栋四层的医务楼，那是按照苏联的标准建造的，有缓冲间，给病人设有两个窗口，一个是给病人送药送清洁的物品，一个是收病人污染物的，消毒隔离的方式还是当年柳原与虾子一起研究传下来的，依然十分管用，白玉兰上岗后自然十分顺手。

那时候的防护用品都是国产的，基本都是布制的，口罩也是布的，只有虾子手里有一套德国人留给他的设备，但很少拿出来用。没过多久，白玉兰就收治了一例狂犬病人，那人很是壮实，体重有二百斤。来的时候，父母兄弟姐妹、亲戚跟了一大堆，确诊以后，除了他的父母隔着窗户看了他一次，再没有人来过，知道没救了。狂犬病人发作起来很可怕，病人竟然把窗户砸烂逃跑了，医院赶紧上报公安，好不容易才把病人抓回来。穿隔离衣根本不行，白玉兰亲自带着几个医生和护士用大被子，先把他固定好，再给他使用镇静剂，然后给他打针输液。人死后，白玉兰又和几个人把他的尸体搬走。白玉兰所显现出的冷静和专业让医院所有的人刮目相看，遇到这种事也只有虾子出面才能应对得来。

还有一次，医院收了一个流行性脑膜炎患者，病人大小便失禁，必须赶紧把输液通道扎好，然后清理失禁的大小便。那会儿就戴布口罩，手里拿着毛巾去冲洗，因为着急，老式水龙头不怎么好用，打开后水很冲，溅得满脸都是，白玉兰竟然毫不在意。当时还是虾子亲自动的手术，他一切开动脉，血就像天女散花一样，直到一切清理完了以后，虾子问白玉兰："血是不是溅到你眼睛里了？"白玉兰不动声色地说："连你也怕了？你放心，我和你一样，早就百毒不侵了，上次给病人抽血时我手指被扎了，不也没事吗？"虾子急了，"你疯了吗？你来这儿不是寻死的，别把自己当实验品，你好不容易活下来，京西医院今后还指望你呢。"

那个曾经风云一时身穿军服的地下情报员白玉兰，那个令一代铁血英雄马青山屈膝折腰的绝代佳人，那个让天才病毒学家倾心相托的女医生，京西几乎人尽皆知，如今却落了个凄凉无人问津的下场，日日与病毒相伴，她那些曾经百转千回的传奇转眼化为飘落无迹的尘灰，也只有她自己能领会到其中的悲凉，而且无人倾诉。

取而代之的林晓岚，祖传中医世家，父亲林济民曾娶洋教士之女为妻，当时还被称为开先河之举，谑称为民间外交的胜利，林晓岚便是战利品，其母艾拉早已弃家回美，再无音讯。林晓岚兼具人种混合的优势，皮肤、腰身、线条和轮廓是西式的，眼睛、毛发、气韵却是东方式的，给一度沉沦的灰蒙蒙的医院带来渴盼已久的光亮。其父一生济世救人，造福无数，市里省里都有领导直接或间接受过林济民医术救治之恩，所以保了这个混血儿的顺遂。

看到林晓岚，便让白玉兰想起那个夺走她爱人的沈玉婉，既直率干净，又屡历波折，绝非等闲之辈。再回到京西，白玉兰奇怪自己再也恨不起沈玉婉来，并且祈祷沈玉婉让柳原度过劫难，更不会嫉妒这个完全遮掩自己光芒的新鲜女人，反倒担心起她的将来。她过于锋芒毕露了，命运的翻云覆雨岂是人可以预料的。经过种种生死关口，世间什么东西放在她眼前都是淡的，反倒凶残的病毒成了她看重的东西，她知道自己的爱人与自己一样，只为某种拯救的使命，而选择看似屈辱地活着。

这林晓岚比白玉兰小五六岁，很快就被任命为医务处的副主任，而且迅速成为交际能手，虾子需要各种资源，比如医疗器械，比如某个能给医院带来名声的防疫任务，甚至拨划给医院的人员和食品，林晓岚都能手到擒来。而且她继承了父亲传世的医术和药方，精明的虾子立刻在京西建立起一个中医防治中心，表面上研制中医药防控传染的药方，主要还是建立起领导的中医保健中心，方子都是林家祖传的，这遮人耳目的做法，效果还是明显的，成了虾子一道挂在门上的平安符。

同时，虾子的关于国内突发性传染病防治应急措施和战争中疫病处理办法受到中央的重视，他因此成为国内大型突发性传染病防控首席专家，京西也因此成为国内首家传染病防治专科医院，紧急时期归国家卫生部直接调派。这罕见的升格使京西医院陡然之间从一所沉寂多时、京西人口中的“脏病医院”成为京西医疗系统中的骄傲，而且从此地位不坠。白玉兰不得不佩服这虾子混世的非凡手段，总有办法游刃有余地游走人世间，自己还是低看了他。

从农场改造回来的白玉兰在京西已无栖身之处，虾子原打算让她住在他和吴燕如的家中，白玉兰哪里会让他们为自己再沾上嫌疑，死活不肯，而是向虾子要了那间已经封闭的原中央防疫处的实验室。虾子自然知道她的心意，又担心她一个人住着冷清害怕，想派一个清洁工陪她一起住，被她一口回绝了。她绝不会让一个外人侵入曾沾染了爱人气息的房间里，虽然那里面已经空无一物。

自从白玉兰再回到京西，虾子发现她完全变成了另外一个人，他自认以前对她非常了解，但现在即使以他超凡的精明也揣度不出她的半点心思，此时他才觉得她进入了超凡脱俗的境界，仿佛天大的事放在她手里也化解为无形，这是多么强大的力量啊。

医院的人也渐渐发现，那白玉兰突然多了窥破人心事的本事，她的美貌并未因为种种变故减损分毫，只是甘愿被埋没，反倒产生一种令人敬畏的肃穆之感，气色中多了一分冷峻的白色。有人说连她的血管也是白色的，但实际上，她对任何人一律平等谦和，听她说话，瞬间就会得到安抚人心的力量。渐渐地，她成为感染中心的核心，若有人有难以向外言传的隐私，就会向她倾诉，只有白玉兰能做到守口如瓶，保守着每一个人难堪的秘密。她的威望就是这样一点点建立起来的，而不是出于别人的同情。

这个时候，她敏感地嗅到虾子院长与林晓岚之间危险的关系，她知道虾子曾经对沈玉婉有一段疯狂的痴迷，直到柳原的出现，才无情地击碎他的妄想。他亲口告诉白玉兰一段从不向外人道的难堪往事，那就是当他正式被任命为陆军总医院院长时，他自以为有地位和势力追求沈玉婉了，专门在京西最高档的酒楼“中央饭店”订了一桌酒席，说是要答谢沈济生的举荐之恩。

那座酒楼是一幢红白相间的四层大楼。红色墙面，间杂着白色的装饰线条，精美浮雕，齿饰廊檐，顶部为一座小型钟楼，中间是阁楼式门厅，两翼对称，是典型的欧式建筑风格。是军政要员、名人巨商才光顾的地方。沈玉婉自然对这个地方并不陌生，她赴约的原因不过是因为沈济生临时去上海公干，国防部的一个副部长的说情，而自己也对这个京西冉冉升起的新星感到好奇，还有能在这里喝到全中国最好喝的咖啡。这个被称为“虾子”的人曾经多次去过沈家，但她只有模模糊糊的印象，见多了男人，她觉得他们大多是同一张嘴脸。

席间，沈玉婉对咖啡的兴趣远远超过眼前这个不起眼的男人，但她还是保持着起码的礼貌，时时有熟人过来和她打招呼，两个人的交谈并不多。虾子竭力控制着自己喷涌而出的激情，他被体内四处乱窜的欲望搞得晕晕乎乎，他根本想不到有一天能与她面对面地坐着。他笨拙得就像一个刚刚进入青春期的孩子，看着她每一寸肌肤都发亮，连她一个小手指头都有着魔幻般的魅力。她漫不经心地吸着烟，从她嘴里飘出的每一缕烟都穿透他的灵魂。他终于鼓起勇气说："沈小姐，我冒昧地为您做了一件事，事先也没有与沈先生说过。"

沈玉婉并不以为意，而是含笑调侃道："你莫不是把'中央饭店'买下来了？我听有人说，你能买下所有的京西的医院，这样谁都逃不出你的手心了。"

听着令他心里发颤的声音，虾子这时迸发出一股冲天豪气说："过奖了，不过，为了沈小姐，我愿意买下'中央饭店'，只为你天天能在这里悠闲地喝一杯咖啡。"

听了这话，沈玉婉惊异地说："那我还真是小看你了，为我买下'中央饭店'？能做出这么疯狂的事，莫不是你想追求我？"

沈玉婉一向这么直接而毫无禁忌地说话，虾子登时慌了心神道："我自知没有资格高攀沈小姐这样的金枝玉叶，但是我还是愿意为你做任何事。前不久，我以沈小姐之名在香港开始建造另一所'圣心医院'。"说着，他从随身的皮包里掏出一只棕色的纸袋，然后说，"这里有那所医院所有的文件和合约，它现在属于你了。"

喝了一口咖啡，沈玉婉居然波澜不惊地说："不管怎么说，你的举动还是感动了我。这的确是一张中国最贵的桌子，蒋总统就坐在我这个位置。我知道你的安排是费尽心思的，也就在这张桌子上，曾经有个南洋富商的儿子说给我买了一艘以我的名字命名的游轮，你的想法比他有趣多了，也算是做了一件善事。但有一点你是看错我了，我并不觉得在家里喝一杯清水和在这张桌子上喝一杯咖啡有什么区别，我爱慕虚荣和热闹，并不代表我真的喜欢。你大概不知道我有一个小小的恶习，那就是我从来不欠任何男人一文钱。这会妨碍我看到你更有趣的地方，我并不会拒绝一个男人诚心的追求，说不定哪一天我会喜欢上你的。至少你的痴情是真的。”

此时的虾子浑身已经汗水淋漓，他从来没有如此狼狈过，那是灵魂的溃败，他能忍受世间最屈辱的事，但都不抵眼前这个女人的一句话，这时候他才意识到，即使用尽生命，自己也没有给她提鞋的资格。于是他结结巴巴地说：“是的，追求您，我只能采取最愚蠢的法子，那个袋子里还有我为您在纽约买的一幢公寓，每一周都有一个华人为您打扫好房间，直到哪一天您高兴了……”

这时，沈玉婉把手指放在唇边，打断了虾子的话，道：“你的投资的确很有眼光，京西现在越来越没有价值了，包括这家饭店。但可惜你的礼物和我没半分关系，我相信这两件礼物能打动这间饭店大多数女人的心，放在我身上简直是莫大的浪费。你还真是一个可爱的人，你难道要逼着我为你的咖啡付账吗？”

说话之间，她伸出那只柔软的手来，从包里掏出一块手帕递给了他，顺便拍了拍他的手道：“记着下一次来家里的时候，给我带一杯这里的咖啡，你需要的显然不是我这样的女人，但我可以给你你引荐更符合你要求的女人，这方面的眼光我还是有的。”

虾子不知道什么时候结束这次约会的，整个人就像喝醉了酒一样，他一个人走在京西的大街上时，觉得自己成了这个世界最孤独的人，即使他身陷在死人堆里，遭受所有人的白眼时，也没有如此强烈的孤独感。他的手背还留着那个令他绝望的女人的手划过的触感，就像是在他的心里留下一条难以弥合的伤痕。

在白玉兰看来，林晓岚就是沈玉婉的化身，就像一次生命的弥补，她清楚虾子的心肠。不同的是，林晓岚面对虾子时，露出来的是希望被征服的痕迹。这时的虾子更加老练，绝不会再像对沈玉婉一般自取其辱，而林晓岚也根本没有沈玉婉那卓然非凡的风情和聪慧，她对虾子是敬服的。当白玉兰看到虾子看林晓岚那种罪恶而饥渴的眼神，她预感到某种悲剧将要上演，她觉得有必要与虾子谈一下。

没想到的是，是林晓岚先找到了她。两个人就坐在白玉兰清理得干净一新的实验室的寝室里，林晓岚是一个通过表情就能看清情绪的女人，她的直率单纯让白玉兰感到担心。林晓岚端着白玉兰递过来的水杯，急切地问：“我知道您是虾子在医院里最信任的人，他有向你说过我们之间发生的事吗？”

两个女人虽然在医院偶尔见过面，只是点头示意而已，从没有在如此近的距离面对面地说过话，再加上她脸上掩饰不住的惊慌，白玉兰知道预料中的事发生了，否则林晓岚绝不会找上门，尤其是来找她，林晓岚同样也是一个骄傲的女人，何况她正处在呼风唤雨的时期，她的一举一动都事关京西医院的将来。

第一次，白玉兰能够细致地打量这个混血的美人，她深凹的大眼睛多情而风流，高翘的鼻子带着嘲讽和傲慢，饱满的胸部好像随时会绽放而招摇，身上还带着一缕日熏月染细细的中药味儿，那是多么容易让男人神魂颠倒的身体啊。白玉兰不得不佩服虾子对她的保护。看到如此生机勃勃的女人，白玉兰感觉到了自己青春的消逝，但她却没有一点儿嫉妒，女人的美貌是不可靠的，何况自己的身体照样有着随时令男人意乱情迷的魔力，只是被她有意地遮挡起来。还有一层原因，那就是几乎没有人敢打马青山女人的主意，虽然他们已经离婚，人已中风卧床，但他还是那个让人不寒而栗的“红色屠夫”。

“你有话直接说吧，你应该知道我现在对什么都不关心，虾子当然也不会告诉我什么的。”白玉兰盯着那双像旋涡一样迷人的眼睛，她这才明白虾子为何会在如此严苛的环境里把持不住，那分明是沈玉婉式的眼睛，那对他是致命的。当然也是那些大人物趋之若鹜的原因，一个女人色相的力量是惊人的，曾经是沈玉婉，现在变成了林晓岚。

“你能否与他的妻子说说？”林晓岚的声音微弱下来，像是在哀求，她当然知道吴燕如是何等的人物，“是我爱上他，而且我们已经——”然后她颓然地低下头，那弯曲如瀑布的头发散落，显示出她的绝望，“我已经无法回头了。”

“这事应该由虾子自己说更好，我是帮不上忙的，即使她是我的表姐。我劝你们停止吧。”白玉兰听见自己清晰而冷静的声音，有时她也对自己的改变惊讶不已。

“我和他都可能被这件事毁掉的，没人能够容忍。来见你，是我自己的主意。他对我很好，是死心塌地的好，有好几次都保护了我。我父亲说的没错，我生在这个时代就是危险的，不应该离开家乡。”林晓岚有些语无伦次了，像是在喃喃自语。

“其实，这事并不难解决。虾子的本事我是知道的，你现在要做的事就是离开京西医院，他能妥善地安排你。”白玉兰语调里掺杂着一丝嘲讽，“这样，你就会变得没有那么危险，然后迅速地嫁人。”

林晓岚似乎对白玉兰绝情的劝告感到惊奇：“我听过你和柳原的事，我由衷地敬佩过你，你搬到这里，足以说明了一切。同样，我也一样。而且这事已经无法挽回了，因为我已经生了他的孩子。”

事情真的是比她想象的还要糟，白玉兰仍然保持着平静说：“这没什么，我不是一样也嫁给了马青山，差点给爱人之外的男人生儿育女。忘记所发生的一切吧，以我对表姐的了解，她的报复是毫不留情的，你应该知道她是做什么的。最好还是回到孩子身边吧，这样大家都安全了，这个时代最大的事就是安全，就算是为了孩子。”

林晓岚眼中燃烧着病态的火焰，她忽然坚定地说：“我是无法苟且的人，如果这样，我宁可死，我一定要试一试。我找你的事请不要和虾子说。不管怎么样，你仍然是我最敬重的女人。只是我们的选择是不一样的，我并不后悔自己所做的。”说着，她向白玉兰鞠了一个躬。白玉兰看着林晓岚身上闪动自我毁灭的光彩，就像她见到的余非凡、柳原一样，会迅速地被黑暗所吞没，她心一颤，眼泪落下，最后她说了一句：

“请你把孩子的地址告诉我。”

打听好消息，算准了时间，白玉兰去了一趟光荣宾馆，她要和虾子好好谈谈，这恻隐之心来自对林晓岚的怜悯，还有对表姐的保护。

光荣宾馆虽然有些败落了，昔日的威风还在，马青山是有眼光的，是按照京西古建筑风格建造的，如今成了京西少有的标志性建筑，也是卫生系统的招待所。白玉兰如今的耳目是灵通的，越来越多的人找上门来，她特有的身份和经历依然发挥着作用，目前她是除了虾子之外京西医院的灵魂。

有人告诉她，虾子这段时间有些魂不守舍，经常在光荣宾馆借公务酗酒，而且端起酒杯手就会发抖，是啊，虾子的年岁也不小了，但他是贪恋生命的人，知道如何保养自己，看来他和林晓岚的事已经到了不可收拾的地步。

服务员告诉白玉兰说：“院长刚接待了一拨省里的领导，酒喝多了，身体发软，被司机架着到了客房里，还呕吐了一阵子，后来他打发所有的人走了，说自己没事了。”

正迟疑着要不要去找虾子，这时，一个高个子服务员慌慌张张地找到她，说吴燕如打来电话，说无论如何要找到院长。白玉兰马上赶到前台，接了吴燕如的电话。一听她的口气，大致知道虾子的事情已经败露，于是暂时安抚她说：“虾子喝多了，我去看一眼，然后给你回电话。”吴燕如也失去了以往的镇定，“你不知道他的心脏已经出了问题，还这么一味地喝，说不定哪一天一下子人就过去了。”

白玉兰快步来到虾子的房间，敲了一会儿门，里面没有动静。她迟疑了一会儿，真有些害怕了，担心会出什么事，便喊上来服务员。服务员面有难色，说话吞吞吐吐的，感觉里面定有什么蹊跷，白玉兰果断地说："你走吧，把钥匙给我，有事我再叫你。"服务员马上急急地离开了。

钥匙插进锁孔时，她的心在微跳着，门吱一声开了，廊灯还幽幽地开着，她第一眼看见的是地毯上散落的女人衣服……眼见到真实情景，她的脑子登时轰响起来，脚粘在地毯上，不知如何进退。不一会儿，被子里面发出窸窸窣窣的声音，这时她听见了自己错乱的心跳声，努力克制着。

立刻就传来虾子愧疚的声音："玉兰，让你见笑了，你出去吧。"

白玉兰立刻整理了混乱的情绪，"你马上给表姐回个电话，她担心你心脏出问题。"说完，她轻轻地合上门，心慌乱地跳着，阴差阳错撞见了两个人的丑事，他们简直是胆大包天，她似乎已经听见难以遮盖的呼啸而来的崩塌之声。

在这之后的日子里，白玉兰有一种心惊胆战之感，那林晓岚眼看就要飞蛾扑火，谁也拦不住的。表姐的手段她是见识过的，以表姐的权位，对付一百个林晓岚眼皮眨都不费吹灰之力，虾子的五脏六腑表姐早就看得透亮，只不过给他留点颜面而已。那虾子再痴情，也绝不会做出自毁前程的事。她不敢再想下去了，那虾子做出的出人意料的事还少吗？她只能静静地等待糟糕的结局到来，什么也做不了。

事情比她想的还要快，不出两个月，那个挂名的京西院长突然间因心肌梗死死在了光荣宾馆的一间套房里，而林晓岚从那个房间跳楼自尽了，这么惊心动魄的消息迅速被封锁了。最后成了另一个干净一点儿的说法：那位所谓的京西院长之死是因饮酒过量，尸检没有任何异常；而林晓岚之死则是因为阳台护栏意外垮塌，失足从另一个房间的阳台掉落下去，只是凑巧发生在同一天夜里而已，两者之间并没有任何联系。公安局的现场勘查及尸检报告都证明事故纯属意外。于是，两个人尸体迅速被处理，葬礼也是秘密举行的，以免引起社会上不良的传言。

听到这个消息，白玉兰心里一片悲凉，林晓岚的香消玉殒早在她的预料中，只是没有想到这么残忍而肮脏，可见虾子非同寻常的手段。之后，虾子就像什么事也没有发生一样，血腥尚未散尽，他就正式被任命为京西医院的院长，医院也下达最严格的禁言指令，很快恢复了安静，纵使社会各种流言也只能在黑暗的角落里窃窃私语，就好像林晓岚从来没有出现在京西医院一样。更加讽刺的是，两个人都算因公殉职，获得一笔不菲的抚恤金。自从经历过政审，下郊区改造，对于这样的结局，白玉兰一点儿也没有感到意外。只是她心里无法饶恕虾子，不能让他再次无耻地逃脱了事。他总是能找到办法逃脱命运的制裁，总要有人终结这一切，恢复人间的公平。

不久，虾子把白玉兰叫到办公室，告诉她，院里已经报请上级，决定由她担任感染中心主任一职，很快就能得到回复。对此白玉兰并不意外，在她面前，虾子自知没有什么可隐藏的了，于是直接问她道：“小林是不是单独找过你？”白玉兰回答道：“这还重要吗？谁还在意一个死人说过什么？”虾子脸上带着些许的愧疚说：“我尽我的一切能力想要保护她，你知道我是爱她的，你不会也认为是我害了她吧？”白玉兰看着他变得有些苍老的面孔说：“我想起柳原说过的一句话，人世间对罪恶总是格外宽容，以前我还说这就是一个谬论，现在我多少有点儿相信了。”

考虑再三，白玉兰决定去一趟芜湖，林晓岚女儿的地址她是知道的。

芜湖是典型的江南小城，依青山伴碧水，长江绕城而过。在地域上和扬州苏州挨得近，统属长江中下游地区。老芜湖最繁华的一条街叫长街，长街枕着青弋江，水运时代，一条江河就是一条生命线，徽商把徽州文房四宝还有大米茶叶竹木等货物运抵芜湖，然后再从这里向上游（汉口、重庆）、向下游（南京、上海）出发。芜湖是中转站，商人们要休闲、游乐、聚会，美食与美女必不可缺，与此相伴滋生的便是城市的繁华。这样一座城市和当年的秦淮河一样，当然不会缺少美女和才女。

芜湖美女得江水之泽，因江水之韵，不仅都有着姣好的容貌，而且有着几分才情，只是比起米脂婆姨、姑苏女子、桃江美女，还不够有名罢了。芜湖的女子身材高挑，个个杨柳蛮腰，樱桃小口糯米牙，皮肤如雪，如瓷人一般精致。她们通常都有着大大的眼睛，明眸流盼，肌肤细嫩光鲜。她们喜怒哀乐全挂在脸上，配合着肢体语言，一颦一笑，鲜活得让人感到凡尘也美好。当地人有个说法：芜湖男人的脖子长，都是望美女望的。

走在芜湖的青石板街巷里，白玉兰经过多方辗转打探，才找到了林晓岚的妹妹林晓云。一见面，便惊异姐妹二人模样上迥然不同，林晓云典型的男人相，嗓门大，骨架大，粗手大脚的，读中学时还是学校女子篮球队中锋。喜欢穿男式的衣服，留着男孩一样的短发。姐妹之间唯一的相同之处，就是都有两片肥厚性感的嘴唇。

她们的父亲林济民曾是皖南医学院弋矶山医院中医科主任，十三岁就背井离乡从水路去了徽州，拜在新安医学名医大师汪润身的门下，在新安江畔的深渡古镇“三生堂”中药铺当学徒，成为汪老徒子徒孙中的得意门生。林济民深得汪老中医的真传，擅长治疗杂病，在华东一带声名远扬。他不仅医术高明，而且对远道慕名而来的穷苦病人嘘寒问暖、义诊施药，甚至请病人吃住到自己家里。他因恤贫、济世、救苦的善举，被称为芜湖城里的活菩萨。

弋矶山医院是1888年美国基督教卫理公会创办的，有不少牧师来到芜湖一边行医一边传教。某一日，一位传教士的女儿艾拉因莫名腹痛，在床上翻滚喊叫，而医院的一群大夫却束手无策，找不到缘由。有人说可以请林济民来试试。

林济民号完脉，说是要给艾拉针灸，众人也只能半信半疑任他所为了。林济民手法娴熟，选风市穴、阳陵泉穴、条口穴、悬钟穴，分别把毫针刺入各穴位，运用捻转与提插等针刺手法，然后把燃烧着的艾绒按一定穴位熏灼皮肤，利用热的刺激来消除疼痛。艾拉不久便安静下来，不再嘶喊。最后，林济民又开了几味中药，艾拉服用后，病痛从此不再复发。

传教士见此甚为叹服，称为奇迹，便聘请林济民在弋矶山医院坐诊。从此，上门求医的病人络绎不绝。医院索性让林济民关了自己的诊所，到弋矶山医院来专门设立了中医科。没想到的是，那个艾拉病痛治愈后，竟对林济民一见倾心，迷上了这个医术精湛的东方男子，公开向他表明心意。

虽然民国风气颇为开放，林济民也是见过世面的人，但他根本想象不出，会和一个来自千里之外的洋女孩有什么瓜葛，觉得像是天方夜谭，当时一口回绝。那女孩倒是一片痴心，恳请父亲让自己做林济民的助手。自此两个人免不了朝夕相处，不知不觉暗生了情愫，林济民也渐渐接受了这个个性直率热烈的西方女子，但娶艾拉入门为妻，是他一生最冲动任性的决定，在当地成了惊世骇俗的新闻。

两个人结婚后，艾拉生了个女儿，取名为林晓岚。混血造就了林晓岚天生丽质，美貌不同于常人，身上也带有美式的热烈而自由的性格。然而好景不长，东西方的差异为爱情带来强烈的好奇心和激情，却在婚姻上带来难以逾越的沟壑。林济民到底还是东方男子，喜欢清静独处，恰似自藏一处的壁虎，除了研究医术、自制中药汤剂外，还喜好扎进书房研习书法，累了就泡一壶六安瓜片消闲，困了就躺在贵妃榻上眯一会儿。而艾拉生性活泼，喜欢参加各种洋式的社交活动，并不想和他固守在芜湖这个方寸之地。作为传教士的女儿，她经常随着他人到各地去传教，经常对林济民说，上帝才是她脚步的指引者。

每当林济民看着艾拉躺在他身边，发出十分响亮的鼾声时，他就会感到分外陌生，被一种巨大的寂寞所包围。之前也没有人看好他们之间的结合，只是觉得他能征服一个外国女人，显示了民族的强大自信，这毕竟是当地第一桩娶外国女人的婚姻。被她的鼾声惊扰的时候，他便会拧亮灯芯，看着酣睡的艾拉，她的面目有些变形扭曲，白花花日益肥胖的身体，一直是那么肆无忌惮，与那些日子在他身边光艳动人的模样判若两人，他们原本就是生活在两个世界的人。

孩子刚满周岁，林济民与艾拉就分床睡觉，甚至连鱼水之欢也省略了。艾拉也知他们的婚姻走到了尽头，再下去对两个人都是折磨，于是干脆留下一封信，说是她的“中国恋情”已经结束了，她无法忍受异乡的寂寞，要回家“服侍她的神”，便匆匆地寻了个机会回美国了，把林晓岚扔给了林济民。

就这样，一段时间里，名医林济民成了人们嘴里的笑话。时间长了，周围的人觉得他一个大男人带个孩子艰难，主动给他物色新的妻子，开始新的生活，日子总得继续。但当地很多女人知道他沾了“洋婆子”的身体，仿佛他鬼魂附体，不愿意委身于他。林济民自从洋妻走了以后，失了面子，对男女之事也变得心灰意冷，索性把全部心思和力气花在医术和孩子身上。但后来，他挡不住周围人日复一日的苦苦劝说，便随意找了个命硬的男人相的女人娶了，也算是断了旁人的口舌。不出两年，林济民膝下又添一个女儿，唤作晓云。林晓云的模样越来越像母亲，与那从小就被称为“人间天使”的林晓岚自是不同，但在林济民那里毫无分别，他常常左手牵着林晓岚，右手抱着林晓云，心满意足地走在芜湖的街上，露出一个慈父心满意足的笑来。

林晓云在江南造船厂工作，住在靠长江边的家属大院。白玉兰随她步入院子，里面一律是低矮的平房。屋里的光线很暗，屋子里杂乱无章，不大的空间里弥漫着一股奶水和尿臊的混合气味。林晓云寻不到可以歇脚的干净地方，红着脸说：“这里太乱了，连个坐的地方也没有。”白玉兰摆摆手说：“不必客套，我就是来看孩子的。”于是，林晓云引白玉兰进了里屋，只见两只箩窝摆放在靠窗的两侧，箩窝的边沿上分别拴一根绳子，一位阿姨坐在中央，飞快地纳着鞋底，听到哪只箩窝里的孩子哭了，就拽动拴在那只箩窝上的绳子。

林晓云告诉白玉兰左边箩窝里的男孩是自己的，右边箩窝里的女孩便是林晓岚的孩子。白玉兰叹道：“要养两个孩子也够难为你了。”林晓云说：“真是造孽啊。这么小就没了老子和娘。”白玉兰弯腰仔细审视箩窝里的女孩，也叹了一口气说：“你看这孩子的眉眼，活脱脱一个林晓岚。”正说着，箩窝里的女孩醒了，睁开了大大的眼睛，眸子透亮干净如夜空中闪亮的星。白玉兰向箩窝里的孩子打招呼，孩子像是有感应似的笑了，粉嘟嘟的脸蛋上有了可爱的酒窝。林晓云惊奇地说：“她头一回笑了，孩子自打生下来就只知道哭，好像受了天大的冤屈，看来她真的与你有缘哩。”

边上箩窝里熟睡的哥哥从梦里惊醒，大哭起来。阿姨拽动着左右两根绳子，如奋力划桨的艄公摇了起来，嘴里哼唱着童谣《月亮粑粑》。

于是，林晓云拉着白玉兰出去说话。林晓云把前前后后发生的事都告诉了白玉兰：林晓岚察觉怀孕后，便瞒着所有的人，向虾子告了假，悄悄回了芜湖，在妹妹家住了下来，碰巧林晓云也怀有身孕。之前，林晓云知晓她和虾子之间的事，问她虾子是否知道她已经怀孕。林晓岚当时有些忧虑地告诉她，虾子对此事谨小慎微，何况他的妻子是身居高位的吴燕如，一旦事情败露，他的政治生命算是终结了，怎么可能在意她肚子里的孩子，坚决要求她做掉，以绝后患。

林晓云问起她有什么打算，林晓岚态度坚决地说："虾子是什么货色我再明白不过了，他先是贪恋着我的身体，后来也确实是真心喜欢我的。我自己下贱，竟然神差鬼使地爱上他，如果没有他，我也无法在京西医院立足，这一点还是得感谢他。他最忌惮的就是他妻子，他们只不过是相互利用的政治关系，并没有什么真实的情感，差不多是同床异梦。他说在我这里找到了他梦寐以求的东西，我知道他这句话不是假的。我之所以下定决心要把孩子生下来，就是要逼迫他做出选择，否则我摆脱不了成为男人玩物的命运，遭受所有人的唾弃。我现在只剩下这个孩子，对虾子绝不能软弱和善良，这也是他教导我的。他怎么会舍弃苦苦经营了大半生的东西，一朝身败名裂是会要他的命的，他的妻子也不想名誉受损。我知道这是赌博，但我为爱已经付出了一切，他也要为此付出代价，我已经没有什么后路可退了。"

听罢林晓云的讲述，白玉兰叹了口气道："她还是太傻了。现在你有什么打算？"林晓云愤愤地说："拿点抚恤金就想封住我们的口？瞒着我们匆匆就把人烧了，这一切就已经说明了问题。那个虾子太歹毒了，你相信我姐姐是失足摔死的吗？鬼才相信呢。我听说是他们夫妻联起手来做的一出好戏，就是为了保住虾子。这件事是虾子原来手下的'幽灵'干的，那些人什么事干不出来。我正打算这两天带着孩子到政府去揭发他，让他给姐姐陪葬，让他一家人都不得好死。”

白玉兰早有了主意，于是劝道：“你要是相信我，我保证有一天我一定会还你姐姐一个公道，不过现在还不是时候。公安局都下了结论，那就是政府的结论，你手里没有证据告不倒他的，孩子也做不了凭据，他是不会承认的，人家既然能做到这个地步，那就是什么都考虑到了。”

林晓云发愁地说：“莫非我姐就这样白白死了不成？再说今后孩子怎么办？”白玉兰安抚她道：“你姐姐去世前曾找过我，我就知道会是这样的结果，劝她也没有用。她答应把孩子托付给我，否则我也不会找到你的，我知道你多带一个孩子的困难。你可以到京西医院打听一下我就知道了，我白玉兰会说话算话，一切都交给我吧。”

白玉兰这个人她听姐姐说过，但林晓云还是迟疑了一会儿，然后哭着说：“我当然相信你，你是个大慈大悲的人，我替九泉之下的姐姐给你磕头了，是我没什么本事，一切全靠你了。”白玉兰赶紧搀起了她，说：“我一定会把孩子当作自己的亲生女儿来养的，决不让孩子受半点委屈，有时间你可以来看看她。”

回到京西后，白玉兰给孩子取名叫白云霓，对外称收养了一个孤儿。白玉兰一向做事特立独行，周围人也不以为怪，不少人猜测她是不是因为那次大流产，失去了生育的能力，怕一个人孤单，因此找了一个孩子陪伴。但不管别人如何说，为了照看好这个孩子，她费尽了心力，还专门请了一位阿姨。

晚上，白玉兰把婴儿床放在自己的床边。她没有管孩子的经验，孩子在夜间不停地哭闹，让白玉兰整宿不能入睡。孩子好像故意捉弄人，白玉兰把她抱在怀里哼唱摇篮曲就睡得很安静，只要把她轻轻放回婴儿床，白玉兰刚想歇口气，她就会大哭起来。阿姨知道白玉兰白天工作压力大，晚上又睡不成觉，长期下去铁打的身子也会散架的，就劝白玉兰把孩子交给她照看，白玉兰没有同意，而且态度非常坚决。

眼见着白云霓长大，一天比一天漂亮，让白玉兰有几分担忧。有着林晓岚的底子，这孩子日后的美貌动人是可想而知的，这是她无法阻挡的，过于美貌出众的女人的命运通常是悲惨的。

在白云霓的记忆中，真正意识到自己的美貌是在母亲卧室里的衣橱前。母亲的卧室一直是上锁的，任何人也不能进入，白云霓也不例外，为此她不知哭闹过多少回，但还是被拒绝了，后来才知道那间屋子就是母亲曾经的爱人的房间。当时阿姨只是偷偷地告诉她，母亲的卧室里有一个神秘的衣橱，材质是花梨木的，两扇门上各镶嵌一面一人多高的穿衣镜，洋人制造的，会吸人魂魄，所以才不让她进入的。

带着强烈的好奇心和隐隐的恐惧感，她在十二岁的某一天，无意中得到白玉兰遗落在家里的那把钥匙，于是心惊胆战地打开了那扇神秘之门。屋子里光线阴暗，却是光洁异常，仿佛里面的每一件物品都是神圣的，摆放得非常有仪式感，让她心生敬畏。她绕过了所有东西，屏住呼吸来到了衣橱前，脑子中还想着阿姨的警告。

她终于领教了锃亮无比的镜子所带来的威力，镜中的自己仿佛是另一个人，她不相信那就是自己，美丽得令人心醉，眼神迷人而有神韵，身体的姿态是完美的，每一次表情的变化都是打动人心的，怪不得有人叫她“狐狸精”，所有人看到她时的目光都有别于他人，母亲总是让她减少与其他人的接触。她被镜中的自己震撼了，也被自己迷住了，内心充满了叹息。

直到她耳边响起母亲尖厉的声音，然后是镜子破碎的声音，她才茫然地从幻境中惊醒，她实在不明白一个母亲怎么会厌恶自己女儿的美貌，而且充满着难以言喻的恐惧，原本她自己也是美丽的。白云霓心怀着惊恐和不解，望着愤怒如火的母亲，一向对自己时而疼爱时而严苛的母亲，总是让她难以产生深入的爱，此时她脆弱的心灵的某一处也像镜子一样碎裂了。

紧接着，母亲蛮横地对她进行了外貌的改造，她亲自动手，熟练地用剪刀剪掉了她最在意的长发，就像给病人动手术一样麻利，修剪到她满意的程度为止，全不管女儿的撕心裂肺的哭喊，乃至由此心生的不解和怨恨。

不过，对于白云霓的美貌，母亲任何方式的遮盖都是无效的，这是上天注定的。自从母亲打碎镜子那一天，剪掉她心爱的长发时，她反倒开悟了，了解到了自己外貌强大的威力，开始有意做出叛逆的举动来。她渐渐知道一个女孩子眼神和姿势的妙用，而且熟练地掌握了无言诱惑男性的本领，这显然来自虾子的遗传：尽可能地利用一切资源。母亲一再告诫她说，没有一个男人是值得信赖的，让她从小就生出对男人脱敏的心态，但这种不断向她灌输男性世界丑恶的方式是幼稚的、完全失败的。本性战胜一切。这是白玉兰后来才意识到的。对白云霓来说，她很快就认识到一个事实：这个世间所谓的爱情是因为女人的美貌才存在的。直到她遇到了一次骚扰后，她才有所收敛。

母亲除了剪短了她的头发，还专门请来一个老裁缝来修改她的服装，为了掩盖她身体的每一处女性特征。那位老人一见她，眼睛登时闪着光，不禁叹道，太可惜了。母亲冷冷扫了他一眼，那老人马上控制了自己的失态，动手给她量了尺码，白云霓明显感觉到他颤抖的身体和急促的喘息声。

第二天晚上，老人来送改好的衣服时，白玉兰正巧在医院值班，那老人一见白云霓独自一人，说是让她到里屋试试衣服是否合适。白云霓见老人直勾勾的眼神，心生几分惧怕，便说等妈妈回来再说。忽然之间，老人那双枯瘦的手伸出来一把攥住了白云霓的手，白云霓的身体登时像冰冻一样，声音压在嗓子里发不出声来，老人哆哆嗦嗦地要解开她的衣服，含糊不清地说："不要喊，试试我做的衣服。"白云霓闻到一股浓烈的酒气，夹杂着老人特有的腐败的气味，她几乎窒息。当老人僵硬的身体战栗地贴紧她的肉体，嘴蹭到她的脸时，她突然之间像是惊醒一般，不知哪里来的力气，双手将老人推开，大喊一声："流氓！"那老人才仿佛从梦中醒来，如土委地，瘫坐在地上，然后跪在她面前，叩着头喃喃地道："求求你不要叫了，爷爷老糊涂了，中了魔了。求你千万别告诉你妈妈，否则爷爷没法活了。"白云霓浑身颤抖地说："你快走吧，我不会说的。"那老人马上连滚带爬地出了门，白云霓马上锁上门，听见老人错乱的脚步声消失后，才大口喘息起来。到底她还是没有勇气开口向母亲说起这件难堪的事，她虽然年纪小，也知道这事后果的可怕，想起老人绝望的眼神，还有可能招来外人非议，最可怕的是，一旦应验了母亲的担忧，她今后的日子更会苦不堪言。随着白云霓年纪的增长，她觉得与母亲的心总无法贴得很近，是因为其中隔着太多的秘密。

经过了林晓岚的事后，虾子虽然当上了梦寐以求的院长，人却委顿了不少，不似当年的威风。为了平息风波，保住位置，他几乎拼尽了自己的资源，一想起林晓岚那双无辜的大眼睛，他就心惊肉跳。本指望过个几年，事情就会烟消云散。没想到，麻烦还是找上了门。

后来，虾子回想起来，整件事是精心设计的。先是上级组织又来调查他的身份问题，他们不但拿到可靠的证言，还有当年国民党档案中的材料，证实了他为国民党正式聘任的军医的事实，虽然他为京西的解放做了不少工作，但之前的经历是无法蒙混过关的。虾子是何等聪明的人，他以前的历史问题已经向组织交代过，因为吴燕如的保护，再加上他及时参与了国内几次大的防疫工作，算是勉强过关了。此次旧事重提，而且有无可辩驳的证据，他无论如何也在劫难逃了。

他思前想后是谁要置他于死地，林家没有那么大的势力，只有对他的底细了如指掌的人才能做得到。他前半生积累的财富已经全部用在京西的重要人物身上，新中国成立前后，他一直如履薄冰，恐怕没有人比他更知道人世艰难，一个处处受到白眼的野种，若是没有惊人的智慧，如何立足于兵荒马乱的岁月中。所以，凭他的社会关系，这么大的举动他不可能不知道。当年连马青山、白玉兰这样背景和地位的人都被审查过打倒过，他居然能安然无恙地躲过一次次的政治运动，不正证明了他虾子有过人之处吗？还有谁和他过不去，想置他于死地呢？

似乎总有一双眼睛在暗处盯着他，一直令他坐卧难安，那就是白玉兰了。记得林晓岚死后他们的一次谈话中，白玉兰留下意味深长的话，那个时候他迅速提拔她为感染中心主任，就是想堵住她的嘴。因为经过了下放审查的白玉兰已经不再是从前那个心思单纯的女人了，如今京西的大半个天都是她顶着。

于是送走了调查组的人不久，他专门找来了白玉兰。他隔着宽大的办公桌上下打量着她，似乎想从她镇定的表情中找到什么，于是开口说道："我忽然发现自己很愚蠢，自以为没有人能逃过我的眼睛，我承认自己错了，尤其当我知道马青山前一个月被平反了，我才意识到发生了什么。"

白玉兰不动声色地看着他，更让虾子坚信了自己的猜测，他继续道："我一直搞不清这其中的逻辑，自打你走进门后，我突然想清楚了。我们现在抛开所有的关系，我想坦诚地和你谈谈，也许是最后一次。调查组这次来，是不是找过你？"

"他们是找了我。"白玉兰淡淡地回答道。

"我能问一下你们谈话的内容吗？"虾子站起身来道，"这并不过分吧。"

白玉兰道："你和我都知道组织的纪律，我当然不会告诉你的。"

"少给我来这一套，"虾子沉不住气了，急躁地说，"就算看在你表姐的面子上。为什么桩桩件件他们都弄得一清二楚？有些事整个京西，恐怕也只有你知道，我能不怀疑你吗？是的，在你和马青山受审查之前，首先调查的是我，而你们什么也没有说；我和你表姐却因为你们受审查，立刻选择与你们划清界限，那是迫不得已。当时你要是我那种处境，你也会那么做的。你一直怀恨在心，回到医院后再没有踏进我家一步。说到底，这就是一次报复，我说的不对吗？”

沉默了一会儿，白玉兰道：“我承认，在我离开京西医院之时，我们之间已经没有情分了。但你有什么证据说我伺机报复？”

“你太平静了，”虾子来回踱着步说，“只有你动用马青山的势力才能搬动我，你一直在等待这个时机，谁不知道当年马青山几乎动用了所有的关系来保护你，他还真是痴情得令人感动，否则怎么解释他平反后一个月就发生了这种事？”

“你是个医生，别忘了他是失去思考能力的病人，而且我们已经离婚了。”白玉兰还是淡淡地回应道。

虾子停下脚步，盯着白玉兰的眼睛说：“那是鬼话，只要他还有一口气，就有人愿意为他跑腿卖命，别把我当傻子了。我信任你，才提拔你为京西最大的主任，而你一直在笼络人心，就是等着有一天来取代我，我说的没错吧？”

白玉兰冷笑道：“提拔我，不过是想堵我的嘴，你一直担心林晓岚向我透露了什么。别太自以为聪明了。”

“是的，”虾子停顿了一下道，“公安局，包括组织上已经认定那件事与我没有什么关系，你个人还有什么异议吗？”

听到这儿，白玉兰打断他的话说：“你要敢拍着良心说这件事与你无关，那我们也就没有继续谈话的必要了。”

望着白玉兰处变不惊的表情，虾子自知太低估了白玉兰，她已经成熟到了可怕的程度了，显然已经超过了他。于是他用哀求的声调说：“林晓岚的确是因我而死的，我也很痛心，但我发誓不是我害的她。我就想知道你这么做是为了什么，是为了报复，还是想取代我，成为京西医院的院长？”

白玉兰并没有搭他的腔，厉声道：“请你说话注意一下自己的身份，这医院不是你的，也不是我的，更不是我们之间的筹码。”

虾子颓然道：“就看在我们多年相处的情分上，我已经想好了，只要你答应不再追究下去，我愿意让出院长的位子，力荐你成为新的院长。审查，谁的过去会那么干净？我真的已经累了，不想再受折腾了，我也算风光过了，一切都过去了。我从一个到现在还没有自己名字的人能混到今天，应该心满意足了。而且我保证，我会把所有的资源都无条件提供给你，让你顺理成章地坐稳京西医院院长的位置，你总该满意了吧？”

这一番承诺似乎并没有打动白玉兰，她只是淡淡地说：“你太高看我了，一切都听从组织安排。”

虾子似乎得到某种保证似的说：“是啊，听从组织安排总是没错的。”

一时间，命运之轮在两个人之间转动着。白玉兰沉吟了一会儿道：“说到这儿，我不得不告诉你一件事，林晓岚死前留下了一个孩子。”

虾子像被雷击一般，立刻省悟道：“是哪个孩子？就是你收养的那个？原来当年你们之间的秘密就是这个孩子。”他忽然狂笑道，“你和她终于赢了，这真是报应啊。”

白玉兰最后说：“我没有那么卑鄙。我今天告诉你，只是不想再隐瞒你，告诉你林晓岚为你付出了一切，最后搭上了自己的性命。这个孩子从此和你再无任何关系，而且我绝不允许你今后以任何方式去打扰她，这是我向她发的誓言。”

第九章

白玉兰不得不承认是自己亲手制造了两段错误的婚姻，当然还包括自己的婚姻——那真是无法避免的一场灾难，她至今也无法原谅自己，而她因此变成了另外一个人。当初若不是她心有不忍，就不会把白云霓塞给雷学武，这么做更多的是为了白云霓的清白，当然还有自己一直小心翼翼维护的名声。那时她刚主政京西医院不久，于是她干脆把雷学武安排在自己的眼皮底下，虽然她担心雷学武于连式的野心和风流难改的本性，但如果他把这种力量转化到学术研究上，定然很快有一番了不起的作为，可以消化他过于旺盛的欲望，但事实上，还是失败了，人生是无法设计的。好在经历一段不堪的过程后，雷学武受到了应有的惩罚，他现在大概天天巴不得能回归白云霓的身边呢。

而更让她担心的是雷新月的婚姻，当年在农场她怀孕受审查时，若不是白书中的父母及时送她去县医院，她早就葬身于西郊农场了，虽然胎死腹中，但总算是捡了一条命，否则一切都结束了。出于报恩，她资助白文彬在哥伦比亚大学医学院公共卫生学院学习，本指望他毕业后能回京西医院，助她一臂之力，帮她建立起与世界分享传染病防控的信息平台。可是白文彬并不喜欢病毒研究，他喜欢的是钱，毕业后竟背着她签约了“美瑞”公司，成为大中华区的副总裁，把自己所学的专业知识迅速变成了财富。

她虽然对这件事很窝火，但也无可奈何地妥协了。为了把雷新月变成最为可靠的心腹，除了收她做外孙女，还冲动地撮合了她和白文彬的婚姻，而且不容别人插手。表面上看，这的确是一桩不错的婚姻。但每次看见白文彬那双纯商业性的贪婪的目光时，她就后悔了，雷新月与他根本不是一类人，她得到的只是物质上的保障，然后两个人进入了波澜不惊、冷静的婚姻生活，他们之间并没有爱意。何况有钱有势的男人有几个能管住自己的？白文彬一年四季很少见到人影，谁知道他在忙什么。白玉兰有时会感叹，世道真的变了，钱什么时候成了这个世界最有魔力的召唤，人们甚至用它解决情感和心灵上的问题，这么做似乎更便捷有效。

有时当雷新月向她走来，她会恍惚间想起自己踏入京西医院的第一天，那么年轻，那么开朗，那个时候她拥有一个很少人知道的名字：南蓓蓓，还能记得这个名字的人已经寥寥无几了，除非强行回忆，要不她自己也差不多要忘了，但她的爱人肯定不会忘记的，即使他现在患了间歇性失忆症，那是镌刻在他心里的名字。

那时，中央防疫处生物制品厂刚从昆明搬到陆军总医院的院子里，医院四周是高大的围墙和坚固的日式铁栅栏，外面是一大片日本人种的樱花树，医院的主楼还是教堂式的建筑，那是原来“圣心医院”留下的遗迹，红色十字已经变成了褐色，大概是因为这里冤魂太多的缘故。其他附楼均为日式建筑，这里曾经是华中日军最大的细菌培养基地和活体试验场，现在却成了国民党陆军最大的医院——当年国内最优秀的医科毕业生心目中的“圣地”，简直是历史循环荒唐的写照，可见时光的净化和遗忘的力量太强大了。

她到达京西要见的第一个人就是大名鼎鼎的余非凡教授，一路上，她的心里带着几分惶恐。没想到的是，余非凡居然提早在医院门口迎接她，弄得她惭愧得无以复加。余非凡身躯微胖，脸上带着明显的佛相，露出宽厚仁慈的笑，像是天生为拯救他人而生的，他就是外国人所称的“东方的巴斯德”，他太太曾经生了一男一女，俱已夭折，所以他自叹虽救人无数，竟然会落个无后的下场，遂视天下患病之人皆为子嗣。他的背后是废墟一般的厂房，那是正在翻修的防疫中心的制剂厂。

两个人刚说了几句简单问候的话，这时，一个身穿白色医生服的青年挠着乱蓬蓬的头发，低头急匆匆从制剂厂旁边的实验室出来，脸上还汗津津的，没来得及擦拭，正待向余非凡说些什么，一抬眼便见白玉兰立在那里，人登时怔住了，忘记了想要说的话，而是用那双出奇尖锐的眼睛盯着她看。不得不说，白玉兰身上散发着这种一瞬间打动男人的魅力，这不仅仅来自她的美貌，当然她也因此不胜其扰，美色对男人、女人都是一样的危险。

阳光之下，白玉兰身着一身素色的旗袍，配合着初秋的景致，是那么贴合雅致。她的脸是圆润的，透彻的眼睛如溪水潺潺，唇是饱满的、闪着光泽的，每一根头发都是干净的、柔顺的，耳朵是透明的。在这一片略显得苍凉破旧的环境里，她的出现显得格外鲜艳夺目。

余非凡笑着转身对那男子介绍说：“柳原，这位女士就是防疫中心新招来的医生南蓓蓓，湘雅医学院院长陆远方推荐的，他很少称赞过人的，南小姐是他得意的高徒呢。”

那个柳原听完介绍后，脸上带着令人惊讶的表情说：“老师，你是说让这么美丽的女士在这病毒窝子里当医生吗？还要去面对一大群虎狼一样的士兵？”

初次见面竟说出如此莽撞的话，白玉兰登时脸红了，余非凡则在一旁呵呵笑道：“这就是我的弟子柳原，他一向这么胆大顽皮，但人还是好的，还是他帮我弄出了青霉素。你根本想不到，他居然从穿的皮鞋上找到了菌种，连美国人也佩服得不得了，称他为‘细菌之子’呢。”

“这一段故事我知道。”白玉兰忍不住脱口而出。

初看柳原，白玉兰觉得他身上有几分令人不舒服的傲慢，男人看自己发愣的情形也不是头一次见到了，但唯独他这么直爽坦白，没有半点隐藏，可见他平时骄傲而胆大妄为的做派。她对他早有耳闻，余非凡并非虚夸，柳原是中央防疫处中一位“天才中的天才”，这早就是医学界的新闻。柳原的家人都在日本对宁波发动的细菌战中惨死，只剩下他一个人奇迹般地生还，后受其父之友法国传教士克劳德夫妇的资助，于中正大学医学院学习，毕业后一直跟随余非凡教授，专攻流行病防疫。

而且她曾在报刊中见过柳原的相片，他就立于余非凡教授一旁，竟无半点青涩幼稚之感，仿佛他才是主角。高挺的身子和鼻梁，西式的打扮，英气勃发的样子。一眼看去，便让人产生说不出来的仰慕之情。报上除了称赞他与余非凡联合研制青霉素的伟业之外，又说到内政部次长沈济生之女沈玉婉已经公开向他示爱。

那沈玉婉原来任职于国防部二厅交际处，为人跋扈得很，人称“骑马小姐”“皮靴女郎”，喻其为“驭男强手”。她常常一身戎装，有时手腕处会挂着一条精致的马鞭，行事格外高调，追慕者无数，曾有人为得到她的垂青而决斗，而她反倒置身事外，毫不为意。这位大名鼎鼎的沈玉婉，白玉兰也曾在《良友》《联华画报》上见到过，她做过封面女郎，丹凤眼，时髦的卷发，嘴唇是薄的，自带风流的体态，温婉之中却有着超乎男人的刚烈。

报刊还说，那沈玉婉自从打定主意追求柳原，便似《红楼梦》中的尤三姐，放下了钟爱的皮鞭，回绝了所有的追求者，闭门谢客，拒绝一切宴请娱乐。不过意外的是，她算是遇到此生最要命的男人，柳原竟根本没有把她放在眼里。原本她把任何男人都视为玩物，她最拿手的就是逢场作戏，权当是生活中即兴的娱乐，出出风头而已，不知道有多少男人为她的薄情心碎欲绝。柳原既非高官之后，也非富商之子，所凭的也不过是沈玉婉根本不了解的才华，不但降服住了她，且也不以她为意，这简直是某种报应。尽管她为此事颜面尽失，但也无半点羞愧难堪之感，反倒露出贞烈女人的本色来，令所有人瞠目结舌，只能暗自叹服。

要说起柳原的才华，即使防疫泰斗伍连德也称赞他为“国之奇士”，亲自推荐他到法国巴斯德研究所学习了半年。就在前年，余非凡带着柳原赴云南保山市考察当地霍乱疫情，他对战争中人性之恶甚为绝望，那是日本人留下来的暴行，同时也对国民政府的腐败无能失望之极，说人心已大坏，人无可救，竟动了入寺修行之念。还是柳原长跪于寺门苦劝，说行医本无救世之功，却有救人的本分，才挽回了余非凡的心意，否则国家会痛失一个拯救苦难的柱石。

采访花边新闻的记者，往往得不到柳原只言片语。周围的人称之为“石君子”，因为其人如石头般倔强，对任何人从不肯低眉顺首，总流露着淡淡的冷意。此人不是在实验室里，便是远赴各地作为防疫专员，指导平定频发的疫情。这样一个防疫专家居然也成了娱乐的材料，可见时局的混乱和人们的迷茫，娱乐便成了时下最好的掩盖。

此番相见，白玉兰更觉得柳原不是凡物，沈玉婉的眼光的确高人一筹，也不枉她阅尽男女情事的丰富的历练，这的确是一个很容易惹女人仰慕和怜爱的男人，他独特的气质是那么突出明显，尤其他的高傲并非是由于他人的崇拜而带来的，没有一丝的伪装和刻意，这种优越感是其他任何人万万学不来的。

白玉兰一向自视甚高，出身名门，学识高深，医术精湛。同时她还是一个不折不扣的伪装者，她是中共新委派的京西地下情报员，也是组织精挑细选的出众人才。她一直认为自己的身体里住着两个灵魂，一个是幽静而冷酷的；另一个有着汹涌自由的野性，与父亲白思明相似。当年白思明与余非凡在学术上不分伯仲，但他毅然选择了信仰，投奔了延安，毫不在意因此放弃了大好的学术前景。

见了柳原，白玉兰一时间竟动了强烈的心念，想象着有一天与他一起迎接解放，并且能陪着他在新的国家实验室里搞病毒学研究，只是她不知道还会等多久。她抑制住起伏的心情，轻声道：“久仰两位大名，以后还请柳博士多多指教。”

柳原只觉眼前的女子如拂面的春风，幽香却不逼人，沉稳之态令他吃惊，便露出愤世嫉俗的表情讥讽地笑道："请教一点儿也不敢当，你算是来到了一个好地方。说句实话，那个防疫中心也没有几个像样的人物，全靠着虾子院长一个人支撑着呢。你肯定想不到，这个传染病汇聚之处，竟然成了高官们的休养之地。你没有看到院子里出出进进那些神秘的轿车，说不定里面正坐着一个中将呢，还会带着他的姨太太。这些人都住在后面院子里，安全得很，没想到细菌竟成了不错的掩护。这都是虾子的杰作，他简直就是一个……"

余非凡笑着在一旁打断他说："你别吓坏了南小姐，她才刚来。南小姐也不要听他的混账话，他一向出口无忌，这样说话说惯了，得罪了不少人，但他的心是纯善的。再说了，中央防疫处设在这里，安全问题你大可放心，这里的防护措施在世界上也算是一流的。"可以听出，其实他的语气中还是带着对柳原说不尽的欣赏。

柳原一边擦着脸上的汗，一边还是继续用讽刺的口吻说："我师父才是真正的善人，在这个热衷于杀戮的时代里，恐怕只有他一人还抱着救人的信仰。便是东京审判，连细菌战一个字也未提，活生生的生命就是一串可怜的数字，谁会在乎呢。美国人正和日本人做交易呢，他们需要用中国人做活体实验的数据，肮脏！混账！按《圣经》上的话说，这是一个悖逆的时代，旧的罪行还没有清算，内战又开始了。算了，不说这个了，你刚刚来京西，如果需要效劳，师父知道的，我算得上是京西最好的向导。"

"还从来没见过你对一个女孩子说这么多话。"余非凡挖苦道。这时轮到柳原的脸红了，低声道："师父，您现在揭短的功夫越来越厉害了。”

师徒两人像朋友一样相互调侃着，白玉兰有些兴奋地看着他们，微笑道：“那真是求之不得了，京西我还是头一回来，好宏伟的一座城市。”其实京西的每条线路、稍有些特色的建筑都在她脑子里，这是她受训的一部分。柳原回应道：“其实京西要比你想象的小得多，只要有两天的时间就够跑个遍，相信我。”然后勇敢地保持着对她的凝视，她已经看懂了柳原眼中那闪着光的部分，似乎嗅到轻风吹过来那个男人浓烈的气味，她觉得内心那野性的部分在复苏。她几乎肯定地感觉到，那正是来自男女之间那种原始的吸引力。是的，她和一个男人的缘分终于到来了，她的直觉不会出错的，千真万确。女人身体里有着男人无法理解的自然本能，就像沈玉婉拜服于柳原脚下一样。同时她也预感到，追求这样的男人，和她从事地下情报工作一样危险，她充满饱满的激情。她不由暗自感叹道：“这就是那种可以让女人奋不顾身化为飞蛾的男人，但愿能感受到这谜一样的诱惑力的女人越少越好。”

白玉兰的父亲白思明和余非凡都毕业于湘雅医学院，余非凡去了耶鲁大学，白思明去了哈佛医学院，并且一向以激进胆大著称，所以他最终选定去了共产党的中央医院，现在成了遵义医院的院长。白思明与马青山两个人一直保持着极端私密的联系，通过马青山在京西的秘密联络线，苏区需要的青霉素和病毒血清大多来自余非凡简陋的工厂，这间不起眼的工厂却拥有亚洲最高的技术水平。当时，英国《自然》杂志如此描述道：

在昆明地区的另一处是国立中央防疫处，由中国最有才干的细菌学家余非凡医生主持，并有一大批工作人员协助。去年这里生产了500万支伤寒疫苗。这个研究机构还生产天花、白喉疫苗、破伤风类毒素和许多其他用品，包括诊断伤寒的肥达试验和梅毒的康氏试验所需要的抗原。正在生产斑疹伤寒疫苗并有一试验性小工厂生产青霉素。余医生是被英国及美国的细菌学专家、免疫学家和热带病专家所熟知的。尽管物资缺乏，他的工厂仍保持高标准的洁净。在培养、装瓶和检验部门还有一个效率极高的系统。尤其有趣的是，这个工厂包括一个完整的玻璃工厂，用临近的配料制成中性玻璃并吹成安瓿和毛细管。玻璃工厂还制作各种形状的烧瓶、玻璃管、冷凝器、烧杯等。关于这个工厂的故事本身就是一部史诗。在好几个月里，仅有的一个锅炉还漏水，很不安全，每晚用完后都要修补。幸亏未曾发生事故。用特别设计的方法重新利用琼脂是这个机构的典型传统。在没有被过分损坏之前，透析是在湖里的一个木筏里进行的，后来用很有限的材料在陆地上装配了一个透析槽。当蛋白分解酶的商品供应中断时，就开始养猪，动物的胃酶质量不好就用特殊饲料把这些猪养肥。然而这样做，和饲养所有的动物一样，是极为昂贵的，因而大大减少了马匹的数目。这个机构现在向远东的盟国部队和中国部队供应血清。

余非凡一直致力于青霉素的研究，他曾经撰文写道:民国三十年秋，昆明中央防疫处文献会某次周会内，关于亚伯拉罕、切恩和弗洛里诸氏在《柳叶刀》杂志上所发表对于青霉素或称盘尼西林之研究一文，据称青霉素，既无毒质，且具充分杀菌效能，对于战争必有莫大贡献。因此引起吾人深切之注意，同时以青霉素既系霉菌所产之物，则其制造，自属生物学制品范围之内，是以吾人深欲一为试探。

要制造青霉素首先要找到能产生青霉素的青霉菌。他们就从鞋靴、旧衣、水果、古钱及其他一切可能之处收集霉菌，涂布到培养基上，寻找纯种霉菌，其中发现来自肉渣培养基中及皮鞋上的菌种最佳。直至1944年，中国自行研制的青霉素在昆明高峣村诞生。第一批出品仅五瓶，其中两瓶送往重庆，两瓶分送英、美两国鉴定，留下一瓶珍藏。第二批青霉素进行了临床试验，选出外科创伤后血中毒症已治疗无望的数位病例，注射中国自制的青霉素后，均痊愈出院。

青霉素的试制成功，可以说是功绩非凡。当时中国抗日部队和驻滇美军的伤兵，最大的幸运就是能有机会用上青霉素消炎，挽救了无数抗日将士的生命。为此，余非凡在1947年召开的世界微生物学会第四次大会上当选为常委。

在白玉兰的眼里，当时的京西仿佛已经进入末世的景象，走在街上，京西人每天见面的问候语都是："怎么样？走不走？"报纸上"空房急售""房好价廉"的广告比比皆是。房价这半月以来猛跌了三成，一所尚好的四合房，"一条（黄金）"即可成交。旧货交易也日益繁荣。旧家具旧器物堆成了山，贱得不得了。

天灾人祸更成了改朝换代的预兆：12月5日，上海吴淞口外发生江亚轮炸沉事件。旅客1600余人失踪，生还抵沪者900余人；湖南罹灾40县，灾民800万；福州暴雨，倒屋5000幢，死者盈千；江西连绵雨水，报灾46县，为30年所未有。

上海市场惊涛骇浪，米价狂涨瞬息万变，黑市每石千八百圆，抢粮抢饭之风盛行；南逃学生吃尽苦头，乞讨以求一饱，裹着棉被上课；疟疾痢疾流行，已有很多人死亡。北平学生多以窝头充饥，云大日前几乎断炊，武汉学生在汉阳门的废墟上举行活命拍卖会，厦大一位女教员吞服水银自杀。

成千上万的人在闹市急兑黄金，没什么坚不可摧的，巨大的力量压在这个城市上面了，人们为了保障生活和获利而疯狂。银行门口在排着队。每一个人的肩膀上掮着一个被警察用粉笔画上的号码。

南京方面因徐蚌战事紧急，人心惶恐，政界中人与富有者皆迁家做避难计。传说外迁的人分三级：高级游美国，中级往香港，又次则至台湾。

而在这个时候，京西女人时髦了起来，今年秋装又放长，梳个凤尾头，插上嵌珠木刷，领高腰紧，黑的颜色最流行，耳环流行大而像花瓣形。

偏偏是这个混乱的时局，沈玉婉这个风月场上的老手，一腔狂热的爱恋此时都倾注在柳原一个人的身上，她出奇地安静下来，简直要用生命做赌注，以前她是精明而势利的。在她看来，这世界得意的总是那些投机者和精明的人，沈玉婉的见识是她所接触过的男人都望尘莫及的，但她的心思一旦放到了柳原身上，人就变得迟钝和手足无措了，就像是处于青春期的少女一样。

值得一提的是，沈家的流水席在京西是出了名的，参加的宾客从来没有固定过，各个阶层有头有脸的人都会不定期地出现在宴席上，沈济生管这叫家宴中的“清谈会”而已。沈家是名门望族，倒不在乎每天多摆一顿宴席。很多人都曾猜测沈济生的用意，他曾为蒋介石、白崇禧治过病，现在又任行政院政务委员，在目前局势纷杂之时，仍然如此高调招客，丝毫不避嫌疑，还得到高层的庇护，用意定然非常。其实，沈济生天生有好客之风，交际也不分类别，又是一个美食家，对吃在行又挑剔，在外摆席既费事又不合口味，索性聘请一个制作徽菜的名厨，办起了流水席。慢慢地，名气越来越大，来者不拒，而且一视同仁。所以，无论是军政高官，还是各界文化名流、商界巨贾、当红的明星、外国驻华大使、记者、黑帮头目，甚至是佛道中人，都会在这里不期而遇，即使是昔日仇家相对，在饭桌上也得平息怒火，和气一团，说不定会握手言和。沈家的流水席就是有这种难以说清的奇妙之处，而且成了一个消息集散中心，外界称为“时局观测站”。

而沈玉婉就是宴席中最为绚丽的主角，她身姿摇曳，就像一株绽放的带着雨露的花，有着顽固偏执的心，眉眼中有一丝丝忧郁的神情，带着些许的病态，却给人送来如清风吹拂身心的感觉，微笑中带着花朵绽放时的光艳，惹人无限怜爱和遐想。她的身子像水草一样柔软，却有着毫不犹豫的果决和折断男人神经的手腕，她的轻言细语是外交大使级别的。很多浮浪的逐色之徒，就是为了一睹沈玉婉的芳容而赴沈家的流水席的，一见之下，总会留下无限的惆怅和感慨。他们这才相信，世上真有一种女人的美丽是不属于任何人的，只有仰慕的份儿，若是真落在一个男人头上，那真是绝大的损失。

柳原第一次出现在沈济生家里，完全是出于余非凡的一番心意。余非凡是沈济生力邀到中央防疫处任处长的，沈济生看人总是精准的，他在余非凡面前不止一次提到了自己难以驾驭的女儿，也许是自己小时候管束太严，成人后竟逆反如此，成了男人心里的幻想，女人嘴里的公害，而他目前事务繁杂，根本无暇顾及。凡沈玉婉所到之处，必引起风波四起，先从中华民国红十字会，后到国防部第二厅交际处。为了她，交通部部长的儿子竟和第六处处长在大街上不顾颜面地拳脚相加。所以沈济生急于招婿，不想让自己的女儿四处惹是生非，这时候余非凡立刻想起了自己的爱徒柳原，说他或许可以试试。

其实，所有的人都看错了沈玉婉，其实她有着令人吃惊的清醒。在这个纷乱的战争年代里，似乎一切都变得不真实，人人都处于迷狂的状态里，沈玉婉出入京西的各种宴席，不过是利用美貌和风流满足自己的虚荣心罢了。她从不同渠道，尤其是从第六处谍报小组每天都能听到国共战争最新的情报，知道眼前的繁华终会在一瞬间崩溃的，中共的胜利是迟早的事。因此她也早有自己的打算，她平生最大的渴望就是能找到一个倾情以授的男人，逃离眼前这个已经令她厌倦的世界，他们可以去香港，或者是美国，连具体路线她都选择好了。流水席也是挑选爱人的绝佳场所，别人会被纷至沓来的各色人等弄得头昏脑涨，唯有她看似漫不经心地、冷静地等待意中人的出现。

当柳原突然出现在她面前，她才觉得自己的一番苦心没有浪费。虽然流水席上没有高低贵贱之别，但没有几分本事，在这里是坐不住的。柳原是硬着头皮来到这里的，并不知登门相亲的安排，还以为自己也不过是席上一个匆匆而过的食客而已。沈玉婉是知道的，两个人也被有意安排面对面地坐着。

沈玉婉的眼光是毒辣的，她和柳原客套地寒暄着，几句话后就听见自己胸腔内强烈的心跳。柳原早听闻沈玉婉的种种新闻，但并没有心存歧见，反倒欣赏她轻言淡语后高明的见识和即兴的风趣，至少她不是一个无趣的花瓶。不过在这种场合下，柳原的话很少，神情也是淡淡的。沈玉婉便觉得自己的一缕魂魄被这个男人吸走了，这曾是她一直盼望的，但从不相信会出现。一旦真的出现了，她变得不知所措了，显示出女人少有的羞涩，便是旁边的人也看出了端倪。就这样，柳原只用一顿饭的工夫便收服了她所有的张狂，而且让她顿时觉得所见的世界变得浑然无趣，让她满身满眼的心思终于找到了归处，不再飘浮不定了。

只是沈玉婉这一番波荡不停的心思，柳原并无感触。对自己不在意的女人，他的心一向是盲的，他人眼里的万般风情，在他这里，也只是可以浅浅欣赏的女性美感而已。

以沈玉婉对男人的了解，她一直认为，男人正因为理智而更加善变，灵魂之爱对男女来说就是一句不可相信的鬼话，所以她需要被自己征服的男人都要像士兵那样对她忠心耿耿，受着她变态的虐待，结果往往不出半个月她就感到腻味了，留给对方的是痛不欲生，她却毫无留恋地拂袖而去。有的期刊可笑地称她是“女权主义”的代表，天生有着玩弄男人于股掌之间的本领，总算是为旧时代一直受着压迫的女人们争了一口气。

突然之间，连她自己也感到不可思议的是，她居然在一个男人面前感到了卑微，这是她从来没有的感受。她像崇拜英雄般地崇拜他，把他奉为高高在上的神祇。她同时也敏感地意识到，柳原并不爱她，但好在并不反感，而且他并不在意她过去的荒唐。所以她期望着他对自己哪怕有着厌恶、怜悯这样深刻一点儿的感情也是好的。这时候她才感受到她曾经带给那些男人的痛苦，是的，一厢情愿的爱情会让自己痛不欲生的，她算是得到了所有的报应。他们之间的第一次见面也就平淡地以客套的方式结束了，柳原实在是不习惯场面上的应酬。这让沈玉婉后悔第一次见面安排在这样一个场合里，应该安排在气氛轻松的咖啡馆里，他并不是内向而沉默的人。

有时候，她甚至痛恨偏偏遇见了他，一个对自己竟无深刻感触的男人，生生地毁了自己，把她完完全全变成了嫉妒的化身，嫉妒他对其他任何一个女人哪怕是一点点的动心。在他尚未对哪个女人动心之前，她下定决心，要不惜一切、毫不留情地把他抢到手里，然后慢慢感化他，用尽她的所有，她自信有着令男人赞叹的容颜和魅力，再有一点，她相信时间更有着改变一切的魔力，尤其是男人的心。不幸的是，没过多久，一个名叫南蓓蓓的女人出现了，毫不留情地击碎了她的梦幻，也激发了她最强烈的复仇心念。

某一天，正当她兴致勃勃地开车去往陆军总医院大院找柳原时，却发现他身边站着一个身穿白大褂的女人，他们正在低声喁语着。那个女人有着沈玉婉没有的沉稳而干净的美感，仿佛所有的阳光都集中在她身上，她身上所产生的虚幻美感不是浅薄的，没有人比沈玉婉更知道打动男人内心的东西了。如果不是因为她爱着柳原，她也是欣赏那个女人的，就像一朵花与另一朵花摇曳共生，彼此欣赏。

京西何时出现了如此精致的女人？她此时陡然燃烧起无以复加的妒火。因为柳原脸上露出她从没识过的笑，他高大的身躯倾向那个女人，毫无保留地流露出欣赏之情，甚至她的轿车接近两个人时，他居然浑然不觉——她恨不得直接向他们身体上碾压过去。

柳原介绍她们时，不免有几分尴尬。那个神秘的女人倒是大方地说："沈小姐，久仰了。"沈玉婉向来不失优雅的仪态，此时竟压不住火，高傲地挺着脖子冷笑说："没想到，余伯伯竟然为陆军总医院找到这么漂亮的医生，怪不得柳博士最近一直魂不守舍，一再取消我们之间的约会呢。"她把"我们"两个字咬得很重。她追求柳原已经是众所周知了，她就是要用舆论绑架他，不容他人染指。白玉兰见来者气势汹汹，却毫不为意地说："我只是向柳博士请教一个医学问题，他目前是防疫研究中心的主任。那你们谈吧，我就不打扰了。"说罢，并不和沈玉婉纠缠，含笑向柳原点了一下头，便像一尾灵活的鱼轻巧地扭身离开了。

见白玉兰走远，柳原不温不火地打量着沈玉婉，客气而克制地说："沈小姐，蒙你高看我了，或者是错看我了，我并不适合你，请不要在我的身上再浪费你宝贵的时间。”他一直就是这么直接而坦白。

一种说不出的屈辱感撕裂了沈玉婉，她知道自己已经无可救药了，望着那个女人远去的袅袅背影，怔怔地失了神，眼里露出一丝寒光，说：“只要我还在京西，就绝不允许任何女人打你的主意，绝不允许。”

没等柳原回应，她便头也不回地开动那辆美式吉普扬尘而去，留下柳原站在原地，挠着头，不知所措地发了一会儿呆，叹了一口气。他还是头一次见沈玉婉如此难堪失态，她在他面前一向都是不自觉地收敛了尖锐跋扈之气，温婉矜持如同淑女一般，此次他权当她是在说耍性子赌气的话。

说到白玉兰奉命来到陆军总医院，完全是表姐吴燕如的举荐，当时吴燕如是京西情报战线的主要负责人。吴燕如的公开身份是顾祝同的秘书，说起来这也算是个意外，顾祝同在战场上是出了名的常败将军，但官运不坠，来自对蒋介石的忠诚不贰。顾祝同对属下一向宽容有加，颇受拥戴。他从军前受过良好的私塾教育，古典诗词歌赋烂熟于心，在书画上也颇有造诣，比别的军人武夫多了几分书卷气息。他的原配夫人殒于一场火灾后，他迅速迎娶了苏州城的大家闺秀许文蓉，这位许小姐琴棋书画样样精通，在国军高层夫人中也是罕见的，给顾祝同长了许多的脸面与风光。抗战期间，顾祝同任第三战区司令长官，长官部位于距离屯溪十多公里的梅林，许夫人远在陪都重庆，也就给了他寻花问柳的机会。

第九章

某天，长官部派汽车从温州接来一个戏班子，两个女角是一对姐妹花，大的叫美素娟，小的叫花秀琴，两人曾是杭州大世界的二等角儿。这两个女人虽算不上国色天香，小的比大的眉目更加清秀一点儿，但大的美素娟有一点很特别，肤色白皙，而且听说全身上下没有一个疤印，算得上是洁白无瑕了，再加上这女人个头高大、丰满，成了男人们贪恋的美色。

美素娟唱了十来天戏，人突然销声匿迹。两个月后，花秀琴也悄然离开。原来，美素娟到屯溪不久，去长官部唱了两天堂会，被顾祝同一眼相中。上官云相等部属从中撮合，一来二去，那美素娟也就答应了。上官命人在附近僻静的地方找了个小公馆，正式把美素娟纳为顾祝同的外室。为了照料美素娟，上官物色了不少女兵，都被美素娟断然拒绝了，她了解顾祝同的风流脾性，凡近得他身边的女人是难逃其手的。

上官正为难之际，无意之间竟在二厅办公时碰到一个宝贝，一个女人男相的机要秘书，无论言行举止，还是穿衣做派俨然与男人无异。打听底细，竟是吴玉章的独生女儿吴燕如，那吴玉章曾做过一段时间顾祝同的秘书，后升迁到中央党部机要局，说起来还是来自顾祝同的举荐，因此起用她来处理顾祝同的家务事自然是再可靠不过了。

这桩事很快以隐秘的方式定下来了，那美素娟很是满意。吴燕如一向寡言少语，做事干净利索。美素娟自幼出道，浪迹江湖，一心只想委身攀附顾祝同这棵大树，自然不甘于目前的地位，所有的儿女情长无非为了博得一个名分。顾祝同公务繁杂，对美素娟也不过偷欢寻乐的套路，美素娟也不是傻子，所以她一肚子的心事就向这个忠诚可靠的秘书私下倾诉。吴燕如并不嫌絮叨，总是温言宽慰，但也是点到为止，生活照顾却是无不妥帖，一切按上司要求，一味满足美素娟的要求。顾祝同虽对美素娟动了几分情思，却不敢有半分声张，此时正值抗战紧急时期，若是这段风流案被捅了出去，必是招致全国性的声讨，老蒋也不会饶过他，再加上许文蓉心思缜密、性格刚烈，也是绝不会放过他的。

远在重庆的夫人许文蓉似乎听到点风声，她对身居高位又有风流底子的丈夫本来就不放心，再加上军队里高级将领因四处调派，产生的风流事屡见不鲜，于是她利用军中关系，瞒着丈夫，一声不响地前往查验情况。

这种事哪里经得住细查，何况许文蓉是何等能量的人，人未到上饶，已经洞悉所有来龙去脉。于是她避开丈夫，先是命人把吴燕如捆绑住，厉声审问，得到的回答只是：奉上司指令照顾，其他事一概不知。许文蓉扇了她几个耳光，便扔下她直奔公馆。

周围陪同的人战战兢兢，不知道会发生什么。此时美素娟已经怀孕几个月了，许文蓉见了她，脸上并没有露出一丝愠意，反倒对美素娟一派怜恤，责怪顾祝同没有事先通知她，是怕她心眼窄了，其实她一直盼着有个体贴的人相伴，共侍一夫；还说美素娟能为顾家留种便是大功，自己一定会让顾祝同正式纳她为妾。那美素娟先是胆战心惊，后来被许文蓉一番诚恳的话语所打动，丝毫不再怀疑，似乎看到了光明前景。

翌日，许文蓉端来一碗药，说是多方求来的安胎药，极其名贵。美素娟自然深信不疑，当即喝下。谁知那是一剂加料的堕胎药，美素娟服用后，很快就与腹中胎儿双双中毒而亡。

失去美素娟，顾祝同虽然心痛不已，但在外人看来是自作自受。让顾祝同更加丢脸的是，许文蓉居然把这件事捅到蒋介石那里去了，自然换来一顿臭骂。为了给顾祝同擦净屁股，反诬说美素娟有重大通敌嫌疑，以掩盖社会非议，算是把这件事了结了。至于那个被许文蓉捆绑的吴燕如，一是知道所有的内幕，二是面对许文蓉审问，竟然没有透露半点消息，顾祝同自此对她无比信任，再加上吴玉章的一层关系，就一直把她留在身边委以重用，帮他打理一切生活事务。他万万没想到的是，无意之间，竟然把中共京西一位重要的地下情报员顺理成章地安插在自己身边。

白玉兰从马青山那里得知针对国民党"抢救学人"计划的最新指示，特别是对以余非凡为代表的京西重要医学人才，要提前采取行动，余非凡也在所谓"抢救"的名单之列。这一次的见面地点特意选择了陆军总医院，马青山伪装成了一个伤兵，他总是这么大胆无忌。隔着白玉兰单独的医务室窗户，便能看见余非凡和柳原正指挥工人忙着搬运仪器，再过一个月，制剂厂就可以投产了。

马青山特别对白玉兰嘱咐道："余先生是个极其重要的人，也是一个伟大的人。陕甘宁边区的这次鼠疫，死了一万多人，多亏他及时送来的血清和青霉素，还有你的父亲，他控制了疫情，也救活了我。余非凡先生既救国民党也救共产党，医学没有政治，可是战争是要有的。一个新政府是要在子弹和鲜血中建立起来的，这是容不得半点迟疑的。但是新的国家成立后，我们不但需要捍卫和平的子弹，而且更需要救人的知名专家。"

白玉兰强压着内心的涌动，才没说出柳原的名字，她知道马青山对此一直高度警惕，她盯着马青山那两道奇异的眉毛道："马特委，这次行动代号为'白色玉兰'，我觉得不合适。工作主要是姨父和表姐在做，我只负责传递情报而已。"

马青山微笑道："叫什么并不重要，玉兰花就是京西的标志，你在这次行动中格外重要。据情报显示，沈济生是'抢救学人'计划的核心人物，我手里有一封你父亲专门写给余教授的信，你要尽快送到他手上。他要是知道你就是白思明的女儿，肯定会大吃一惊的。就说是陆远方校长托你捎给他的即可。"

白玉兰再也忍不住了，"马特委，根据我在防疫中心工作这一段时期的接触，柳原是这个领域绝对不可多得的人才，今后对革命的事业大有帮助，是不是可以考虑争取？"

立刻，马青山的脸像是上了霜一般，"你是不是爱上他了？我了解他的身世背景，他已经是沈家重点关注的人物，而且对共产党并没有表现出明显的向往和拥护，这段时间我命令你终止与他业务外的关系，而且绝对不允许透露自己的身份，这很冒险，我不能让你有半点闪失，你的目标是余非凡先生。"

话说完后，他自知有些失态，知道一股莫名的嫉妒心在作祟，这是职业情报人员最忌讳的行为，他原来的工作铁律就是，宁可失去生命，也不能失去冷静。可是自从碰到白玉兰后，他已经数次失态，为了那个窗外一直在忙碌的年轻人，想想就有点儿可笑。但一想到白玉兰几乎天天抬眼便能看着这个所谓的爱人，心中便涌出难以遏制的愤怒，但他还是平复了受挫的心情说：“除非有十分的把握，我知道他的名气很大。”

其实，白玉兰和柳原已经不自觉投入到心心相印的恋爱之中，虽然她的内心时常陷入矛盾的撕扯，但一点儿也没有减弱对柳原的爱。她拷问过自己的灵魂：如果将自己的信仰与柳原比较的话，她会选择哪个？答案令她很恐惧，就如同时时要面对两个不同的自我，她感到不知所措。

柳原告诉她，柳家原是靠贩盐发的财，然后举家搬到宁波，他的父亲曾是当地有名的柳三爷，他小时候最清晰的记忆就是骑在家里女仆桂姐柔软的脖颈上，她的头发一向梳得油亮，散发着持久的桂花的香气，他身子骄傲地向后仰着，享受着摇晃中迷幻的美感。

柳原的母亲来自一个大户人家，外公曾经在宁波做过当地女中的校长。一个男人在那个时代里，如果能够成为一个女子中学的校长，道德和学识都要求极高，必须是一个公认的名副其实的绅士。柳原自然也受益于这种基因，基因对一个人可能是决定性的，没有人无缘无故成为一个艺术家或是商人的。

他的外公曾经留下来一栋阔绰的宅子，原来是一个正规的剧场，后来改成电影院了。在他懂事的时候，那是一个独立完整的四合院，中间的过道很宽，成为小孩们的玩耍之所，他在过道上练习骑自行车，铃声清脆，车轮闪闪，清风习习，无比惬意。

院子里有舞台，还有一间排练房。拉道具的卡车开进开出，他就站在一旁看着他们卸车、布置舞台、演出，剧团里的好些演员都住在这里，他随时都能够看到戏院里的男男女女，在身边，在舞台上，尤其是那些妖娆漂亮的女子——演戏的女人是不一样的，这种记忆难以忘怀。

有时他会跑到舞台后面偷偷看她们排练，看她们练功，看她们彩排，看她们演出，红红绿绿的，讲究的就是热闹欢乐。虚幻的舞台上，总是上演着一个与现实完全不同的世界。他的几个姨妈都住在那里，院子里还有葡萄架，葡萄成熟后可以随时采摘。

柳三算是个大人物，家里给他捐了个官职，他娶了两房标致的老婆，小老婆还是个唱戏的。人人都说柳三的福气好，两个老婆和谐地生活在一起。柳原的母亲生了三个孩子，小老婆生了两个，他是唯一的男孩，自然最为得宠，他的姐姐妹妹个个长得如花似玉，他们一家人经常在院子里摆着大桌子，一堆人围着吃饭，外人若是看见，肯定觉得这场景赏心悦目。

柳原的母亲人长得很出众，读书时是学校的校花。她日常的生活一向比较讲究，即使后来柳家破败了，她也不失个人的品位，很显然受到大家族的影响很深。她床头永远摆两样东西，一个是书，再就是精美的点心盒，盒里面总是装着各种各样的零食。她总是想方设法把生活搞得精致一点儿，比如做菜，味道尽量做得可口，样式必须精致好看。

院子里偶尔还能听到黑胶木唱片传来动听的旋律。于是乎，柳原少年时代耳畔总响着飘飘悠悠的音乐，眼前是妖娆美丽女人的身影，美好得入了骨头。

白玉兰曾经嫉妒地说："怪不得你对女人一向是傲慢的，原来是那个时候见得多了，打的好底子。”

柳三爷有名不在于他能承继家业，而在于他嗜赌如命，不但很快把家输得一败涂地，而且断无复原的可能。他一生之中最后一次酣畅淋漓的赌局中，居然把小姨子输在牌桌上，更为荒唐的是，那个女人肚子里还怀着他的骨肉，这成了宁波当地最大的笑话，家算败得彻彻底底的。

之后，柳家在当地算是销声匿迹了，靠着亲友的救济苟延残喘。而正是在这个时候，宁波遭受了日本的细菌战。当说到关键处，柳原就会浑身颤抖，闭口不言所发生的事情，白玉兰能够感觉到他所经受的残酷。

她曾经听陆远方讲过，当时日军以浙赣沿线的各城市为攻击目标，飞机在市中心低空飞行，撒下跳蚤、小麦和玉米，代号为“木作战”，受感染的人会发烧，淋巴肿大，失去知觉，一滴水也喝不进去，不久腋下也出现肿块。细菌是日本人从人体实验对象剧毒血液里培养出来的。1644部队强征了“圣心医院”，命名为“华中防疫给水部队”，有1500名工作人员，300名微生物研究人员，有200个细菌培养器，把100个俘虏关在金属笼子里，将细菌注入他们身体，再设法取走他们全身的血，用来培养细菌，这种俘虏血液培植的细菌毒性加倍。

当年防治的方法就是划出绝对封锁区与警戒区，由军警担任警戒，强行接种疫苗，喷洒DDT、石灰粉和升汞水。雇用工程队以木棒、绳索将疫区围绕，警察局对房屋进行加封，禁止出入，对逃跑者进行搜索，建筑围墙，挖沟，并对所有的建筑进行焚烧，若有逃跑者立即枪杀。

柳原激愤地对她说："我是一个病毒没有杀死的人，我见到过真正的地狱。那些日本人戴着防毒面具把染病的百姓押到一片树林里现场解剖。我最想做的就是告诉世人，那几千人是怎么死的，我就是亡魂的代言人，这里有我所有的亲人。这是一个腐朽的国家，就像是染上各种病毒，每天晚上我都会想起那些狰狞碎裂的脸，我的每一个亲人，还有身边的同胞，他们全都是无辜善良的。我只是一个医生，我发誓，我要用一生救治相同数量的生命。我没有那么大的能力去救治国家，我能做的就是救人，这也是为了告慰我的亲人。"

"你会的，"白玉兰脸上带着潮水一样的红，紧握住他的手说，"你活过来就是幸运，也是我的幸运，你会成为伟大的医生，忘记过去吧，我一点儿也不想你再陷入那段血腥的记忆中，因为你有了我。"

那天就在京西的右山，算是他们第一次真正意义上的约会。他们坐在一条清澈的溪水边，柳原久久凝视着她，一刻也不想她离开自己的视线。他亲吻了她，她肉色的嘴唇是湿润的，泛着诱惑的光泽，他的吻令她晕眩，如同不真实的梦。他不希望她对他之外的男人也产生同样的吸引力，因为她刚来陆军医院不久，就制造了一个旋涡，让这座一向阴郁的医院有了闪烁的光芒。他做了一个她此生不会忘记的举动：他弯下身子，有些笨拙地脱下她的皮鞋和袜子，用清亮的溪水给她洗脚，做得那么自然，又那么虔诚，像是完成一个他们之间重要的仪式，然后再给她穿好鞋和袜子。

"你的脚，你的每个部分都像是艺术品，"柳原叹道，"不过，从此以后你归属于我了。”还是那种舍我其谁的腔调。

这个过程是那么自然，白玉兰都是迷迷糊糊的，痴醉着，她整个人已经完全被俘虏了，他再大胆的举动她都会心甘情愿的。当自己的脚被他捧在手心时，她内心呻吟一声，他身上每一道光线、每一句话语，都让她融化了，她从此不再是一个完整的人，她的血肉和灵魂都已附在眼前这个男人的身体里，再也不可能分隔一丝一毫了。

“柳原，你是我的了，”她颤抖地回应道，“谁也不能抢走。”

他一遍遍地抚摸着她的脸和头发，用低沉而坚定的声调说：“我是你的，永远也不改变。”她挣扎出他强有力的怀抱，拉着他的手问：“我总害怕有一天你会离开我，沈小姐不会放过你的。”柳原重又把她拉回自己的怀抱说：“你这个傻瓜，我向来就是自由的，一百个沈玉婉也抵不上你的一个脚指头，只有遇见你以后才不再自由，我甚至已经忘记了自由。”

白玉兰仰着脸，迷恋地嗅着他的气味，看着他亮晶晶的眼睛说：“眼看国民党就要垮台了，我们该如何选择？马上将会有一个新社会出现。”

柳原道：“我只不过是一个搞研究的，对什么党和主义没有兴趣，但我想，任何社会都需要医生。”面对她的凝视，他的声音降低了。她的眼睛是火热的，那样坚定，像殉道者，就像他熟悉的克劳德夫妇，大概有信仰的人眼里是有光的，他似乎体会到她话语中的含义。

这一点她是清醒的，她对待柳原的爱情如同对待信仰一样，她一定要拯救他，她相信爱情有着难以言传的力量。她知道他心里还有阳光尚未照到的地方，他向她说过，天天面对细菌和死亡，人的心肠会不知不觉地硬起来，会觉得这个残酷的世界不值得那么尊重。她发誓要清洁这一切，她要抚平他内心难以磨灭的创伤，她不知道哪里来的这么强大的力量，就是搬走一座山她也能做到。

她用一根手指划弄着他刮得光滑的下巴说：“假如我是一个共产党，你会答应跟从我、和我一起同生共死吗？”

柳原看着她光洁如天使一样的面孔，感觉她的每一滴流动的血都是高贵的，没有一丝污迹，他冷静地沉吟道：“就是你带着我上刀山下火海，我也没有一丝犹豫的，因为我接近最残酷的死亡，只有从你身上感到了复活。我曾理智地怀疑一切，唯独不怀疑对你的爱。所以，我是你可以任意呼来喝去的奴隶。”

“白色玉兰”计划一直进展顺利，余非凡教授接到陆远方的信后，还专门找到了柳原，询问他的意见。他哪里知道，从虾子院长、白玉兰到柳原，都是这一计划的成员，柳原掩饰不住心中的喜悦说：“老师，我们从来无党无派，受够了政治黑暗，一心只知为国民做事，再说，老蒋那弹丸之地必然不保，陆校长又写信表达了中共对老师的诚意，我当然同意陪老师留下来。”那余非凡原就没有半点随蒋赴台的意愿，于是放心地说：“我更担心的是你，沈家一心要招你为婿，你若如此说，我就放心了。”

而让他们根本想不到的是，暗中一直有一双眼睛盯着他们的一举一动，只要一瞬间就能让他们所有的努力都化为泡影，所有的参与者都被一网打尽，这所有的一切都来自一个女人的嫉妒。

沈玉婉把国共争夺学人当作政治笑话来看，谁夺取江山与她又有什么关系，她在乎的是自己活着的时候，能得到自己所爱的人。

也许同样是爱得昏了头，白玉兰把马青山提供给她的紧急避险之地——棋盘街13号当成她和柳原的约会之地。在陆军总医院那个地方，到处都是耳目。他们都尽可能地小心，而且约会的次数很少、时间很短，但是这已经违反组织严格的纪律了。

每一次白玉兰与柳原约会，沈玉婉人就站在楼下，看着他们一前一后走进去，那间屋子一直是黑的。她看着路灯之下茂盛的植物，风吹过唰唰作响，灯光不断刺伤她的心，她想象着他们亲热时的情景，这简直要了她的命，但她还是咬牙忍着，每当嫉妒发作时，她的无名指总是痛的。

只要这个女人的阴魂不散，她就断不了心痛。在爱的这场战争中，她唯一可以相信的就是时间，她要利用他们的身份，把他绑到台湾，哪怕她争夺到手的只是一具尸体，她比屋子里的女人更懂得男人，她才是真正地为爱情而活。这世界再变化无情，与她也没有半分干系。过去她周旋在各色男人之间，得宠而不失分寸，那是她的策略，所以所有追逐过她的男人都说她有着天使一样的面孔，却有着恶魔一样的心肠。

这个时候，她一直等待一个恰当的时机，一个让那个女人抱憾终身的时机。这一方面，她自认为比任何人都有头脑。

就在马青山已经设计好第二天中途截留“抢救学人”计划中的重要人物的行动计划时，沈玉婉晚上来到了陆军总医院柳原的住处，原本这是余非凡和柳原合住的临时寓所，余非凡当天去了上海——这也是沈玉婉精心安排的。

看见沈玉婉推门而入，柳原有些吃惊，门是锁着的，她居然拿到了钥匙，他正在写一份实验报告，于是下意识地问道：“你是怎么进来的？”

沈玉婉倚着门笑道：“在京西还没有我办不到的事。我今天是专门向你来道别的，明天我们一家人就要坐飞机走了，你难道不知道？没有你的送别，我会感到遗憾的。这么看来，你真的对我很绝情，就让我一个人孤零零地走了。”

自从与白玉兰热恋后，柳原的确从心里把沈玉婉抹去了，但他并不讨厌她，他还是像以往一样礼貌地说：“抱歉，我并不知道你明天就离开，还是感谢你为我做的一切，而我只能祝福你。”

沈玉婉依然含着笑意道：“你从来就不是成功的撒谎者，你们自认为聪明的小把戏能瞒住所有的人，别忘了，至少这一刻，京西还是国民党的天下。”

“我不明白你在说什么。”柳原心里有些慌张起来，他此刻想到的是她会对白玉兰做些什么，她一直居住在吴玉章的家里，他们的行踪显然已经败露了。

“你是不是在担心那个女人？她不过就是一个假装可爱纯洁的共产党的情报员。”沈玉婉的声音是那么的冷静而尖锐，她的牙齿绕过白玉兰的名字。柳原吃了一惊，他实在太小看这个女人了。这个时候，沈玉婉从怀中掏出一只金灿灿的怀表来，然后说："恐怕只有我才知道今天是你的生日，这是我送给你的礼物，这代表你和我今后就要同属同一时间里，而不是和那个共党分子。"

柳原内心涌出说不出的复杂情绪，这分明是她孤注一掷的要挟，而且是蓄谋已久、成竹在胸的要挟，他皱着眉头有些厌恶地看着她说："感谢你还记得我的生日，但我的生日只属于一个女人。我想知道，你对她想做什么？或者是我们。"

沈玉婉将怀表捏在手里，清脆的皮靴声在地板上响起，然后她停下脚步，凝视着柳原说："国民党还没有无能到不堪的地步，别忘了我是干什么的，只要我想了解的没有得不到的，马青山、你的恩师、吴玉章、吴燕如、虾子，他们的命现在都放在你的手里了。我倒希望看着那个女人脑袋开花，宪兵队就在棋盘路一带等候着——你们的甜蜜之地。你原来是一个纯粹的医生，不适合搞什么政治，就是因为那个女人，你还真相信共产党笼络人心的那一套。我不想你身沾一点点血腥，除非你立刻与他们断绝来往。我只要你，不要试探我的决心，你根本没有时间了，也别给我提你愚蠢的信仰了，我读书再少，也知道不管谁上台，都是一样的历史把戏，我们都是无足轻重的，只能活自己。我比你看女人看得透彻，那个女人自认为在拯救国家，为她的组织卖命。而我沈玉婉只肯为你卖命，这个世界没有人比我更爱你。"

柳原惊出了一身冷汗，知道她所言非虚，而且什么疯狂的事都能做出来，生死就在这只崭新怀表的嘀嗒声中摇摆。他试图软化她说："我不明白你为什么要做出这么残忍的事来。”

沈玉婉叹道：“是的，我本来不想逼你，但是我已经没有第二条路可以选择，我宁愿没有爱上你，谁是共产党又与我何干？但我无法忍受离开你，所以他们都是我的仇人。只要我还在这个世界上，我发誓绝不会让你落到她的手上。如果半个时辰内我不打电话，他们就会一个也不剩地被抓，而且不出两天就会被枪毙。《戡乱时期危害国家紧急治罪条例》你不会不知道，何况马青山是堂堂中共华中区的特委。过了今夜，在这个世界上也再不会存在一个叫作南蓓蓓的女人，不，她叫白玉兰！这是一桩合算的交易，至少我还能饶她一条命。”

沈玉婉思路清晰，每一个步骤每一句话都在她的脑子里反反复复计算过，不能有丝毫差池，她就是要万无一失地把他抢过来，她忍受着柳原眼神中的不屑，她像冰一样冷静。她的眼睛是红的，哪怕是伤害他一点儿，她的心还是痛的。她此时就像一头受伤的母兽，她知道他并不爱她，所以才做出如此绝望到极点的举动。

“愚蠢！恶毒！”柳原抑制不住地喊道，内心充满同她一样绝望的焦灼，他知道突如其来的变故已经不可逆转了，就如同当年他的家人在隔离区被烈火焚烧的情景，他听见火焰中的惨叫，但他无能为力。“我绝不会饶恕你的！”他怒吼道。

“随便你了。”沈玉婉抱着胳膊，收缩着自己，突出的胸部一起一伏，她冷冷地说，“我们跟着国民党跑了，所有的人过不了多久，还不是各过各的日子。你在哪里都是医学专家，我对这个世界悲观，不是因为改朝换代，而是因为在你那里看不见爱。但没关系，我还有耐心，如果台湾待不下去了，我们还可以去美国、去英国，医学没有国界。再说，还有我的父母，他们有一大堆外国朋友。应该说，这个灾难是那个女人一手造成的，就怨不得我这么狠心了。国民党并没有亏待你，你已经是中央生物制品检定所的专员，也是列入‘抢救学人’计划名单的人。我讨厌他们是因为我们无法再过上平静的生活。像你出现在我生活中一样，原本我可以轻松自在地活着，你一来，就全乱了。我对所有男人的不屑换来的却是你对我的不屑。”

柳原几乎没有打断她的话，他的镇静令她吃惊，这是一个用什么材料铸造出来的肉体，难以想象，他的脸上没有半点儿乞求的神情，倒显出了她的惊慌、她的软弱、她的愤怒，以及令人作呕的恶毒，就像是一个惯坏了的孩子。她忘记了，他是天天进入死亡区的传染病医生，是从一堆亡灵中爬出来的。

这时，屋顶上响着沉闷的雷声，屋子里潮腻腻的。她有点儿醉醺醺的，身上带着浓烈的酒味，还有她冲动的肉体，她想扑进他的怀里，还是被他礼貌地推开了。

她变得口吃，浑身却燥热起来。她怕自己的意志被他轻易地摧毁。她没想到，痴迷一个人会令自己变得如此柔弱不堪，就像他的手术台上被剥得精光的肉体，任由他摆布。

他从口袋摸出纸烟，用火柴点着，淡淡地吸着，她还从来没有看过他吸烟的样子，还是那么迷人，一缕缕的烟缠裹着她，令她窒息。他只是静静地问了她一句：“这一切都是真的？”

于是她口齿不清地把追踪吴玉章、吴燕如，直到找到马青山的行迹的过程全部交代出来，当然，这一切并不需要她亲自出马，以她在国防部及宪兵司令部的关系，尤其是那些被她迷得神魂颠倒的男人，只要她略施手腕，就能全部得到，而且她特意选择今天向他摊牌。

真的是天衣无缝的报复和绑架。明天上午10点，他们将坐在一起飞往台湾。柳原是余非凡的高足，对沈济生也算是有一个交代。

桌子上摆着极具象征意义的怀表和她随身携带的一把勃朗宁手枪。

查到白玉兰的底细是何等困难的事，但沈玉婉见到白玉兰的第一眼，就知道她是不同于自己的异类，女人的直觉是准确的，尤其是陷入恋爱中的女人的嫉妒会把她们变成这个世界上最灵敏的生物。

“我可以向你保证，只要你跟着我去台湾。我会把知晓的一切都烂在肚子里的，从此和京西的一切再无关系。”沈玉婉发誓道，“我保证你的组织不但安全，而且能得到那个你们梦寐以求的专家，最主要是那个女人会毫发无损地活着，不过和我们再没什么关系，这一下你总该满意了吧。”

这的确很公平，柳原多少有些安心了：“但我怎么相信你说的是真的？”

真是一个愚蠢的男人，沈玉婉心里愤愤地咒骂着，但她还是笑道：“除了相信我说的话，你还有别的选择吗？否则你就权当我说的都是废话。”说罢转身准备离开。

柳原伸手一把抓住了她说：“我同意。不过，我有一点不明白，你做这一切就为了让一个不爱你的男人和你去台湾？”

沈玉婉伸手轻轻地抚摸着柳原的下巴说：“你总算是聪明起来了，

所以我也是有条件的，你到了台湾必须和我结婚。”

柳原的心如刀割一般，那种生离死别的感觉再次涌上心头，他带着乞求的口吻问：“我能否和她见上一面？”沈玉婉摇摇头道：“对不起，这是我唯一的条件，相信我，她离开你，也会有新的男人的，这种折磨是短暂的，而我只有你。我不指望你能爱上我，得到你我就满足了。”

他知道面前这个已经丧心病狂的女人什么事都干得出来，于是他咬着牙说：“我还有最后一个条件，那就是从今天算起，五年为期限，我答应娶你。”

没想到沈玉婉痛快地答应道：“这个条件很无理，但我知道你是个君子，只要你跟我一起去了台湾，我同意，谁让我这么下贱地爱上你。而且我会托人把发生的一切都告诉那个女人，希望你们五年之内能够重逢。不过，今天晚上你得睡在宪兵队了，他们会在上飞机前完好无缺地把你交到我手里。”

当宪兵队把柳原押送到机场，沈玉婉总算松了一口气。柳原的表情是冷静的，沈玉婉并不感到意外：他的爱人逃脱了劫难，活着胜过一切，他的付出是值得的。她上前挽着他的手臂低声说：“你所有的条件我都做到了，现在是你兑现承诺的时间了。你的爱人捎话给你说，她会在京西一直等着你呢。我想，我的耐心一定会战胜她的。”柳原松开她的手臂说：“有些事你根本不明白的。”沈玉婉答道：“同样，有些事你永远也是不明白的，比如你虽然不情愿，还是跟我上了飞机，一个晚上发生这样的转变你会预想到吗？”

到了台湾，根本不是想象中的阳光、白云、沙滩，到处弥漫着紧张的空气，犹如夏季的桑拿天，温度并不太高，湿度却很大，天穹俨然一个蒸笼，人们张嘴，气喘，伸出舌头，一副苟延残喘的嘴脸。沈老爷子每天回家都阴着个脸，很少有云开雾散的日子。

到了台湾的沈玉婉依然有着神通广大的交际手腕，把柳原安排到了台湾大学医学院流行病研究所。她告诉柳原，他其实是身处险境，她所做的一切都是为了保护他。柳原不相信有这么严重，他得知吴玉章也到了台湾，几次想去找吴玉章，都被沈玉婉断然拦下了，说他这样做，会危及沈家一家人的安全，他才作罢。

直到吴玉章出了事，柳原才深切感到了害怕。

沈玉婉对柳原说：“你只管做你的医学研究就好了，我发誓，只要我还活着，谁也不能动你一根手指头，因为你的命只属于我。”

第十章

从和白云霓恋爱到结婚，雷学武都是以职务称呼白玉兰，白玉兰对雷学武则是直呼其名，两人之间总处于一种微妙的关系之中。

白玉兰曾经两次否决了雷学武担任医院医务部主任的提议，理由是医院可以担任医务部主任的人选多如牛毛，但临床开刀做肝移植的专家非雷学武莫属，这方面的手术离不开他。而且，白玉兰特意告诫过雷学武，先放弃急于当官的想法，老老实实在移植外科手术室开几年刀再说，别浪费天赋。事后，雷学武对白云霓语带讽刺地说："你妈对谁也不放心，对自己人也绝不手软啊。"

其实，白玉兰毫不隐瞒对雷学武的不满，说他富有心机，野心膨胀，关键时候一定要栽跟头的，人应该有上进心，但绝不应该有野心，否则会不择手段的。有一次白玉兰对白云霓说："他就是一个官迷。你见过色鬼的模样吗？官迷觊觎官位时猴急的样子，七上八下的不安，举棋不定的纠结，坐卧不定的焦灼，就像色鬼瞧见美女依着一位体健如牛的汉子，既想夺过那活色生香的小鸟，又怕壮汉的铁拳。雷学武表面上谦逊，但骨子里就是不安分，他的眼珠常泛着血丝。那不是肝火，而是内心蹿出来的强烈欲望，我必须压一压他，搞技术他还算上道。"而白云霓更关心的是雷学武对女人的欲望，也许权力让他更加放纵，人的本性是难以改变的。

雷学武估摸着如果翻不出白玉兰的手心，一辈子怕是要栽在京西医院这个病毒窝子里，他有点儿腻烦了。京西医院虽然是国内一流的传染病专科医院，主治三十九种法定传染病，但权威的病种还是肝病，患者绝大部分来自老少边穷地区，大多都是社会底层的平民百姓。偶尔有领导或富豪有了肝病，还害怕走漏了风声，于是，东躲西藏寻觅一家妥帖的综合医院，而后再邀请京西的专家秘密会诊。因此，京西的大夫普遍不如综合医院的路子野，省市卫生系统的官员很少来自京西医院，从这里想混出头是件艰难的事。

雷学武仿佛站在一条形似羊肠的路上，放眼望去，前方一目了然，平平淡淡，无数前辈像他一样是身着白大褂，手里拿着手术刀，从开始挺拔威猛的形象，逐步萎缩软弱下去，直至趋于佝偻蹒跚，有气无力的手再也握不住那把握了一辈子的手术刀，最终刀落在地，人也应声倒下，集聚成一个黑点，结果连黑点也慢慢褪色，从视线里暗淡消失。每想到这里，雷学武的身体便会颤抖一次，心想，这是一条毫无疑问的死路，必须及早寻找新的出口。可是，白玉兰仿佛把他盯死了，他只有循规蹈矩地挨下去，还不知什么时候是头。

偏偏这个时候又出了一档差点毁掉他前程的事，雷学武不由得自叹，这一生算是真的要毁在女人之手了，怎么也绕不开。

一个朋友偷偷地托他给自己的一个亲属动了手术，病比较私密，是一个患肛裂的女孩子，而且想省点费用。患者名叫李雪花。他很少接这类鬼鬼祟祟的事，虽然算不上什么大事，但他也是行内有名的外科大夫，一般的手术他连眼皮都不抬一下。但经不起朋友一再恳求，再加上那个李雪花当时楚楚可怜的样子，视他为挽救自己的上帝，他便痛快地答应了。当然，手术进行得相当顺利，做完后他也就置之脑后了，算是交代过去了。他每天安排的手术应接不暇。

那是一个非常燥热的下午，雷学武接到了白玉兰打来的电话，让他去一趟院长办公室。在走向机关办公楼的甬道上，雷学武心里七上八下的，老太太很少召见他，听她的口气就有一种不祥的预感。每次如果她正式找他，准是要他命的事，他的直觉是不会差的。于是怀着忐忑不安的心，雷学武硬着头皮敲响了院长办公室的门，敲门的手不自觉地颤抖，直到老太太声音响起，他的心脏差点被震碎了，他试图从她的声音辨识出究竟发生了什么。

屋子还是那么幽静，仿佛京西医院所有的嘈杂，到这里都过滤成了一片清静。老太太伏在办公桌上一笔一画地批着文件，目光从垂下的眼镜上方扫了他一眼，雷学武立时觉得寒毛倒竖。她示意他坐下，然后随手从桌上拿起一个信封向前推了推，轻拍了一下桌子说："还是你自己看吧。"然后不动声色地继续批文件。

雷学武的脑子嗡嗡直响，他躬身上前伸手拿过信封。信封上写着"院长亲收"的字样，打开已经被剪开的信封时，雷学武心狂跳着，一看便知是一封举报信。他回想着自己最近的行为，想不出有什么不妥当的地方。直到看到信的内容，他才猛然一惊。

举 报 信

尊敬的院长：

我叫李雪花，我要举报京西医院外科主任医师雷学武在给我治疗肛裂过程中，利用医生身份伺机对我进行性侵害的事实。

今年5月23日，我因肛裂，大便疼痛，托人找到外科大夫雷学武，向他简单陈述病情后，他在综合门诊二层手术室让我采取截石位为我检查肛门部位。检查完毕后，雷主任向我简单介绍病情，让我第二天进行扩肛术治疗。在这一检查过程中，雷主任用纱布擦拭阴道口及肛门，虽然我感觉有点儿不舒服，但他平时的口碑和形象高高大大的，也就认为他可能是无意识的。于是，遵照医嘱喝药、排便，以便于第二天治疗。

在第二天治疗过程中。雷学武大夫的行为变本加厉，多次触碰我的外阴及阴道口，特别是在麻醉肛门十二点方位时，他用注射针点扎会阴部。我说疼，他就将手指伸入阴道口，然后在皮肤上注射，同时跟旁边的护士说这样可以缓解病人疼痛；更为可耻的是在扩肛手术过程中，他还将手指放入阴道深处进行抠摸，并且在整个手术过程中从未铺消毒巾。

在手术结束后，雷大夫用纱布从我的阴阜开始擦拭直到肛门，包括大阴唇、小阴唇及阴道口，在整个手术中，他一直和我很近距离地说无关紧要的话，甚至快要趴到我的身上。上述行为严重违反医疗技术操作规范，有损于医院医德医风建设，使我本人的身心遭到严重的创伤，严重影响我的工作和学习。请求院长对此事进行彻查，还我公道，也为中国医疗体系铲除毒瘤。最后声明一点，我与雷大夫以前互不认识，无任何关系，无任何恩怨。

举报人　李雪花

每个字都像一颗子弹击中他，雷学武前前后后把事情想了几遍，然后咒骂起来，甚至内心在狂笑，这算什么事呢？他怀疑是有人设的局——用词这么专业，一个小丫头懂个屁，真是人心叵测。所有的文字再清楚不过了，没有不透风的墙，他相信，院里的人此时正在不怀好意议论着这件事，等着看笑话，他开始痛恨这里的每一个人，包括像审判官一样坐在他面前的老太太，她此时居然纹丝不动地还在批示那一摞材料。

眼前举报信上的文字张牙舞爪起来，扭曲成一张张似曾相识的嘴脸，冷言、热讽、狂笑，七嘴八舌的。终于老太太抬起头来，平静地说："自己的屁股自己擦干净，回去好好想想怎么回事。"

雷学武理直气壮地说："这件事我保证是干净的，我不能下作到这个程度吧。"老太太目光锐利地盯着他说："干净不干净，不是你说的。我说了也不算，有人会调查的。"

就在雷学武折身走出白玉兰办公室的时候，与院办的辛主任差点儿撞了个满怀，辛主任话里有话地笑道："哟！雷大主任真少见啊。"如若放在平日，雷学武断不会让这挤眉弄眼的女人占了上风，此刻只能忍气吞声扬长而去。

果不其然，京西医院的相关领导都收到了李雪花的举报信，简直是一剑封喉的招数，除了自己人，谁会干出来？这一天，接到举报信的人猫在办公室里，反复研读举报信原文，而后眯起眼睛，在脑海里再现当时手术的情景，想象李雪花截石位时的样子，京西医院已经好久没有这样刺激人神经的事件了。他们抑制不住兴奋，开始相互串门，后来几个人干脆集合在院办接待室里，像讨论学术问题一样研究起来。

大家扯了一阵闲淡，总觉得事出有因，但不好再研究下去，如果涉及老太太的家事，那玩笑就开大了。

一时间，在京西人的眼里，雷学武性侵李雪花如铁板上钉钉，当事人实名叙述，自然无须再去花费力气考证。但就是想不通在京西这个美女窝子里，雷学武会采用如此下作的方式，他又没有什么邪恶的性癖好，何况身边有白云霓这等美人，会干出如此匪夷所思的事来，逻辑上根本不成立。

在这件事情上，院办辛主任异常兴奋，她自认为找到让白家颜面扫地的机会了。三年前，她至死都不能忘记，就在她距离医务部主任一步之遥的时刻。白玉兰当时的一句话让她所有的苦心经营化为了泡影。消息是市卫生局一位领导亲口告诉她的，说是在卫生局来京西医院考核谈话的时候，白老太太把辛主任先是夸赞了一番。卫生局的领导以为她想全力推荐，顺口问了一句：“看来她早就是您心目中的合适人选了？”白老太太摆了摆手说：“我只是客观说说，还得你们评定，不过这小辛也是有缺点的，有些意见反映到我这里，我也要如实报告，你们衡量一下。”那位女领导立刻变得敏感起来，白玉兰道：“我一向是个要求比较苛刻的人，有人说她在与院里的某些领导交往上少了尺度。”

随即那位女领导和白玉兰低声到一侧交谈着什么，旁边人的眼睛都落在那位女领导的脸上，很快那位女领导沉思了一会儿，在会议上表了态：“任用干部要以德为先嘛，政治上绝不能含糊，我们这些老太婆让人讨厌的一点就是，眼睛里揉不进沙子。”

其结果可想而知，竞争医务部主任败北，无疑是对辛主任致命的一击，她为此休病假一个月，天天盯视着天花板，各色领导的嘴脸逐一浮现在眼前。作为院办主任，她需要与每个领导协调周旋，天南地北，来来往往，哪一位都是她的主子，都得小心万分。别以为那些领导比群众素质高，官越大心胸一定越宽阔，根本不是那么回事。

刚来院办工作的时候，辛主任还是心思纯真、品性无可挑剔的人，但几年下来，像她自己所言，“扔在一个脏水桶里”。她的心里变得杂草丛生，她不再冲动直爽，而且言行异常稳妥，一副心机重重的派头。

她先前与领导称兄道弟，声颤音软，对方在她心目里的形象的确如兄如父。到如今，她撞见谁都当亲人一样招呼，但内心却是空洞苍白的，找不出丝毫尊敬。其实，在她的眼里，围绕在身边的领导都有一个恶毒的名字：王八蛋！所区别的不过是嘴脸各异，手段花样不一而已。

在辛主任的心里，白玉兰这种境界的人是不可能再有的，绝对不是自己仿效的对象。因此，白玉兰偶尔对她的叮嘱和提醒，她并没有放在心上，她下定决心蹚出一条与白玉兰不一样的道路，于是，辛主任穿梭于各色领导之间，周旋其中，并领悟了其中之道。

但她还是有底线的人，可以逢场作戏，但决不能委身于人。让圈子里的男人如行星一般围着她公转，等距离，同心圆，若即若离，这需要很好的分寸感。她的酒量出奇地好，仿佛是上天赐予她的特长，于是在无数次的杯觥交错中，男人纷纷醉倒在她的石榴裙下。再者她的记忆力超群，凡是领导的喜好、个性和底细，她全了然于心，总能说到对方心里，天长日久，在圈子里，但凡提起辛主任，男人感叹之余，内心总有丝丝遗憾：无人能上得这女人身。偏有人不服，一次把醉意沉沉的辛主任弄到床上，正待动手动脚，不料床边的手机铃响起，居然是来自妻子的电话，那男人霎时滚落马下，可见辛主任算计之准。据小道消息，那好事者正是京西医院二号人物林副院长。

那林副院长也是有来头的，是白玉兰花心思从外省某知名医院挖来的免疫学专家，在英国留过学，当时刚满四十岁，年富力强。起初，白玉兰四处游说，并且宣称公开引进林副院长是出于战略考虑，于是，京西人风传林副院长是来接班的。就连林副院长本人也摆出了接班人的架势，轰轰烈烈地实施着他的改革方案。时间一长，林副院长就听不到下文了，白老太太的言谈举止中丝毫看不出退休的迹象。林副院长搞不清老太太的真实心意，莫非只是向上级做一个姿态而已？

某日，林副院长正巧碰到白玉兰上楼梯，听她发出一阵剧烈的咳嗽声，于是快步上前扶住，脱口而出：“白老当心身体啊，您该回家好好休息了，犯不着这样拼命。”白玉兰随后推开了林副院长的手臂，冷笑着道：“我知道自己该什么时候休息，不需要别人提醒，你也不用太着急了。”老太太拂袖而去，留下林副院长定在那里，发了一会儿呆，似乎领悟到了什么。自此，老太太有意冷淡林副院长，又把接班人的事高高地悬起来了。

没人能摸透白老太太的心思，一会儿高深莫测，一会儿又像孩子一样任性，她甚至在一个公开场合上说：“别听这个那个说什么接班人，那是混账话，我们都是党的人，京西医院又不是我白玉兰的独立王国。”于是有人干脆预言，以白玉兰长期在京西经营的势力，可以断定，林副院长过于明显的接班行为已经触犯到了她的底线。

林副院长本想找白老太太表明心迹，等到了院长办公室，白玉兰示意他坐下，随即给一个部门打电话，那老太太声音不大，却每一个字大有深意，像是对他的训诫。林副院长顿感凉气袭身，也大彻大悟，等老太太打完电话，两个人不闲不淡扯了几句业务上的事。林副院长起身回自己的办公室了。自此，他整个人变了，原来那意气风发的林副院长变得没落消沉，再后来干脆玩世不恭起来，让所有人感到不可思议。

起初，林副院长对酒色一概拒斥，洁身自好，这在业内是众所周知的，凡是私人酒席从不参加。如今却变成一个酒徒，而且喝酒必有女人相陪，不一定拘泥于豪华场所，也不必有什么美味佳肴，就是图个快活。

在林副院长眼里，一方酒席就是一个舞台，男女都是演员，男人是逗哏，机智之中要泛着几缕不易察觉的狡黠，言语情色而不色情，动作在眼里在嘴边在心上，绝不轻易动手动脚，除非是突发不可抗拒的情况。逗哏追求的是感觉，讲究的是品位，眼里要永远有全局，心中要永远有底线，肩上要永远有身份。女人是捧哏，稳重大方的旋律中应适时出现几处情趣的变奏，在逗哏天马行空一日千里的时候，捧哏就应当是云是雾，更是气氛的底座。因此，凡是林副院长的饭局，在设计上一定是颇费工夫，首要的是主题必须鲜明，绝对不能随意搞大杂烩，把没有任何交集的一干人聚在一起，更不可半途吆五喝六，搞加筷子不加菜那种名堂。

当初为了坐上院长那把椅子，他像打了鸡血一样斗志昂扬，头发一如金龟子永远竖在脑壳上，走路脚下生风，无论是头上的屁股，还是脚下的脑袋，见了谁他都一律满脸堆笑。医院没完没了的各种会议上，别的领导或是交头接耳，或是低头翻看手机，或是如牛饮般大口喝水，而后老气横秋地踱着方步去撒尿。唯有林副院长正襟危坐，无论听懂的没听懂的一律记在本上，真的是功夫用尽。

如今，林副院长的梦想灰飞烟灭了，人却一下子轻松了许多，就像被高血压和糖尿病困扰多年的病号，突然有了正常的血压和血糖，失去的是增生和杂质，焕发的是生命与活力。不惑之年的林副院长真的不再困惑，他终于走出了那条充满矛盾与纠结的隧道，眼前豁然开朗的是一片无忧无虑的天地。其实，快乐才是生命的真谛和全部意义，就这么简单，他却为此付出了高昂的学费。今后，他决计改弦更张，怎么得劲怎么来，怎么快活怎么干，一切言谈举止皆遵从自己的内心，不许有一点儿拧巴。再说，眼下没有一丁点儿欲望的他，坚硬如一块经过淬火的钢铁，说一不二，无须看任何人的脸色。

但凡林副院长出席的饭局，他进门后并不在休息区的沙发上逗留，而是径直走到餐桌的主席位置潇洒落座，而后双手示意众人入座。在京西领导的饭局中，林副院长出席的饭局独树一帜。他明确地提出，不许一味地拼酒，太俗套，没有文化，让人误会咱们是舞枪弄棒的乌合之众。因此，林副院长饭局上的嘉宾，都不是芸芸众生，个个身怀绝技，展示的一律是众人想都不敢想的把戏。在饭局的节奏掌控上，林副院长讲究起承转合，像他查体报告单上的心电图一样，波澜壮阔，大小高潮穿插进行，每一次高潮之后，一定安排一次小憩，那就是表演绝活的开心一刻。

天长日久，林副院长的饭局在业内的影响力越来越大，逐步形成了品牌，这个圈子看似松散，却形散神不散，极具凝聚力和向心力，类似中医说的人体经络，看不见摸不着，但的确客观存在，而且是周而复始的生命循环系统。同行皆以跻身林副院长的圈子为荣耀，认为是一种身份与地位的象征。

白老太太对此嗤之以鼻，但还是不动声色忍了一段时间，然后开始在大会小会上提出警告，显然是指桑骂槐、敲山震虎。林副院长分管院办，是辛主任的直接领导，在京西医院的庭院里，林副院长四十三码的足迹走到哪里，紧密追随的一定是辛主任三十六码的脚印。按照辛主任自嘲的说法，她就是林副院长裤腰上挂着的一把钥匙，有了她，所有的门瞬间次第开放。一旦弄丢了，林副院长保不齐寸步难行，甚至连先迈哪条腿都是问题。几乎所有的饭局，林副院长都让辛主任来张罗。

来自白老太太的警告，林副院长不以为意，依然我行我素，饭局没有丝毫影响。白老太太于是直接转向辛主任，说如果林副院长是一只老虎的话，辛主任就是为虎作伥的“伥鬼”，是被老虎吃掉而变成老虎的仆役的鬼魂，品行卑劣，常引诱人使其被老虎吃掉。这话居然是当着全体医院人员说的。

当时辛主任坐在那里，表面上若无其事，心却在流血，愤怒的力量足以把牙咬断。也就是从那天那时那刻起，辛主任复仇的种子在内心阴暗的土地上疯长。可是，从白老太太身上找不到一丝破绽，如此等待下去，只怕把自己熬退休了，也寻不出一丝半缕复仇的机会。

就在辛主任心灰意冷准备偃旗息鼓的时候，雷学武的丑闻令她喜出望外，立刻有了得来全不费工夫的感受。辛主任非常明白，雷学武的丑闻还是个半成品，眼下最需要做的，就是让丑闻尽快发酵，像一口绿如宝石的痰，越恶心越有效力，而后吐在白老太太那看似毫无瑕疵的脸上，首要的是准，要精确到位，扰乱老太太的心律；第二是要狠，要有力度，像子弹一样钻进去，让老太太有痛感，如电流一样辐射到身体各个角落。

其实辛主任还有一个更深的盘算，与她的老公何宝贵有关。何宝贵与雷学武同在一个科室，任副主任，是雷学武的助手。但从资历上讲，何宝贵比雷学武早一年大学毕业，年龄也大两岁。按理说，何宝贵在技术上并不逊色于雷学武。可是，若论起别的方面，何宝贵根本无法与之相提并论。在他的眼里，酒比女人更重要，连上手术之前也要喝上几杯，据说他从小就有手颤的毛病，但只要酒到位了，手竟然一点儿都不抖了。

何宝贵还有一个毛病，酒一大了，就动手打人，不分男女，没轻没重，而且还不断爆出连串笑声，极其怪诞，甚是粗鲁。酒席中，他目无尊卑，满嘴跑火车，即使初次相识的领导，也主动勾肩搭背、称兄道弟。天长日久，圈子里但凡提起何宝贵，一定异口同声：开刀不错，别的扯淡。

结婚以来，何宝贵与无数的人交恶，辛主任尾随其后灭火，一一摆平。就是眼下这个科副主任，芝麻大的官，也是辛主任赔了多少笑才搞定的。如果按照科主任雷学武的提名，何宝贵根本不在考虑范围，原因很简单，何宝贵根本不是当助手的料。雷学武宁可找一个技术平庸一点儿但听话可靠的老实人当副主任。

之前辛主任也曾出谋划策，让何宝贵去找雷学武谈心，何宝贵的回答斩钉截铁："不当主任开刀，当主任也得开刀，在京西医院，只要提起开刀，别说雷学武，就是白老太太也要让我几分，何必为那鸟副主任热脸蹭人家冷屁股。"辛主任批评何宝贵"井底之蛙"，"满嘴就是开刀，即使把开刀做出花来，你也只是一个手艺人，基本群众。"

辛主任瞒着何宝贵找到雷学武，雷学武眯起眼睛问："你家何宝贵怎么不亲自来说？"辛主任答道："宝贵也就嘴硬，其实他心里特服气你。"雷学武道："那就让何宝贵亲自来讲讲。"辛主任从裤兜里掏出一张纸说："何宝贵的话都写在上面了。"雷学武接过纸条一看，的确是何宝贵的笔迹，横七竖八不讲规矩章法的态度，说话的口吻也是何宝贵的。雷学武把纸条还给辛主任说："这个何宝贵，还挺儿女情长的，以前小看他了。"

于是，雷学武逐一找领导活动，力荐何宝贵担任科副主任。科室主任换届聘任大会刚结束，雷学武就把何宝贵喊到办公室。雷学武说：

“既然是科室领导，就应当有个领导的样子。”何宝贵问：“领导究竟是什么样子？”雷学武答：“至少不是你现在的样子，领导不可随意妄为吧。”何宝贵把头摇得像货郎鼓似的说：“我就是我，谁也别想改了我。”雷学武不解地问：“既然如此，你为什么哭着喊着要当这个领导？”何宝贵愣了，“孙子才稀罕当领导哩，分明是你们白送给我的。”雷学武知道这事蹊跷，定是辛主任弄的鬼，便对他说：“你还是回去问你们家辛大主任吧！”

后来，辛主任还是把事情的来龙去脉说给雷学武听，就在一家叫南门宴的酒店里，辛主任专门预订了一个包间，安排妥了酒菜之后，命服务员出去，偌大的一个房间，只有辛主任与雷学武两个人。她打开了一瓶白酒，一人半斤。雷学武的眼目随辛主任的手起落，他感觉她的动作太流畅了，像她平日说话走路一样行云流水。

辛主任说那张纸条与何宝贵无关，是她模仿何宝贵的笔迹和口吻炮制的。在何宝贵的眼里，天下再没有比开刀更有意义的事了，当领导就像女人嘴里的一颗金牙，虽然光芒照人，却显多余。雷学武心里跟明镜似的，辛主任请他吃饭，就像秃子头上的虱子。因此雷学武是怀着犹豫的心情走进南门宴的，他非常警惕。当辛主任等候在酒店包间门口的时候，他居然看出眼前女人笑容里的不容易，虽然是一样的嘴脸、一样的微笑，却是以前从来没有的感觉，让他心惊肉跳。

当辛主任举起酒杯，一口干了时，他对眼前这个女人竟然有了几分敬意，甚至在内心里破口大骂：何宝贵有何德何能，消受得起眼前如此出色的女人。当辛主任掏心掏肺诉说那张纸条的真相时，雷学武一点儿也不认为这是一件多么出格的事，甚至还认定这正是辛主任值得赞叹的地方。看见眼前女人泪眼婆娑的样子，他有点儿心疼了，他甚至有了一丝自责。

何宝贵有了副主任的头衔，却依然是基本群众的做派，医生护士照样与他打成一片，他也丝毫没把自己当成领导。

雷学武对何宝贵是睁一眼闭一眼，最低标准就是井水河水相安无事。不看僧面看佛面，谁让他是辛主任的老公呢；再说，何宝贵也就一个开刀匠，从不讲政治，职业生涯的路一眼能望到尽头，说破大天，政治生命也就止步于此，根本不必花费心计与他周旋。但是，在辛主任的心里，老公何宝贵的出息绝不是一个小小的副主任。

在京西医院，如果要想干成一番风生水起的事业，大科主任是不可或缺的一个台阶。好在何宝贵已经是副主任了，距离大主任仅一步之遥，她要瞪大眼睛，让耳朵长一点儿，不放过任何与老公升迁相关的消息。

在这段时间里，白云霓做出一个大胆的举动，在母亲与雷学武越来越紧张的关系中，她夹在其中几乎喘不上气来，她必须想法改变。一个最简单的方法就是，把雷学武迅速调离京西医院，这事必须瞒着任何人，这是一个危险的举动，圈子里一点儿风吹草动就会传回京西医院，所以她找的是曾经带给她无尽屈辱的初恋情人商小平，到她这个年纪，居然不感到做这件事有什么羞耻。

商小平目前是外省卫生局身居要职的官员，早已不是曾经的那个公子哥，白云霓是通过校友同谊会找到他的。之前，商小平曾经给她打过问候的电话，电话中听得出他已经完全改头换面，话语妥帖得体，但还依然听得出他对她的愧疚和深切的思念，她毕竟是他最为欣赏和心动的女人。这次，白云霓主动打电话找到他，让他格外激动，虽然她提出的是非常现实的请求。商小平相当耐心地听完她倾诉的忧虑，然后半开玩笑地说："把你丈夫的材料发给我，我总算有一次将功补过的机会了。不过，你得想好，京西医院会不会放人，还有你的工作也得跟着一起调动。"白云霓听到这番话，心里是温热的，当那种断绝不了的爱意泛上来时，她制止住了，然后说："只要他能先调离京西医院，其他事再说不迟，这件事除了你，我不想任何人知道。还有一点我要说，大学发生的事我对你没有一丁点儿怨恨。"

没想到，事情进展得相当迅速，商小平找到一位在国内相当有影响的院士，那个院士很快给省里主管文教卫系统的副省长打了个电话，说是他正承担一项国家自然科学基金重大项目，国家投入专项资金十个亿，目前正在组建创新团队。听说京西的雷学武无论在业务上还是在学术上都是突出的人才，是符合项目条件的专家，希望省里能够给予协助。

那位副省长放下电话就开始骂娘，没想到京西医院居然雪藏这么一位国家都关注的人物，他竟然一无所知，简直是天大的笑话。副省长立刻召来秘书，也没向京西医院打招呼，就一溜烟赶过去了。在白玉兰的办公室，两个人长谈了几个小时，内容就是关于雷学武的评价及调动问题。

副省长顾及白玉兰的面子，委婉地说："白老，据我所知，雷学武几次提拔都被你否决了，关于他的院士遴选申报你也是持反对意见，我调查过，他在学术上是有成就的。是不是由于是你的女婿，你比较严格了一点儿？这次国家项目找上门来，我才知道，这样难得的人才，不就是你所说的京西医院后备重点干部吗？你应该理直气壮地用起来，举贤不避亲嘛！”

白玉兰听得一头雾水，哪里吹来这么一股风？怎么雷学武一下子被拔高到这个程度，那小子几斤几两她心里有数，学术上虽然有所建树，但还不到担当大任的程度，而且她对他的品性一直很警惕。

于是，白玉兰回答道：“京西医院多大一潭水，都在领导的眼里，我白玉兰一向是透明的。再说京西的员工中，很多是省市机关领导的老婆儿女姑爷小姨子，无论大事小情，哪怕我的一句话说不对，不出十分钟，就有人来追问。我对雷学武严格要求不差，但他也是京西的大科主任，并没有薄待过他，至少我觉得刚才对他的评价有点过了头。也可能是京西的庙小盛不下他这尊神，如果国家项目真的需要，放他去好了，京西医院从来不会限制任何人的发展。”

副省长默默地听着，白老太太一向倔强得出了名，对今天的事不但不认账，而且带着明显的火气，看来她对自己的女婿是有无法改变的成见的。于是，副省长要求亲自会见雷学武本人，白玉兰并不阻拦他，于是那两个人在学术报告厅里长谈良久。直到日落西山的时候，副省长才与雷学武出了门，虽然无人知道他们谈了什么，但看会谈时间这么长足以说明领导对雷学武欣赏有加。

没过几天，副省长就给北京那位院士慎重地回了话，说雷学武的确是出色的人才，国家项目需要他，但他更是省里稀缺的人才。北京人才济济，缺一个雷学武并没有什么，但对京西而言，完全就不一样了，根据本人的意愿，加上省里的意见，婉言谢绝院士的一番好意。又过了没几天，白玉兰接省委组织部的电话，说是就提拔雷学武进行考察，白玉兰一声不吭地听完，挂上电话后，冷笑了几声。

随即白玉兰为雷学武的提拔，召开了京西医院党委常委会，白玉兰说：“我们都是搞专业的干部，往往不问出身资历，只要学术有所造就、对医院有突出贡献的，就希望他们有更好的平台发展，有时我们会忽视政治的考察、人的品质考察，一个人的私德不要小看了。雷学武是我的女婿，我的评价总避免不了情感因素，还是你们说比较客观，不必避讳。”

常委们面面相觑，不知道老太太葫芦里卖的什么药，女婿眼见要高升，似乎她并不十分满意。林副院长头一个开腔道：“省领导站得高看得比我们远多了，全省有多少家医院又有多少专家，他能一眼相中雷学武，这不只是老雷个人的福气，更是给京西长脸面的事。再说，雷学武调任上级机关，对咱们医院也是天大的好事，有老雷在上面给咱们罩着，以后办事也比较畅快些。”

林副院长自从时不时被老太太敲打，有所收敛，自然拣老太太高兴的话说，而且他打心眼里对雷学武调任感到高兴，这样何宝贵接替主任自然是板上钉钉了。林副院长心里已经开始设计下一个饭局，主题是为何宝贵庆祝，如此这般，辛主任以后怕是对他更加忠心耿耿。虽说医院也知老太太对女婿一向不满意，但毕竟是一家人，凡是削弱白家势力的事林副院长当然高兴。

采购办公室庞主任跟着说："是啊，吃水不忘挖井人，我就不信老雷有朝一日忘了初心，毕竟他是我们京西医院的女婿。"

眼见着雷学武调任省卫生厅的事已经八九不离十了，但李雪花的举报信又一竿子把他打回原形。很快，白玉兰紧急召开常委会，一旦这事件成为社会丑闻，对京西名誉影响很大。在会上她公开说，事实一定要调查清楚，从快处理，而且公事公办，交由上级部门处理。很快医院专门调查组就形成了统一的意见。

关于对反映雷学武同志有关问题的处理意见

院领导：

今年7月底，院纪委收到李雪花的实名举报，反映外科雷学武主任在对其实施手术过程中存在性侵犯行为。经调查核实，现将有关情况报告如下：

今年5月23日，李雪花因肛裂疼痛，托人找到雷学武请求帮助治疗，雷答应为其治疗，并于第二天在其科室手术室进行了扩肛手术治疗。7月22日至8月3日，李雪花先后二次到纪检办反映雷学武在手术过程中存在性侵犯行为，给本人和家庭造成了严重伤害，要求组织严肃查处。

经查，5月24日上午，雷学武在外科手术室为李雪花实施手术，手术采取的截石位，何云、姜思清二位护士协助手术，手术进行了四十分钟，过程非常顺利，当时李雪花未提出任何异议。调查组先后咨询外科副主任李大宝和院外同行专家，一致认同手术方法正确，手术过程中触碰敏感部位属正常情况，总的看，雷学武在手术过程中不存在性侵犯行为。

分析认为，雷学武和李雪花以前互不相识，两人在认识后无任何感情纠葛，举报不属于打击报复。雷学武对李雪花的手术没有收取任何费用，手术成功，并且是牺牲周六休息时间帮忙做的手术。但从医院规定上讲，雷学武违背了两项规定：一是私自手术，没有经过组织批准，没有走医疗就诊程序，私下约定做手术，而且该手术室当时属于合作单位，缺乏安全措施，容易出现医疗事故。二是手术前跟患者没做任何沟通，按照医疗规定，在手术前应该跟患者家属沟通后签订《手术知情同意书》，少了手术前的环节，导致患者的不理解。

建议处理意见如下：

鉴于雷学武的违规行为，根据医疗管理规定，经研究，建议扣除雷学武一个月奖金，责令该同志在本科室做检查，机关派人督导。

妥否，请批示。

调查组

附在场护士证言：

5月24日，来了一位女患者要做肛裂手术，在等待雷主任来的过程中，我们准备了基本的手术用的纱布、棉签、石蜡油等，肛门手术所需器械则是雷主任自己带来的。雷主任来后开始手术，因为手术需要截石位，所以下身衣服都要脱掉。上了手术床后，患者有些紧张，我们则在一旁安慰她。

手术位置：雷主任坐在正对着手术床的凳子上，我站在雷主任右侧负责递器械，另一同事站在雷主任左侧负责调灯。

手术过程：消毒，打麻药，麻药是打在肛周，最后一个位置是打在阴道与肛门连合处，因为此处结构特殊，所以不好进针，雷主任需要把麻药打进去，因此不经意间把一只手指放进了患者阴道内大约两厘米处支撑会阴，使药能打进去，麻药打完待吸收了三到五分钟后开始扩肛。扩肛需要把手指放入肛门内，操作时不经意手指可能会接触到外阴，扩到一定程度后就可以了，然后消毒，手术结束。

何云

5月24日那天来了一位女实习护士，她先到手术室，说等雷主任来了再开始操作，我们就简单地聊了几句，听她说比较紧张。

我们准备了纱布、碘伏、石蜡油、棉签，其他东西雷主任自带。当时我负责调灯，站在雷主任的左边，何云负责传递器械站在雷主任右边，雷主任坐在中间。

在操作过程中有四点需要打麻药，有一点麻药注射部位触及阴道，站在患者立场可能感觉不好。

石蜡油润滑窥镜后，将窥镜放入肛门内察看，发现有四处肛裂部位，然后将窥镜拿出，雷主任用石蜡油润滑指头后开始扩肛。

术中主任给患者扩肛时，患者非常紧张和不好意思，当时我们安慰了患者。

姜思清

就这样，雷学武调任省卫生厅的事泡了汤，白云霓的一番心血算是白费了，好在处理上给他留了颜面。

第十一章

自从摘掉子宫后，白玉兰知道自己已经不再是一个完整的女人，她痛彻心扉的是不能为一生中最重要的两个男人留下一丝血脉，她理解了命运的强大威力，她剩下的爱情就是京西医院了。这是她的爱人所留下的，经过数次运动后，已经败落了。那些遗存的传染病学领域的精英们，死的死，散的散。她最大的野心就是恢复它昔日的辉煌，重新成为国家的骄傲。

她不相信柳原会出事，以沈家庞大的势力，再加上沈玉婉倾身相助，他们一定会给他寻到一条生路，但他的名字已经不复存在了。她自知此生的情缘已逝，从父亲白思明到余非凡，再到爱人柳原，丈夫马青山，生者与逝者，京西医院就是交付到她手里最后的使命。

她所做的第一件事，就是找到马青山曾经的一个手下。那人是京西一个粮库保管员，当他领着白玉兰打开一个隐蔽的地窖时，白玉兰简直对马青山的良苦用心充满了难以言说的感激，其中也包含尊敬和爱。那些经过特殊保护措施保留的遗物基本完好，整套的实验设备还是余非凡在中央防疫处时制造出来的，还有一部分是美国援华医学会赠送的，玻璃器皿还闪着光。她借着地窖里昏暗的灯光，取出父亲白思明和余非凡所留存的散发着霉味的传染病研究材料，分门别类，装订得整整齐齐，上面都留有两个老人的手迹。她还发现了柳原留存的控诉日本细菌战的材料，那是他匆匆去台湾未来得及带走的原始材料，包括向美国大使馆以及苏联微生物专家马索科夫提供的《1644部队对中国的细菌战真实记录》的原件，那是柳原一笔一笔写出来的，还有他手绘的建筑和活体解剖的草稿。每个物件，每一个笔迹，甚至每一个研究图表，都让她回到那个她一生最珍贵的时期，仿佛他们复活了，向她诉说着什么。她强烈地想做的一件事，就是马上建立京西医院传染病研究中心。

正式上任的白玉兰野心勃勃，表面上她淡若清水，其实她内心已经构筑了庞大的计划，马青山给她铺设的人脉关系，在她就任院长初期，发挥出难以估量的作用，从政府机构到民间组织，她只要按着他留给她的那本人员名册按图索骥就好，那是他用生命换来的。她知道，他是爱她的，同样也是一个能量巨大到可怕的人。所以，当她出其不意地上任后，一切都显得那么顺理成章，波澜不惊，一大半来自很多人对马青山的威望的拜服。当然，这里也有虾子给她留下来的所有资源，对白玉兰他并不吝啬地兑现了承诺。

上任之初，虾子就向白玉兰交代过，首先要摆平三个人，那三位院领导虽背景不同，但一直牢牢捆绑在一起，共同进退，原指望虾子退位后，最终能把持京西医院，却不想出现白玉兰这个搅局者，自然牙根痒痒的。这三人都是京西的坐地虎，在领导分工上，各把一方阵地，人称“铁三角”。即使要动弹京西的一草一木也得这三个人点头。他们培植出自己的势力把控着所有要害部门，即使以虾子那样缜密的心机和背后的势力，也奈何不了他们。所以虾子私下对白玉兰说：“我就是在常委会上放个屁，不出半个小时，就有头头打电话警告我，不能独断专行之类的。凡京西医院有领导履新前，必须知会‘铁三角’，最好提前‘拜码头’，否则便会被视为不敬，会立刻招致麻烦，这已经成为常例。如果摆不平这三个人，极有可能开不好局，坏了心情，从此一蹶不振。”

白玉兰对虾子意味深长地说道：“既然我能做到六亲不认，都敢把你扳倒，几个三脚猫能折腾出什么动静来。”眼见白玉兰已今非昔比，虾子长叹一声道：“算是我错看了你，我知道，如今便是你表姐也不是你的对手了，恐怕京西再不会生出像你这样出色的女人来，当然还有那个沈玉婉的手段我也领教过的，算得上能与你媲美的对手，能遇上你们真是我的幸运。”

果然在第一次院常委会上，“铁三角”早已串通预谋好了，其他常委只等着好戏开场，看白玉兰如何面对腹背受敌的尴尬。万万没想到的是，表面上风轻云淡的白玉兰先发制人，用一张财务报表、一张近期临时工用人名单、一张采购清单，把里面的猫腻一点儿不剩地抖搂出来，包括口供者的签字证据，所有在场的人或多或少都有牵连，脱不了干系，个个心惊肉跳、目瞪口呆。不过，白玉兰是留了活口的，否则按她的套路追查下去，一圈人都得到另外的部门报到去了。

再看那“铁三角”，做梦也想不到白玉兰有这雷霆般的手段，那是马青山向她亲授的，只要找到直击对手要害的实际证据，也就是体系中最脆弱的节点，对方连翻身的可能也没有。白玉兰知道冰冻三尺非一日之寒，再加上历史的原因，这种清算式的搞法，会搞得人人自危，而且波及范围不只京西医院，可能由此引来的波澜不是她一个人所能抵挡住的。三个老谋深算的人如此短时间被攻破了命门，个个像泄了气的皮球，面若死灰，一副引颈就戮的模样。其中那个架着金丝眼镜的小个子，号称京西第一铁嘴，在每次行动中冲锋打前阵，凭他三寸不烂之舌，攻无不克，但此时，小个子双手颤抖，热辣绯红的胖脸上布满汗珠，他身经百战，头一回乱了阵脚，一时间语无伦次。毕竟白玉兰牢牢地抓着他们的把柄。不过，这小个子到底懂得翻云覆雨的手段，于是他开始深刻地自我检讨，不断地恭维白玉兰切中了医院的要害，有着英明过人之处，感叹上级给京西医院选定这样有魄力改旧换新的干部，顺便还把白思明、余非凡夸赞了一遍，说是到了重塑医院新风气的时刻了。

接着“铁三角”中的大块头上场了。一般是小个子的前奏展开得绘声绘色，正想继续发挥，在一边的大块头早就箭在弦上，以迅雷不及掩耳之势冲上去，直接把小个子苦心经营的前奏托举到风口浪尖，随即瞬间跌至波谷，如此潮起潮落几个回合。而此时，大块头的脸涨得通红，来回搓着手，空有一身的洪荒之力，却无用武之地。对付一个城府尚浅的莽汉，直击其软肋即可。

另一位是个瘦高个儿，文质彬彬，号称一支笔，在“铁三角”出场的序列中，一支笔总是最后一个出场。当对手处在前两位的夹击之下，不知所措之时，一支笔就会放出最阴损的手段，给对方致命一击。但这回却栽在白玉兰的门下，按说他一支笔做人做事的风格就是严准快细，没想到却偏偏在细节上出了纰漏，当场让外人笑掉大牙，下不了台。不过，他及时调整了策略，好不容易把眼下不可收拾的残局圆过去。

之前，白玉兰早已摸透了三个人的套路和底细，那些证据和材料她动用了马青山的关系，还有虾子的协助，一丝一毫都坐实了。这些致命的把柄胜过千言万语，至于运用的分寸全视现场的情况而定。虾子是她的第一个实验对象，虾子是何等人物，尚且输得心服口服，这“铁三角”在她眼里也不过是废铜烂铁。

她在会场上说的每一句话都含着玄机，让对手一阵头脚发凉，生出绝望之感，没想到这个一直在他们身边默默无闻的女人，只是略施小计，就让他们丢盔卸甲。其他在场的人有一种难以言传的快慰，每个毛孔都有着前所未有的舒畅，有拨云见日之感，真是一次酣畅淋漓的胜利。

自从白玉兰在郊区农场受内部审查，胎死腹中，几乎为此丢命，父亲受政治牵连殒命，余非凡死在华北五省的鼠疫的防治之中，马青山得了脑溢血，每一桩一件都仿佛是一次次闯过鬼门关，她夺回京西医院，就是为他们申冤，安抚亡灵。正如柳原所说的：“在这个大时代中，我们的命运注定是崎岖的，自从经历了那些灾难，治病救人就成了我的信仰。”与几个宵小之辈的斗争，她原本是不屑的，她所承继的是上一辈人沉重的理想，正是马青山的政治策略，让她学会了与现实周旋，找到了实现前辈理想的路径，她随时都做好了放手一搏的准备。

没想到“铁三角”在这么短的时间就土崩瓦解了，于是，她在结束会议时说：“今天是内部会议，所有内容不许外传，我不是来翻旧账的。这几件事也到此为止，自己的事自己弄干净了，医院将不再追究。既然组织让我坐上这个位置，我做的第一件事就是把每个人弄干净了。

大家都是党员，首先要做的就是以身作则，自我净化。”

话说到这里，所有的人都松了一口气，对白玉兰恩威兼施的做法心悦诚服。他们太低估了白玉兰的实力，虽然她的至亲们或亡或散，但都与这所医院息息相关，为她铺就了走向京西医院领导者之路，不管学术遗产还是政治遗产，谁能与她相颉颃？

京西医院的员工餐厅设在综合楼内，共三层，中午提供一份自助餐，个人象征性地交三元，医院每人补贴二十二元，京西人称之为免费的午餐。医院专门把专家教授从员工中抽出来，在三楼开辟了一个餐厅，京西人称之为特别就餐区，没有取得高级职称资格的科室副主任以及护士长，也可以到专家教授餐厅吃自助，后来，机关科长以上领导也上了三楼。从此，上三楼吃自助餐成为很有脸面的特殊待遇，一楼和二楼就餐的人开始抱怨饭菜今不如昔，说三楼是在搞特权，揩了大家的油水。

有好事者堵在三楼与二楼的楼梯过道处，见着一位下楼的正在剔牙，便问：“莫不是吃天鹅肉了，不然，如何难住你这牙科的大专家？！”那位剔牙的扔了牙签，狠狠地说：“仔细有朝一日我亲手拔了你所有的毒牙。”又有几个从三楼下来的，好事者眼见皆与自个儿辈分比肩，就更不拘谨，上前捏住甲的手问：“三楼的餐具不是一般的碗筷吧？”见甲笑而不答，进一步说：“仔细失手打破那琉璃盏，被罚落入凡间再吃二茬苦！”正说着，乙在一边打了个喷嚏，没来得及掩住口鼻，好事者使拳轻击乙说：“生牡蛎！别贪吃那生猛海鲜了，三楼的那些护士长都是名花有主，仔细哪天触碰了某一朵花，告你性骚扰！”乙的愤怒似乎到了爆发的临界点，就在双方几乎脸贴着脸的时候，猝不及防的是，那小子的嘴里没迸出一个字，却气壮山河地打了一个大喷嚏，好事者沾满了一脸的唾沫星子。

偶尔，白玉兰会头一个来到三楼，亲自检视饭菜一遍，而后，在入口处看着鱼贯而入的专家教授。多数人向老太太恭恭敬敬地问候，其中几个德高望重的，点个头，抛一个心领神会的眼神。脂肪肝专家老赵别看在讲台上口若悬河，一碰到领导就含糊，呼哧带喘，这次居然流畅地对老太太说：“自个儿摆弄了一辈子脂肪肝，看见与肝有关的菜就想吐，最近三楼自助推出法式香煎鹅肝，闻了香味，壮着胆子瞄了一眼，当时就开了戒，一口气吃了三份呢。”

一天，京西医院最年轻的专家病毒所的小李，是最晚到的，老太太便问：“你这么晚才来，是三楼的饭菜不合胃口吗？”小李诚实地说：“这么超标的饭菜，别说是吃了，听了也是一种享受。我太年轻，资历浅，怕消受不起，每天都犹豫半天，总是最后一个到，饭菜都凉了。院长，要不让我回二楼或一楼吧，在那里觉得很自在。”

老太太琢磨了一下说：“你这孩子话中有话啊。”小李知是躲不过老人的眼睛，索性讲出了原委。那小李的媳妇是个政治协理员，听说小李想打退堂鼓，劈头盖脸说了他一顿：“你以为下楼这么容易，楼下的人会夹道欢迎你啊？十有八九他们会猜测你犯了什么戒，才会被罚到那里与他们一起吞糠咽菜呢。”小李问：“会有这么严重吗？一楼、二楼的自助还好吧？”媳妇嘴撇得像一只煮破的饺子说：“好个屁，一天不如一天，许多人开始罢吃，宁可自个儿花钱去叫外卖。”

白玉兰一声不吭地听完。第二天中午，她照例很早来到三楼，餐厅管理员一样走过来，朝她鞠了个躬，自我介绍叫罗力。白玉兰淡淡地笑，以为他是来邀功的，不想，那罗力小声地说：“院长，我知道您想知道什么。”老太太一惊，凝视着他道：“说来听听。”罗力就把关于三楼自助的段子、笑话一一翻拣出来，听得老太太起了一身冷汗，然后问：“这事你个人怎么评价？”罗力倒也不怯，“三楼已经成为众矢之的，得便宜的不言，挨骂的却是您。有人说，一楼、二楼两千多张嘴敌不过三楼不到两百张的嘴，三楼都是名嘴，一句顶一万句，楼下就是低人一等的货色，说什么都是怪话和屁话。”

老太太立刻打断了罗力的话问：“那你有什么想法？”罗力立刻答道：“这得劳您大驾，率领机关科长以上领导重返一、二楼，而且领导们可编成两组，在一楼和二楼之间轮转，并且从您开始，院党委常委依次担任督察员，对自助餐的质量以及服务管理进行督察。”白玉兰听罢，意味深长地说：“我倒是小看了你。”

翌日，白玉兰主持召开院长办公会，专题研究三楼自助餐问题。老太太试探地说了一下罗力所反映的群众意见，一位领导说：“都是一些什么陈芝麻烂谷子，值得如此大惊小怪？！”另一个响应道：“咱们医院断不可以有这样歪风邪气的土壤。”分管后勤的副院长气冲冲地说：“院长，您可能不知道，那罗力就是一个杠头，喜欢不分青红皂白上去就抬杠，这种搬弄是非的话也能相信？”

白玉兰静静听着，细细观察眼前每一张脸，到了关键处，便清了一下嗓子，底下顿时安静，她冷眼扫了一下在座的常委领导，每个人迅速低下了眉眼，老太太越老目光越锐利。白玉兰轻描淡写地说：“一个小小的餐厅管理员几句话，搞得你们如临大敌似的，我就想不明白了。我相信看着我的眼睛说话的人，他就算是一个，真话向来是不好听的，他偏偏对我讲，胆子是够大的。”然后用手指轻敲一下桌面，“这是事关京西医院群众情绪的大事，你们的觉悟都到哪里去了？”

在座的各位常委面面相觑，揣测着这位老人的心思，白玉兰一向是行事做派高深莫测，但他们至少知道一点，老人这次动了怒气。白玉兰接着淡淡地说：“这件事的处理你们都表个态，别又说我一言堂。”刚才表态过的几位自知失了言，惹恼了老人，白玉兰是什么人，哪个人的心肝脏腑她不清楚？于是，众人自表“轻率”“大局意识淡薄”等等，提议听候院长裁决。

这种阵势见多了，白玉兰有些厌倦了，她叹口气说：“你们有时还真不如那个杠头，我个人的好恶有那么重要吗？关键是我们的工作是不是得到底下人的支持，跟我用不着矫情。我看那个罗力的提议可以，你们商量着办吧。”说着起身昂然出了会议室。剩下一干人压住各自的心思，一边心里骂了一通那个麻烦制造者，一边商量出一套方案来。当天中午，白玉兰集合了机关科长以上领导，一声不响地带领队伍下到一楼、二楼，楼下的人先是一愣，后来夹道鼓掌，场面自然是激动人心。

没过多久，白玉兰又做了一件出人意料的事情。当时正好院办副主任岗位空缺，举荐的电话不断，各级领导的条子纷至。白玉兰不声不响冷了几日，连雷新月也沉不住气问她，白玉兰笑道："你急什么，既然大家都有关系，也就等于大家都没关系。"雷新月便知她心里早已有了人选。

谁也没有想到，她直接提拔罗力做了院办副主任，一个无根无派的家伙竟然被她选中，医院里的人感叹，老太太越来越任性，简直是随心所欲，真叫人无法揣测她的深谋远虑。自此，罗力顺利上位，而且成了白玉兰身边的红人。

在外出的车上，或在办公室里，白玉兰无事时，喜欢眯起眼睛询问医院的某人某事，罗力的话就像一串长长的鞭炮，噼里啪啦快速燃放完毕。老太太刚听得入神，就不见了动静，问："没有了吗？"罗力答："我知道的就这些了。"

这个罗力说话从不绕弯，他带来的信息都是生动的、粗糙的，从不加工，让白玉兰感到说不出的轻松亲切。看着罗力一副生机勃勃的样子，白玉兰内心叹息，用他倒是省了自己不少力。后来，罗力变得无拘无束，发表意见看法不顾及时间场合，有时甚至未经老太太许可，他也自顾自滔滔不绝地说着。老太太还没吭气，他却像离弦之箭，脱口而出。有时老太太故意讲得少，很有节制，他便对老太太的讲话肆意发挥。

如此时间久了，有外单位的向医院的人打听："老太太身边的那个人什么来头？""一个厨子，没啥来历！""总该有点儿裙带关系吧？难不成是从石头缝里蹦出来的猴子？""你怎么知道的，他还真是个猴子，原本风平浪静的医院让他闹得鸡飞狗跳。""谁敢在老太太跟前这么张狂？”“纯粹是惯的。”“老太太又是为了哪桩？”“取乐解闷而已。”“老太太怎能听之任之，莫非她老人家的心智失常？”“那是你道行太浅，老太太心里有数着呢，她只是不在意而已。”

在白玉兰面前，医院里的人谁都不敢提及她的年龄，这是她最大的禁忌。在她八十岁那年，当时的院办主任瞒着她，提前着手操办，准备给老太太一个惊喜，为她举办一个八十岁的祝寿活动。那院办主任也算是花了心思，特意请电视台的一位导演担任活动策划顾问，据说这位导演曾是英国女王寿辰庆典的主创团队成员。距老太太生日还差十天，倒计时，每天都搞一次活动彩排，当然是在非常秘密的环境中进行。

生日那天，庆祝活动就像上演一部大片一样，人员和设备等各就各位，医院的所有人，包括这里的一草一木都屏住呼吸，都在等待礼花满天的那个时刻。当院办主任兴致勃勃引导常委领导一干人，来专门请白玉兰出席的时候，老太太听罢先是愣了一下神，随手把一把紫砂壶扔到地上，一声巨响之后，碎片满地。那可是她多年以来把玩的老物件，可见她愤怒至极。她对着呆若木鸡的一干人冷冷扔下一个问题：“我白玉兰从小到大从来没有过什么生日，反倒是我老了，有人开始给我过生日了，到底都安的是什么心？！”

于是，庆祝活动就这么泡汤了，第二天，院办主任就递交了辞职报告。自此，凡是来院办工作的，应知必会的第一课——不该说的不说，不该知道的不问，不该看的不看。白玉兰新中国成立前担任地下情报员时的那一套行事风格成了医院人员的行为准则，京西人早已习惯了。

有一次，上级一位大领导来京西调研，罗力被白玉兰派去参加了座谈会。这位领导是来自部队的干部，身上自带几分杀气，座谈氛围显得有几分压抑。领导见状，收敛了锥子似的目光，想缓和一下气氛，挑一个突破口，迎面撞上了罗力无畏的目光，于是向他点头示意，那罗力竟然满不在乎地站起身说："首长，那我随便说说，先抛个砖。"

罗力的第一句话就震惊所有人："京西医院最大的问题，就是人才断层，多年产生不了新的院长。"领导愣了愣，示意他往下说。其他人不约而同地抬起头，眼睛紧盯着他，心想这货葫芦里卖的什么药，平常仗着老太太，直语狂言就算了，今天居然敢反了自己的主子？！罗力毫不在意地继续说道："其实白院长早就希望有人接她的班，老人家太累了，八十多岁的人了，你们谁见过哪家医院院长这么大年纪？就是国家领导人也该退了。京西医院是亚洲最大的传染病专科医院，不比其他综合医院，许多学科专业称得上国内唯一，也就是独生子。因此，京西医院的院长只能来自京西，可是目前缺少国内外传染病领域里立得住、叫得响的大师级人物，像白院长这样享誉国内外的人才，而且也是医院的创始人之一，不但现在没有，将来也很难再有。所以，敢问各位，谁能接这个班？培养接班人尚待时日，好在眼下她老人家的身体还挺硬朗，这也是京西医院的福分。"

听着罗力的侃侃而谈，聪明的人算是咂摸出点味道来。罗力随即借题发挥，天马行空，把一个座谈会弄成了个人的专场。正当他结尾时，会议室的门推开了，白玉兰一脸笑容地走进来说："是哪个没眼色的家伙，难道不让首长吃饭了？"那位领导连忙起身，大步上前把老太太扶进来，指着罗力迭声说：“强将手下无弱兵呐，这个小罗讲得很有见地，说起京西医院人才建设的战略问题很有一套，还是您调教有方啊。”说完打了几声哈哈。

白玉兰频频摆手道：“要说他，就是胆子大，说话没边没沿的，要说到专业，这里哪一个人不把他甩出几万里？京西人才济济，哪里轮着他说三道四的。京西除了我，一直就是年轻人的天下，我是真的老了，不中用了，一直给年轻人挡着道呢。”那领导先是露出惊讶的表情，随即亲切地抓着老太太的手，另一手在上面轻拍着说：“老大姐，恐怕你暂时还撂不了挑子，小罗说你无可替代，这话是没错的。”白玉兰扫了一眼罗力说：“这话真的是不知轻重了，这地球离开谁不转？存心要把我这把老骨头累散架了才罢休。”然后，转身拉着领导的手说，“好久没陪老姐姐喝一杯了，现在你官大架子大，对京西的关心少了哟。”

领导的小车刚驶出京西医院院子，老太太就当着众人说：“罗力，你以后给我说话勒着点，别让人觉得我在偏袒着你，首长说你是个人才，我怎么就半点没看出来呢？”在一旁懂窍门的领导便夸罗力有魄力，知是两个人合演的一场好戏。白玉兰鼻子哼了一声说：“提建议那也要说到点子上。说起这事，让我想起新闻中心的那个小任，只长个头，不长心眼，在全国各大报纸发表的稿子像雪花一样，闹不成什么大的动静。还给我弄了一篇人物通讯，那个标题绝得很，现在我还记得：最大的幸福莫过于凋谢在办公室里。这不等于告诉所有的人，我白玉兰贪恋权位，死也不肯放手吗？莫非我就有那么大的瘾头？小罗今天倒是说了一句真话，那就是我早就想歇歇了，你们平时看见的我好像精神抖撴的，还能查房看病，其实回到家就跟一堆烂泥似的。你们说，到了我这把年纪，还图个啥？如果不是把京西医院当成自己的家，我随时可以撂挑子，管他阿猫阿狗来做这个院长，京西的未来与我这个行将就木的老太婆有什么关系？”

她的一席话说得诚恳，听者心中难免生出几分悲凉之感来。

关于调研这件事京西还流传着一个版本：

上级领导来调研之前，白玉兰把罗力招呼到自己的办公室。白玉兰说：“这次首长来京西调研，主题就是来考察院长后备人选的。听说上级准备建立优秀中青年干部后备库，要求各单位推荐上报具体人选。我与几个常委领导初步沟通，眼下没有成熟对象，他们头一次这么众口一词地建议不上报院长后备人选。可是，我总觉得，有些人是慑于我一贯的威势，心怀不满，其实是另有含意的，我想听听你是怎么想的。”

罗力眨巴几下眼睛，立刻回答道：“院长，还是您想得深远些。那些人的小九九我是明白的，不过是以退为进。我的意见就是，必须上报，而且上面要求报几个就报几个，一个都不能少。如果不报，上级肯定不高兴，认为京西是大树底下不长苗，是你在有意压制人才，明摆着是您不打算退出院长岗位，防着别人接你的班；再者说，既然京西医院无人可用，上级不可能坐视不管，调派外人过来主政理所应当，果真如此，请神容易送神难，万一给弄来个手眼通天的人，京西医院这方水土算是拱手交到人家手里了，您的苦心经营恐怕要付之东流了；说到咱们医院，不上报的话，根本就搞不清楚身边哪几个人心里一直惦记着院长这把交椅，正好利用这个机会看清楚手下人的心思，人报上去，等于在京西医院摆了擂台，跃跃欲试的人大有人在，为什么不就此验证一下呢？如果上报了后备对象，没人能过这一关，上级就不得不让您继续留任，‘我要干’与‘要我干’虽只是一字之差，但却有着天壤之别啊。”

白玉兰含笑听着，半途打断罗力道：“算我看人没走眼，别七七八八再列举了，让我再想想，你先出去吧。”罗力出门后，白玉兰自言自语道：“还真看不出来，这小子心思竟有这么深，倒是真把他轻看了。”

雷学武自从被纪委带走后，他的肠子算是悔青了。如果时光可以倒流，他绝对不会去蹚京西医院的浑水，当什么院长后备人选，他急于上位的心思太明显，用力过猛，成了众矢之的，犯了所有人的忌，既幼稚也愚蠢，自认为占尽天时地利人和，结果弄得栽倒在哪里都不知道。

两个人因为雷学武出轨的事闹得不可开交之时，白云霓曾经问雷学武，当初娶她是不是因为白玉兰？雷学武倒是诚实地回答，先是她的美貌，后因白玉兰，人都是自私的、势利的，没什么不好意思承认的，这个世界谁不想捞得更多些？这话深深刺痛了白云霓，她默默地听完，说：“你果然是卑鄙的小人。”雷学武居然回答说：“小人往往知道自己要什么，为此肯下功夫，你连自己想要什么都不知道，才是真正的可怜虫，有几个人那么高尚？你妈难道就没有一点儿私心？”

至于到底还爱不爱白云霓，雷学武年纪越大越有些糊涂了，他曾经那么狂热地、单纯地追求过她，满脑子都是她的影子，因为她的身上曾有着所有男人都虎视眈眈的东西——出众夺目的美貌和肉体，温柔谦和的性格，但现在都已经模糊了，不再重要了。日复一日消磨，且不说激情早已退潮，即使片刻的心动也少有了，最后仅仅变成生活上的习惯而已，这可能是人性中的可悲之处。雷学武是赤裸裸的现实主义者，在他看来，来自其他女人新鲜感的吸引，完全是由于男人基因中最明显又是最难以启齿的欲望，无人例外。

当年白玉兰收白云霓为女，当然不是为了到老有个依靠，她早就超越这个层次，完全能做到自己给自己送终。她只不过想培养一个可靠的继承者，京西医院才是她心之所系，是她紧紧攥在手里的“爱人”。对此，雷学武心里是透亮的，可惜白云霓并没有那个野心，何况要摆布几千人的医院，以她的魄力，那也是勉为其难了。白玉兰是上过刀山，下过火海，勘破过情关的，还有马青山在京西这块地面留下的政治资源，并且经过了千回百折才坐稳了这个位置。

雷学武早察觉到老太太对白云霓的失望，所以他的野心就这样自然而然地蓬勃起来了，但要入老太太的法眼何其困难，而且进入白家之初，他已经被白玉兰牢牢地控制在手里。他天生不安分，又不是个吃软饭的主。他感觉，一个男人不能独立自主，而且低眉顺眼地让两个女人牵着出入各种场合，介绍为某人的先生或女婿，成为摆设一样的随从，这对他无疑是莫大的侮辱，无异于被割掉卵蛋，最多沦为别人手里一件称手的工具。雷学武的学术成就京西没有几个人比得上的，而且自成体系，曾获得国家科技进步奖，他的名声和地位在业界已稳若磐石，人家说他动手术就如江南技艺高超的绣娘，每一例手术都是一件艺术品。除了这些，雷学武更想做的就是执掌京西医院，开启白玉兰的后时代，她太老了，早该结束了。

在雷学武看来，白玉兰给了白云霓太多的信赖，这使得白云霓有着与权力游戏需要的气质完全不符的天真和道德感，对京西医院发生的一系列权力争斗缺乏起码的警觉。她对现实生活和真实人性缺乏深刻认知与经验，现在看来，白云霓这种天真和柔弱无意间也保护了她，对于对手而言，她起码没有什么危险性。

对白玉兰认定白云霓为接班人之说，起初雷学武心里是怀疑的，他认为老太太也就是随口一说，像白云霓这样与官场格格不入的女人，老太太应该心知肚明。京西人谁没领教过白玉兰的道行，眼睛毒辣得狠，任何人在她面前都无法遁形，现了本相。雷学武一直在白玉兰面前卖尽力气表现，但老太太把他看死了，就是不买账。到后来，雷学武终于想明白了，白云霓作为接班人并非不可能，老太太宁可相信嫡传，而他永远是个外人，所以他有一段时间干脆自暴自弃找女人消遣。

有一次，雷学武喝多了，面对面问白云霓："如果我当上京西医院的院长，你会支持吗？"白云霓警觉起来，"是不是你当年追我的时候，就动了这个心思？"雷学武嘿嘿笑道："我有上进心，总不算可耻吧？你就没有想到过你妈有结束的那一天？"

白云霓回答道："组织自然有安排的，当院长对你有这么重要？"雷学武叹息道："你妈就是组织，京西医院就是她一句话，她就是死死咬住，她想有一天把你扶上正位呢，外人都看得出来，你又何必装傻。"白云霓恨恨地说："你坏就坏在心思太重，对院长那个位置我没有半点稀罕。话又说回来了，如果我有一天真的当上院长，你有什么不满意的？”雷学武鼻子哼了一声说：“夫妻这么多年，我还不知道你，你哪里是那块料？我就是搞不懂，老太太为啥一门心思想把你放在你不合适的位置上？我为她当牛做马这么多年，就是换不来她半点信任。”

看着丈夫沮丧的神情，白云霓有些心疼又有些恼怒地说：“比起技术，我妈更相信一个人的人品，看看你自己做的那些破烂脏事，你要成了京西医院的院长，那才真是一个笑话，再有一点，你也太小看我了，你这么一说，我还真考虑要不要试一试。”

这席话激怒了雷学武，他目露寒光地说：“你妈登上院长位置那些事就干净了？外面人说的一点儿不差，她就是恋权，恐怕就算是你，她也不会放手的，她已经上瘾了，权力就是她的生命。”白云霓冷冷地说：“至少比把京西医院放在你手里强，你还是认命吧，别再自我折磨了。”

经过一番思量后，雷学武决定找白玉兰探探底。一天他进了白玉兰的办公室，推门进去，老太太并没抬头，眼睛还是放在面前的文件上，冷淡地问：“你和云霓又有什么事？”雷学武鼓足了勇气说：“有人说您要选她接您的班，就我个人的看法，这么做不太明智。”

老太太抬起头，有些诧异地说：“如果我没理解错的话，你来这里是要和我探讨院长人选的问题吧？”雷学武早就准备好台词，“是，我是以家庭成员的身份来向您求证一下，您是明白人，您女儿并不适合。”白玉兰从头到脚打量着雷学武，像是看一个陌生人，“你恐怕忘了第一次到我办公室的情景了，这院长你有本事尽管拿走吧，用不着拐弯抹角，你我之间从来就没有私事。”雷学武绝望地说：“没有您的支持，我半点机会也没有。”白玉兰此时居然露出一丝笑意，“你倒很干脆，我索性也直率一点儿，我不会偏袒任何一个人，包括我的女儿，你完全有争取的权利，而且一直都有，我可以明确透露一点，你和云霓都被组织列入了后备人选。”她顺手拍了一下椅子说，“说不定你哪一天果真坐在这里，人有点儿野心不是什么坏事。”

一时间，雷学武像喝醉一般，晕乎乎的，他实在搞不清白玉兰的心思。她居然对自己的胆大妄为没有丝毫的责怪，似乎暗示着什么，又似乎在嘲笑着他。他带着忐忑不安的心走出了白玉兰办公室，一字一句地琢磨着她的话。

最让雷学武感到意外的是，白云霓像是得到谁的授意，变得神秘莫测起来，也强硬起来，也许是他的话的刺激，他想着可能是她对两个人之间感情的绝望。女人一旦下定什么决心，力量是可怕的。自此白云霓像换了一个人似的，热衷于交际起来，上到各主管领导，下到各科室主任，一改以往柔顺妥协的态度，咄咄逼人地获取各方面的支持，凡是院里大的项目她都积极争取，包括艰苦的援外任务，而且申报了当年的京西最美医师奖，搞得雷学武措手不及，自己在医院苦心经营出的一片天地，短时间就被她扫荡一空，这全在于她独一无二的身份，更何况她在医院有良好的口碑，一旦有了争夺权势之念，自然一切是水到渠成。她的一番举动，搞得白玉兰也摸不着头脑，这一点颇似其生母之风，让白玉兰心生欣慰之感，自己一番苦心女儿终于领悟到了。

雷学武一向没把白云霓放在眼里，没料想经自己的一番催逼，白云霓竟然改头换面变成他都感到陌生的一个人，让他心生恐惧，多年的心血算是付诸东流，眼睁睁地看着那把他朝思暮想的椅子坐在自己妻子的屁股下，无论是事业还是家庭他都再无翻身之日了。

首先是形象的改变，白云霓原本就是美人的坯子，稍加改造——按照白玉兰的风格，她早就熟谙母亲的行事做派，只是那不是她的本性，她更愿意把自己一腔热情用在丈夫、孩子身上，可是丈夫无情地背叛了她，更让她难以接受的是，自己血清中居然带有精子抗体，导致一生都可能无法受孕，这简直是命运对她最无情的嘲弄。她的妥协，她的逆来顺受，并没有换来什么好的结果，她这才意识到，生活就是一场无穷无尽的争斗，没有人能置身事外，放弃了争取，就是放弃了自己的命运，甚至得不到丈夫的一丝尊重。母亲就是一个再生动不过的例子，而自己居然浑浑噩噩地步入了中年。

白云霓越来越像白玉兰，这对雷学武而言，简直就是一个噩梦。他从把她弄上床到娶她、瞒着她与其他女人偷情，一切做得是那么游刃有余，即使败露后，他还能轻易挽回了她的心，但是，这种把她当傻子一样耍弄的日子一去不复返了。雷学武更担心的一点是，老太太一旦从白云霓嘴里得知自己做的丑事，依着老太太嫉恶如仇的性格，他将一败涂地。好在当时白云霓向他保证过不向任何人提及此事，但是真的惹恼了她，后果难以想象。

据传言，前几天，某位国家卫计委的高官来到京西医院，专门在下榻的酒店接见了白玉兰，那个高官的父亲曾经是马青山的部下，更离奇的是地方接待卫计委的官员竟然是白云霓的初恋情人商小平，听说他有可能从邻省调来接掌京西医疗系统。没人知道他们密谈了什么，但有一点是肯定的，事关京西医院的未来，而白云霓接任京西医院院长将会从传闻变成事实。

得知这一消息后，雷学武只感觉万念俱灰，他深一脚浅一脚地回到家里，白云霓人不在，他一头倒在床上，落寞而孤独地深睡过去。第二天他就病倒了，急火攻心，嗓子哑了，开始发低烧，一个梦接着另一个梦，像裤子上的补丁，东一块，西一块，互不相干，无数张脸在梦里显现，嘲弄地盯着他看，像走马灯一样地变幻。

白云霓尽着妻子的职责，一直守在雷学武的身边，听着他不时发出惊恐的呓语，看着那张扭曲变形的脸，不由得心生怜悯。没有人比她更知道他的心结所在。昏睡醒来的雷学武看见她，虚弱地说："都结束了，我放弃了，你安心去做你的白院长吧。只是这次我没想到你连他也搬出来了，你在报复吗？"白云霓面无表情地说："他确实给我打过电话，只不过是几句客套的问候，随你想了。你为什么还没放下做院长的念头，像祥林嫂一样，我看你还是没想明白，这世界该你得的，谁也无法剥夺，不是你的，万千聪明也是枉费。你留点儿精力，还是好好养病吧。"

雷学武长叹一声，觉得身子一下被掏得干干净净，竟然有一种从来没有的轻松解脱感，他看着面色有些憔悴的妻子说："我原本是想清楚的，是我太贪婪了，其实我已经得到了所有，但一念之差，我似乎失去了所有，也包括你。"

第十二章

医疗队顺利到达塞拉利昂后，白玉兰就立刻收到了金玉春发来的第一份报告，从这一点可以看出，他的确是一个值得放心的人。就在同一天，仿佛是冥冥之中，白玉兰同时收到柳原写来的一封信。

其实在金玉春进入京西医院之时，白玉兰和柳原就已经开始秘密通信了，还是老的方式——他们恋爱时的方式，他们拒绝任何新的方式，正如柳原写的那样："我害怕电话，害怕那声音会损毁我们那时留存回忆的纯度，我已经老得不好意思发出连自己也觉得奇怪的声音，唯有文字才能与回忆、与你的爱相连接。"白玉兰瞒过了身边所有的人，打开金玉春带来的那只盒子时，她已经心照不宣了，第二天就发出给柳原的第一封信。金玉春每年要回台湾两三次，他发现父亲的精神状态恢复得令他惊奇，甚至一直黯淡的面孔也发出异样的光泽，他隐隐觉得父亲有意装糊涂，其实对他的事了如指掌。每次他都给父亲带去大量打印出来的照片，那些照片是按他要求拍摄的，这件事上他一点儿也没有糊涂过。

下了飞机后，就觉得闷热，湿度很大。空气中散发着那种甜不甜、酸不酸的味道，就是潮湿发霉的气味，闻起来是那么熟悉。整个机场黑乎乎的，灯很少，这么多年一直也没有改善。从飞机下来，队员们说喘的第一口气就觉得很不舒服，我当时心想，更不舒服的还在后面呢。那个地方湿度比较大，海边空气的味道说腥不腥的，我都习惯了。各种手续都在总统专用的大厅里办理，测量体温是免不了的。大使馆专门派人过来，租借来了一辆状况还不错的车，来人说着越来越凶险的疫情，似乎这里的每一口空气都有危险。

公路还是那么破破烂烂，从机场到驻地二百多公里，预计四个小时的车程，而且车没有他说的那么好，是一辆还能够行驶的中巴车而已，我们紧紧巴巴地挤在里面，那个时候，几乎所有人都很疲惫，坐在中巴上就开始抓紧睡觉。今后一段时间，睡眠对我们将会相当重要。

一同前往的还有国家检测队，他们是以国家CDC的身份派过去的，要在当地建立一个检测中心，还带去了P3流动检测车，执行筛查和检测的任务。但只是建立一个实验室是不够的，收集标本还要靠我们医疗队。英国、古巴、美国都有自己的检测室，不可能给你送标本，所以肯定是要自己的医疗队来做。

我们正好碰到雨季，突然间电闪雷鸣，天地一片漆黑，瞬间大雨倾盆而降，来势凶猛，猛烈的狂风暴雨大有把房子掀翻之势。当地两千多毫米的年降雨量，要在半年内降完。好一点儿的房子都是瓦楞铁皮盖顶，这种瓦楞铁皮房顶，坡度不大，房子不高。无论是多大的雨，地面很少有积水，一是离大西洋近，排水快，另外是因为沙砾土的渗透力强，难见到积水，雨停后，地面干燥得就像什么也没有发生过。

如果塞拉利昂能尽早实行隔离措施，埃博拉也许会得到控制。

下一步是中塞友好医院的改造，这可能超乎想象地艰难，我满脑子想的都是，那些建筑材料从哪里来，幸好大使馆做了初步的承诺。

情况将陆续上报。

9月18日于弗里敦

除了邮件、电话之外，金玉春与雷新月微信视频连线中断了一段时间，雷新月已经无法忍受两个人之间出现的空白，她总算明白恋爱是脆弱的、折磨人的，同时又是奇幻的、强大无比的，对方的一丝气息就能让自己立即生机勃勃。通常他们只要一有机会就会算准时间，进行慌乱而仓促的交流。金玉春到达塞拉利昂的时间是混乱的，或者说他根本没有个人的时间，他被淹没了，有太多突发的事要处理。他一脸疲惫地告诉她，他如今整个人每天都处于争吵状况，和队员们吵，和塞拉利昂卫生部的官员吵，和英国人吵，和美国人吵，所有身边人都说他一改在医院温和礼貌的形象，变得蛮横粗野起来。说到这儿，他哧哧地笑道：“他们都说我是个疯子，一个野蛮人，那是他们对我的过去知道的太少了。再说每天睡不到两个小时，你说我会有什么好心情。”她浑身的每个器官、每个毛孔都对他张开，哪怕是隐隐绰绰时断时现的影像，而他则像一个贪婪索取她的爱恋的孩子，她再也不是那个工于心计的雷新月，觉得自己柔弱得连自己也难以想象，对他的想念完全是不由自主的，从未有过的，如同蚀骨一般的。每次只有等他在弗里敦驻地休息的时刻，他们才能匆忙地倾诉一番，信号时断时续，有时说着话他竟然睡着了，他太缺乏睡眠了，即使这样，她也眼睛都舍不得眨地看着他，只要能听见他的一丝呼吸，她的心才就是安稳的。

还记得送行宴的那天晚上，在场的所有人都激动异常，有一种生离死别的悲壮之情。中医科滑副主任站了起来，提议在座的每个人讲一句话干一杯酒，无论男女。雷新月酒量原是有些底子的，但也招架不了如此豪饮，可是那一天的场面谁也躲不了，她硬是咬牙一杯一杯地喝了下去，这其中的一大半是为金玉春喝的。金玉春那一天也是喝了一生之中最多的酒，他对医院这种豪放的喝酒方式早就有所领教，何况又是要人命的白酒，他知道，要迅速与不熟悉的队员热络起来，在中国，这种方式很直接很见效的。于是两个人很快都处于醉酒后的晕眩状态，仿佛是不由自主的，两个人的目光越来越多地交缠在一起，外人都看着有些异常。

金玉春从来没有像今天这样忘情过，在医院的三年里，他一直是按中国人传统的方式行事，尤其对雷新月，他更是小心翼翼，不敢越雷池半步，他知道一旦自己冲动起来，雷新月的回应必然是难以控制，那个时候不但自己无法在京西医院立足，而且会让老太太的心血付诸东流、颜面扫地。幸好他们还没有成为医院窃窃私语的话题，没让人抓住任何把柄。

但是他越来越受够了这种偷偷摸摸的暧昧。金玉春的目光赤裸的，冒着火，紧盯着雷新月绯红的脸，似乎已经忘记身边所有的嘈杂，而雷新月也忘乎所以地傻傻地望着他痴笑，忽又扭过脸抽泣着。好在酒宴上所有人都陷入各种混乱之中，来回交错不断地敬酒话别，算是体面地掩盖过去了。直到雷新月偷偷地向他递了一个眼神，他立刻会意，于是装出体力不支、人事不省的模样，这才被一干人饶过，院办的司机搀着他出了宴会厅，送他回寓所去了。

回到家之后，金玉春斜倚着沙发，大口喝着桌上冷水壶里的水，酒意一遍一遍涌上来，又被他强硬地压下去，他的心在狂跳着，无比焦灼地等着钥匙转动的声响到来。寓所是他自己花钱购买的，二手房，装修自然不用再费心了。医院专门给他配的居所让他退了，房子的挑选和购买都是雷新月一声不响地帮他完成的，甚至他躺的沙发也是由她挑的，咖啡色的，柔软富有弹性，就像她温暖的肉体。

几天没有见到太阳——这是非洲的雾霾天气。随着旱季的到来，不仅蚊子增多，随处可见的垃圾也逐渐干燥。这里处理垃圾的方法就是焚烧，刺鼻的气味要持续到元旦。这个国家没有交通信号灯、没有门牌号，许多事情队员们确实会感到难以想象。

根据塞拉利昂的国情，埃博拉的感染除了发生在医院，更多的是在家庭与葬礼上，后两个渠道的感染占到60%的比例。因此，仅仅培训医疗人员是不够的，更重要的是让社区里的每一名居民都懂得防疫知识。

当我们到达医院时，敲了半天门，才出来两个看门的。院子里面是齐腰深的野草。队员们深一脚浅一脚地来到了办公楼，而办公楼大门的锁已在风吹雨淋日晒下生了厚厚的一层锈，用钥匙拧了半天，好不容易才打开。

9月19日至21日，塞拉利昂政府终于出台了隔离措施，决定实施为期三天的全国闭户措施，全体国民不得离开家门，由志愿者挨家挨户上门进行检测。一时间，弗里敦的各个交通要道，都设起了临时检查站，过往车辆必须接受严格盘查。即使医疗队人员乘车进入中塞友好医院，也必须持有塞方政府发放的特别通行证。

医院改造方案一提出就产生了分歧，当时分歧的焦点在于是否要对医院进行这样的改造。卡努院长是外科医生，也是我的朋友，他没有充分地考虑传染病医院的设置要求，只是迫于日益严重的疫情压力，希望能够简化改造程序，使医院尽早开诊接收病人。而我们坚持从专业的角度出发，必要的改造程序一道都不能少。卡努还是接受了我的意见。

我们方案的主体部分是把第一幢楼改成污染区，第二幢楼作为缓冲区，不收治病人。当时大使也提出了疑问，为什么第二栋楼不接收病人，这样改造下来，只有四十张床位可用，数量相当有限，如果第二栋楼也接收病人，床位就会大大增加。大使的意见是，缓冲区也可以用来收治病人，这很外行，从专业防控的角度来说非常危险，虽然表面上收治病人的数量增加了，但中塞医务人员感染风险加大了。经过几番争论后，大使也让步了。

很快，中资企业的工人进驻了，总算可以开工了，但是困难也一个接着一个地来了。首先就是进不去门，因为原来医院的人离开得匆忙，钥匙也没有留下，没有办法，施工的时候只能将有些门撬开。门算是进去了，可屋子里的灯是坏的。没有灯，晚上就无法施工，为了赶进度，我们只好拆东墙补西墙，把偏僻地方能亮的灯先卸下来，装到施工需要的地方。灯亮了，可改造医院需要的三合板、铝合金板还没着落。在塞拉利昂，这些东西都属于高档的进口产品，买不到，价格贵得惊人。最后，不得已动用了大使馆计划建车库的材料，一家中资公司也拿出了公司正在装修房子的材料。结果，有的隔墙是拼凑而成的，又有三合板，又有铝合金板。之前费心做的改造计划也只能简化了。

终于，金玉春听到踉跄的高跟鞋的响声，然后是门锁快速开启的声音，他身体燥热得想一跃而起，但是酒力还是驯服了他。雷新月轻轻地合了门，变得超乎寻常的大胆，长舒了一口气，踢掉了脚上的鞋，脚步有些摇晃地走向他，目光却是勇敢无畏的，随即他们疾速地紧紧拥抱在一起。这个拥抱居然等了三年，还需要酒唤醒勇气。

他们醉醺醺地深吻着，用手探索着对方的肉体，一寸一寸地深入，一丝丝气息地闻嗅，他解开了她的上衣，她似乎一瞬间惊醒了，双手抵住了他的头说："亲爱的，我们现在还不能够这样，我想有朝一日把自己干干净净交给你。"

"干净？"金玉春手抚摸着她的柔软的腹部，还带着醉意说，"在我经历的所有女人当中，就数你是最干净的，你整个人早就该属于我了。我们之间没有什么不干净的。"

雷新月发出颤抖的呻吟声，但还是止住了他不安分的手，安抚地吻着他的嘴唇说："自从你来到京西医院以后，我已经为你守贞了，没再让他碰一下，你知道我是爱你的，心属于你，身体自然属于你了。只是要等和他彻底了断之后，我才能安心，心里也就没有芥蒂了。"

听了这话金玉春沮丧地收起了激情，起身道："新月，你真的理智得可怕，和你姥姥一样。假若我这次真的回不来呢？"

"我不许你说出这么残忍的话来，"雷新月痛苦失声道，"你一直是我心里的勇士，而且你根本再也离不开我了。我的爱人。而不是像老太太一样，再也见不到她的爱人了。"接着她放任在他怀里放声哭泣着，身体不断地抽动着。

"只是给你开句玩笑，"金玉春抚着她披散的头发道，"我愿意等。你知道我对付埃博拉还是有把握的，没什么好担心的。”

雷新月抽泣道：“原来我想陪你一起去的。但是老太太死活不同意，也许她是对的，怕我分了你的心，再说我也很长时间没在一线工作了，还是她想的周全。而且她终于同意等你回来后，亲自处理我婚姻的事了。”说罢，她伸手轻柔地抚摸着他的脸道：“其实我比你还急切的，我一刻也不想等，但爱你以后，我什么都愿意忍受，我终生是你的女人。”

我们在医院安装了视频监控系统和体温连续远程监测预警平台，这两套设备很管用。视频监控系统不但能对医院所有重点部位实施全方位立体监控，还能将污染区的病历资料通过专用摄像头传输并储存到清洁区的电脑上，以便值班室随时调取整理，确保了病历资料的清洁完整。体温连续远程监测预警平台，可以二十四小时连续不间断地对留观患者进行远程体温监控。

安装这两套系统，都是由我们自己完成的，这个过程中费了不少劲儿。弗里敦白天的气温一般都在35℃左右，就是拧一颗螺丝钉，也会大汗淋漓，我们一会儿爬上，一会儿爬下，汗会顺着裤子直接流进鞋子里，所以鞋子总是湿漉漉的。

在改造医院的时候，特意预留了一个第四病区，有十五张病床，这个病区是专门为医疗队员准备的。大家心里都清楚，万一医疗队有人感染了，不可能请求让别人来救我们，也不希望被运回国内接受治疗，只能自己救自己。每次路过第四病区，看到那一张张病床，仿佛就是我们自己给自己准备的一张张棺材板似的。塞拉利昂没有殡仪馆，也没有火葬场，如果哪个队员牺牲在这里，可能连人带床板一起直接被抬走烧了。

在塞拉利昂六百万人口中，只有一千名左右的护士，而且这些护士中有一半的人甚至连抽血都不会。按照世界卫生组织提出的埃博拉留观中心医务人员配置标准，四十张床位需要配备四名医生、四十名护士、四十到六十名保洁人员，中国医疗队想要接诊收治埃博拉留观患者，医护人员的人手实在是太少了。

经过与塞拉利昂卫生部协商，塞方为医院调配了四十七名护士和四十名保洁员，而这八十七名塞方人员的到来，却给医疗队出了大难题。他们大都没有经过正规的护理专业学习和培训，有些人只接受过由教会提供的基础护理培训，但也就是几个月的时间，传染病防护知识几乎为零。这就是现状，没什么可抱怨。还是那句话，在塞拉利昂任何事都可能发生。

培训的效果有限，他们具体操作时总会出现让你提心吊胆的状况，必须严格监视随时可能出现的粗心大意，保持足够的耐心，毕竟大多数人员与病毒天天打交道超过十年之久。塞方医护人员的素质相对高一点儿，大多在医院里干过一段时间，而那些保洁人员，也是所谓的工勤人员，他们大多没经过什么正规的医学训练，文化水平有限，的确是伤脑筋的事。我们医疗队员只能一手拿着词典，一手拿着编好的英文版的材料，一点一滴地教。比如配置消毒液，告诉他们浓度是百分之几是白费的，我们会在消毒桶画好清晰的线，告诉水加到这条线，加几瓶消毒液。指示必须尽量简单——水到了这条线，写好消毒片用量，照此操作就行了。

监控摄像头、闭路监控作用明显，我们能够更好地监控，或者说更好地观察病人，毕竟我们医生护士不可能二十四小时穿着防护服一直待在里面。在我们脱防护服的通过间装着摄像头，监管每一个工作人员，特别是脱防护服的过程，需要时刻监控每一个人，始终要有一个人坐在监控器前面，通过步话机提醒也好，去监督也好，从防控上管理好每一个人，包括每天安排保健医生，对自己的人对塞方的人询问症状。天天都要翻来覆去地问，做体检。

10月2日于弗里敦

两个人视频中断的这段时间，金玉春的心情很糟糕，推开阳台门出去，眼前是一望无际的大西洋，一艘英军舰艇缓缓航行过去，他们正在给自己的医院送去充足的物资。当他孤独地坐在客厅，对着一个塞国的电视频道节目，似睡非睡的闭目养神时候，手机在茶几上响起来。金玉春没有立即去接，他有点儿生气。就像一个守夜者熬夜时间太长，经受住无数次想睡又不能睡的折磨，突然被告知可以上床睡觉时，反而精神为之一振，所有的睡意顿时皆无。又如一个辟谷者绝食时间很久，走出了饥肠辘辘却不能吞吃半块面包皮的时刻，来到一张满是食物的餐桌前，瞬间感觉没有了胃口。

他想要折磨她的心态就像孩子一般顽劣，这也许和他这一段时间经历了太多的折磨有关，几乎每天都有让他头痛的事情发生，而她竟不能及时地带给他一点儿安慰，爱有时也是无理和苛刻的，这也许和他所经历的几段畸形的爱恋有关。

手机一遍遍不依不饶地响起，他还是忍不住接起来，雷新月怒气冲冲地说："你是故意的，我知道，你这个狠心的贼。"

"贼？"金玉春满腹怨气一下子释然，顽皮道，"好新鲜的说法。"

"你先闭嘴，"雷新月怒气未消地说，"我先说三件正事，老太太嘱咐的，明天就要正式接待患者了，她看了改造后的医院，给博格斯打了电话，美国疾控中心近期会联合世卫组织的官员到医院走访一次。第一次接收病人你还是不要进去了，监控随时突发的情况。第二件事就是，我父亲已经接受完组织的审查，受到严重警告的处分，很快就可以回家了。我妈正在组建第二批医疗队，而且培训已经开始了，开诊后的医疗记录每日要传回医院。这段时间我一直陪着妈妈在建一间培训用的模拟场地，没时间联系你。"说到这儿，她停下来了，一脸哀怨，隔着屏幕地注视着他。

金玉春急切地说道："先别生我的气了。第一天的开诊我必须进病区，否则队员会怎么看我？提出医疗队接诊的就是我，结果我还不进病区？对了，第三是什么事？”

雷新月泪水流下来，说道：“我坚决不同意你进去。如果你非进去不可，别忘了戴上我的项链，它会提醒你，你是有爱人的人。再者，我郑重地警告你，你如果不随时接听我的电话，你将会得到无情的报复，我是记仇的女人，尤其是成为你的人以后。你和以前的那些女人的事还没有交代完呢。现在一想起来，我的心还像针刺一样。我和你没完。”

金玉春抚着脖子上的项链，想起那一夜她柔滑的肌肤，她的身体埋藏着他需要的所有柔情和肉欲，他轻声道：“你怎么会舍得折磨我、报复我呢？我要你好好地等着我回来。”

今天上午，我们严阵以待等了很长时间，真是紧张而焦急。我们提前一个半小时进入埃博拉病区，那个时候，病人一个也没有来。而我们是全副武装进去的，折腾一遍后，这个时候体力已快透支了。

病人是下午分两批来的，当时我就坐在分诊台接收病人。首批来了五个，隔了半个小时又来了二个。我提前一个小时进去，等到七个病人处置结束，将近二个小时。

当时汗水哗哗地流淌，心率加速，紧张倒没有，只是感觉流的不是汗而是水，有些虚脱的感觉。按照操作规范，病人至少相隔二米以上才相对安全。因为当地的语言听不明白，我只能时不时跟塞方护士进行交流。

塞方护士把病人的信息交给我，接着我通过护士把病人安置到病房里，就这样一个过程持续了将近一个半小时。

一个半小时后，我就感觉有点儿支撑不住了，意识有些恍惚。因为是第一次，有着各种各样的心理活动，既着急，还担心会出现差错。我起身的那一刻，就感觉水哗哗地流进了靴子里。如果再坐一会儿的话，身体承受能力就会达到极限。我一个人是不能走的，在这种情况之下，必须两个人相互监督。

摘手套的时候劲儿都快没有了，但硬是坚持住，一步一步按照我们当时设定脱防护服的步骤，一点儿一点儿脱，最后洗完澡再离开。

我进去是为了检查前期规范流程到底合不合理。

之前我告诉过队员们，也和他们争论过，后来我妥协了。这次接诊后，他们才意识到他们之前想的有些天真，要按照中国的医疗模式，到非洲治病救人，并不适用，因为当地的就诊体系和国内有很大的区别，所以必须很快适应。比如说，国内接诊病人，都是由医生来接诊，问病史、查体、开化验单。但在非洲不是，第一点，语言首先就是一个问题，克里奥语我们听不懂，如果说一般的英语队员们还能对付。于是，接诊患者改为由护士来完成，护士登记患者的信息，问病史，然后我们再和护士沟通。一天近距离接触这么多埃博拉患者，所以第一个潜伏期格外重要，过了这个潜伏期，整个队伍才能真正放松。

在治疗过程中，按照常规，肯定要给病人详细查体，查体结束，还要开医嘱，药再从清洁区送到里面去。显然是太烦琐，必须简化程序：一张表格列好主要的症状，用笔打钩就可以了，症状后面对应着药，药房就直接设在污染区，这样就可以很快进行治疗。很多事先设计的流程很烦琐，再加上穿戴防护服的影响，所以还要不断地进行修改，直到最后做到一个小时可以看四十个患者，而且让所有的患者用上药。这种效率是别的医院无法做到的，可以说，他们治疗具体操作的灵活性和实用性不足。

留观是我们最大的任务，来的病人只要是疑似埃博拉患者，我们就要进行排除，确诊的要送到治疗中心。按照我的经验，其实做到一定程度，病人来了以后，根据以往的经验，问完诊以后，基本上心里就有数了。

还有一种情况存在：病人如果转不出去，你就得治疗，所以我们不只是留观中心。每个患者的预后都不一样，有些患者死亡可能是因为来得不够及时，或者病情太严重了。埃博拉病毒感染，在很多情况下，很多人不治也会好的，何况是积极干预。

这个时候的病人特别多，都采取统一的调配，各个地方来的病人往我们这儿送，看着病人死去的确是恶性刺激，有些时候，眼睁睁地看着有些病人就死在我们面前，也无能为力。最多的时候，一天收将近二十个病人。刚进病房的时候最紧张，到了10月中旬，心才全踏实下来。实际上，如果有了标准化的流程，埃博拉是完全能控制的，而且可以治愈，即使受许多条件所限，但还是能做到可防可控的，所以心里就没有什么恐惧感了。

医院接诊后的第四天，首批病人中的那个小孩子卡比亚就死了。埃博拉真的是太凶猛了，当时看那个小孩身体状况还可以，就是精神有点儿萎靡，没想到隔天就死在医院里，这对大家的心理产生了不小的冲击。毕竟我们都近距离接触过，虽然穿着防护服，难说不被感染。查房时我亲眼看见那个可怕的场景：那个小孩就躺在地上，鼻子留有血迹。

塞拉利昂省立医院的院长乔治是卡努院长多年的朋友，他在救治患者过程中感染上了埃博拉病毒，送来后，人很虚弱，站立都有些困难，需要靠在床边上才能保持身体平衡。卡努很着急，我们虽然竭尽全力地救治，给他服用对症的药物，补充盐水，给他足够的营养，遗憾的是，五天以后，乔治院长也去世了。

10月15日于弗里敦

再次连线时，雷新月又告诉金玉春一个惊天动地的消息，那就是，老太太当天早晨郑重地告诉她两个重大的决定。说到这儿，雷新月似乎心有余悸地捂着胸口说："第一就是她写了正式的辞职报告，因为医疗队目前进展比她预想得还要顺利，她原打算随第二批医疗队去塞拉利昂，看来没有这个必要了，选择你为援塞医疗队队长的决定已经得到卫计委系统的认可。我问她是不是身体顶不住了。当时老太太笑得像个孩子一样说，‘新月，我最后一点儿的精力，最后一点儿可怜的时光一定要与爱人一起过。’”

金玉春脑子一下子没回过神问：“爱人？你没有听错吧？”

手机中的雷新月此时也像一个孩子似的说：“你就是一个笨蛋，三年前你就应该知道了，你不是怀疑过你父亲就是她在陆军总医院的情人吗？一点儿不错，老人这次痛痛快快地都告诉我了，所有的，包括这三年他们一直保持着通信联系。她说，情书终于装满箱子了，他们也该重逢了。你父亲这么长时间也没有向你透露过什么？”

“狡猾的老狐狸，”金玉春如梦初醒一般地说，“我还奇怪呢，他怎么越来越有精神了，原来做地下工作，真的是有经验，我一直像个傻瓜被他欺骗，老太太的意思是……”

雷新月眼神透着几分顽皮道：“你不会傻到这也猜不出来吧？”

“你是说，老爷子准备回京西，然后与她相聚不成？”金玉春一时间还无法想清楚到底发生了什么。

“老太太正在亲手收拾房间呢，还准备了一辆轮椅，还把我撵出去了，不管多大年纪的女人，为了爱人什么事都干得出来。我好命苦呢，只好暂时搬到你的屋子住了。”雷新月充满柔情地望着他说：“我算是什么指望也没有了，好在我也有一个爱人可以等。”

如果有人死了，就由我们带着塞方的保洁人员一起进去收。最开始的时候，他们有专业的收尸队，收尸队不来的时候，队员就得带着几个保洁员把尸体都给收了。有的队员也很恐惧，尸体也是有传染性的，死者吐出来的东西都在身上，抬身体的时候，血就从口鼻往外流淌。

清洁工更是恐惧。别看他们私下闲聊的时候会说，死并不可怕，实际是一种解脱，可以高高兴兴地上天国了，但真碰到了死尸，他们完全变了，根本叫不动。你不可能让尸体一直就在病房里头横着吧?

我就找来保洁队队长，让他专门挑几个人跟我一块儿进去，同时告诉他说：“你们国家不给钱，我们付，先帮我们把尸体处理掉，否则整个医院都危险了。”

有一天晚上，有一个出租车司机全家人都感染了，车上除了他，还坐着他的妈妈和妹妹。车停在医院时，他妈妈已经死在车里面了，她长得很肥胖，体重有一百七八十斤，关节都硬了，我们硬是从出租车里把她给拽出来。当时带着的保洁员全盯着我们看，如果我们不干他们是不会动手的。

尸体袋也是我们带去的，密封、防渗漏的效果很好，我们一边带着他们干，一边指挥着，先拿着消毒液的喷壶向尸体喷洒一遍，尸体袋里头再喷洒一遍，才把人放进去，密封好，然后再把尸体袋喷洒一遍，放进另外一个尸体袋里。停尸房在最靠近医院大门的一个房间，最后把封好的尸体抬进去。最多的时候，要处理六七具尸体。

医院没有冷库，停尸房和其病房都在一个走廊里。而且住进来的病人也不好管理，不肯在病房里老老实实地待着，随意走动。如果不及时处理，后果难以想象。

当地的医疗条件比较差，没有什么设备，危重病人吸氧都做不到，病房里没有氧气的装置。我们虽然带去比较多的药品和防护用品，但氧气就没办法了，高压的氧气筒没办法带上飞机。

偶尔也能见到有人死在大街上，没有人管。

我去过几家医院，其中一家是塞拉利昂结核病医院改建成的留观中心，花了两个多月才完工，床位才十几张。我们只用了两个星期就弄利索了，能收治几十个病人。

那些医院里的医疗人员更多的还是塞拉利昂当地人，护工和保洁人员需求量很大，他们配备得很充足。我当时参观，也想弄清楚一张床配备多少个人。英国人计划在塞拉利昂建三百张床位，其中弗里敦一百张床位，从我们开始接收病人时开始建，一直到我们走的时候还没建完，最终才能收十个病人。

我们在联席会议上专门谈了这件事，主持人是名塞拉利昂的医生，他催问英国人："你们这个月报告是十张床位，下个月还是十张床位，什么时候才能再增加些床位？"11月正是疫情上升最快的时期，英国人的回答是，他们很多条件都没有配备齐，无法扩展。

实事求是来讲，国家对埃博拉收治没有标准的规程。与西方来比，无论我们配备的医生和护士，还是清洁工，人手肯定是不足的，由此带来的工作量和风险都很大。好在我们派来的这些人，基本上都经历过“非典”和“甲流”，再加上医院经常面对一些小型突发的传染病。经历得多了，基本功扎实，即使面对埃博拉这样的恶性传染病，还是令人放心的。

疫情暴发之后，好多私人医院都关闭。他们私人诊所占所有医疗机构接近一半，诊所有中国人、印度人、南非人开的，大概有一百多个医生都是私人的，结果都撤走了，这个时候也没有人来看病。本来医疗资源就缺乏，再加上这些人一走，结果可想而知。同时，塞拉利昂的医护人员因为埃博拉牺牲的数量不少，特别是护理人员，据统计有八百多人。而且他们国家最好的病毒学家也感染埃博拉去世了。

美国疾控中心主要是做一些培训，制定一些规则，他们在医疗方面没有太多投入；南非主要做检测；其他就是非政府组织一直在当地搞医疗援助行动，埃博拉暴发之后，他们就直接转来防治埃博拉；无国界组织主要的是儿童基金会，再者就是英国的三个基金会，他们在全球招募医务人员。

我们算是弗里敦一支很重要的力量，因为我们行动的速度比较快，塞拉利昂卫生部每周要公开接收病人的数量的，我们接收病人的数量一直是最多的。

我们病区防护的等级显然比起外国人要高，花的气力和装备比他们想得更周全一些，可以说是极限防护，就是要保护我们的医务人员零感染，这么做不算过分；西方人相比就显得简单得多，我们会觉得他们的防护很草率。

我进过英国人的军营，英国人就穿了一件隔离衣，还是反复穿的，然后穿着拖鞋，戴双手套就进去了，他们在检测实验室就这样随意。他们对埃博拉研究很透彻，把关键环节把控住了，拿着血样标本就直接进入，在隔离箱里进行检测。隔离箱是真空的，不会往外泄漏，达到了实验室环境的要求。

还有就是，美国人有埃博拉的抗病毒的血清和疫苗。我再清楚不过了，他们研究埃博拉几十年，而中国对埃博拉的研究才开始，他们所带的药品和器械是比我们全面和专业。有些药物也不会公开使用，只是在关键的时候救命用。有一个英国人和一个美国人就是用这个药给治好了。

生活用水是个大问题。

塞拉利昂离赤道比较近，这个国家一年就分旱、雨两个季节，我们去的时候，已经是雨季末尾，但仍天天下雨。整个国家基础设施很差，没有市政管网，自来水供应不上，我们用水出现很大的问题，于是想打井，因为医院建在山脚下，但打井的工程量比较大，恐怕不可行。

塞拉利昂的水不能直接入口，否则容易感染伤寒。我们国内的水，都要通过自来水厂消毒和过滤，而他们的水是直接从河道里抽过来的。那里还有一种自来水，叫自建来水，就是你得建立引水渠或者引水管才行。我们住的宾图玛尼宾馆还不错，是这种自建来水，但必须要烧开才敢用。

因为水的短缺，我们医疗队就向塞拉利昂卫生部反馈。卫生部下设一个病案管理组，每个星期开两次会，讨论一些疑难问题。关于水和电的问题，是我们遇到的问题，也是其他组织都遇到的问题。

还有就是可怕的消毒。

塞拉利昂卫生部规定，每一升5000毫克的浓度，这个浓度的含氯消毒剂的毒性，相当于二战时的生物战剂。操作员的口罩也就如同摆设。每天工作结束，消毒液就得更换一次，打开消毒桶的盖，气味扑面而来，就像一场噩梦袭来，鼻涕眼泪全下来了，对呼吸道的黏膜刺激非常大。事后咳嗽会带有血丝，损伤显而易见。这一过程，除了不停地擤鼻涕、擦眼泪，甚至什么也不在乎了。活干完了，脱完防护服出来，鼻涕眼泪照流不误，停顿一个小时后才稍有缓解。即使喝进去嘴里的水都有一股浓烈的消毒水的气味，吸一口烟也没有烟味，鼻子会失去嗅觉，还有味觉，驻地的食物里的那股气味也挥之不去，人一直处于中毒的状态。脸都是乌的，嘴唇也是乌的，甚至人快昏死过去一般，恨不得把口罩撕下来。

前几天看到塞拉利昂卫生部传来的数据，我非常疑惑，为什么唯独我们医院收的病人的数字不上升，而别的医院都在涨呢？打电话问他们，他们开始支吾搪塞说，病人都是平均分配的，今天没有，可能明天就会有。过了一天又说，病人不多，你们那儿没有也属于正常。实在搪塞不住了，才告诉我们实情，是不愿意再给我们送病人。

我们感觉情况不太对，就请来塞方的卡努院长去协调一下，问问到底是怎么回事。他给卫生部的熟人打电话询问情况，原因是有人认为中国队的治疗不行，医院里边比较混乱，管理不到位，病人到处跑。

卡努院长想起来不久之前有一天，一辆救护车拉着病人来到我们医院门口，医院的门岗呼叫说有病人来了，请护士穿上工作服下来接病人。我们严格按流程穿好防护服，司机等的时间稍长了一点儿，转身就把救护车开走了。司机不愿意等，因为他拉一趟是一趟的钱，在这里等的时间长，会影响他拉的趟数。

救护车刚走，塞拉利昂卫生部就打来电话问，你们医院为什么拒收病人？卡努院长回答说我们从来没有拒收过病人。这件事情刚刚发生，怎么卫生部就知道了呢？之前有一个感觉不舒服的人来到中塞友好医院，躺在门口说要住院。我们正在准备接诊，塞拉利昂卫生部就打来电话责备我们拒收病人，让病人躺在门口。这几件事放在一起，他们就认为中国医疗队没有积极地收治病人。这让我感到非常气愤，于是我决定直接跟他们的指挥中心进行一次谈判。

指挥中心设在一间礼堂里，整个礼堂被隔成了几个区域，分为不同的机构，而礼堂主席台正下方主管的位置，坐着三名英国军人。当时我就大概明白了，发生的事情是与他们有关。

在一个小房间里，我们开始与他们进行谈判。大家坐在一起，刚开始比较友好，但一谈到正题，说不收治病人的问题时，立刻就严肃起来了。对方两个人，有一个是塞拉利昂卫生部的官员，另一个是指挥中心的协调员。这个协调员非常严厉地提出那些问题来，说如果不能解决病人在门口等待的问题，是不会送病人到我们医院的。我解释说，根据收治的流程，我们需要时间把病人安排到住院部里去，不可能病人来了，就直接打开大门就住到医院里。他说，在有些医院救护车都能直接开进大门里。我说，我们中塞友好医院的大门跟其他医院的大门是不一样的，他们院子里面还有一个院子，但我们没有，只有这一道门，怎么能够不问清楚就随便打开呢？那个卫生部的官员比较友好，他能从传染病防治专业的角度来理解我们的做法。

最后，大家就从程序上理了一遍。他们发现中国医疗队做的并没有错。经过几番较量后，他们最后也认可了我们的做法。第二天，指挥中心又开始给我们送病人了。

10月27日于弗里敦

很长一段时间里，白玉兰已经很少做梦了，她还对人开玩笑说，人老了，甚至连做梦的权利也要给剥夺了。很奇怪的是，在她人生最后一次重大决定前，她做了一个梦，这大概是她一生之中少有的非常清晰的一个梦，它似乎明白向她喻示着什么。

那天晚上，她一笔一画地给柳原写了一封信，用了很长时间。写完后，似乎花尽她所有的力气，之后她把信折好，极为郑重地放入信封后，觉得整个人累散架了，随即就沉沉睡去了。

白玉兰梦见自己正站在曾经的陆军总医院的大门口左右张望时，突然看见沈玉婉向自己急匆匆地走来，她仍旧身穿着那件桃色的有些妖冶的旗袍，奇怪的是，自己竟和她穿的一模一样。同样的一身衣服，沈玉婉人显得更为轻盈，笑吟吟的，很亲热地拉着她的一只手说：“妹妹，你把儿子还给我吧。”她试图挣脱沈玉婉的抓握，但浑身竟然一点力气也没有了，反而哀求沈玉婉道：“你到底把柳原藏哪里去了？”沈玉婉睁大眼睛道：“你连这么重要的事都给忘了？棋盘路13号；暗号是：门前流水尚能西。”说罢，人便如影子一般消失了。

正疑惑间，远远看见柳原径直向她走来，上前便亲热地拥吻她，她的身体如水化了一般，任他抚摸着她的身体，她咬住他的嘴唇不放，“我要把你吃得一点儿不剩，这样才放心呢。”人正晕眩间，柳原惊奇停下，“玉兰，你的头发什么时候全白了呢？”她立刻惊骇起来，伸手揪下一绺头发，低头看时，果然如雪一样白。她放声大哭道：“柳原，我怎么这么快就老了？怎么会这样？你会不会不要我了啊？！”

正说话间，却看见马青山冷冷地走过来，手里正握着他曾经送给自己的那把漂亮的“柯尔特”手枪，对她大声吼道：“柳原是个叛徒，我要代表组织处决他。”

她跪在他面前，拉着他那只肌肉结实的手臂道：“我可作证，他从来没有叛变过组织，你是在冤枉他。只要你放他走，我什么都答应你。”

马青山的脸是阴沉的，丝毫也不为之所动，抬手便射击，每一枪都准确无误，柳原含着笑看着她，仰面倒下了。她扑向被子弹击倒在马路上的柳原，血从他胸前不断地涌出，她怎么也堵不住，浑身都沾着他喷溅出的血。正在焦急万分时，不知什么时候虾子出现了，提醒她道：“人都这样了，还不赶快送手术室。”

就在陆军总医院那间冰凉的手术室里，她惊骇地发现，躺在手术台上的人竟然换成了已经老态龙钟的白玉兰，松弛的皮肤，干瘪的乳房，正颤巍巍伸手拽着年轻时的白玉兰的手腕，她一时间无法分清哪一个才是真正的自己，于是挣扎着高喊道：“快去叫柳原，我有话要告诉他，要不然来不及了。”这时却发现喉咙竟然发不出一丝声响来。

在自己惊恐的尖叫声中，白玉兰惊醒了，似乎已经微弱到消失的心跳又瞬间恢复了，前胸后背都泌出一层汗来，死亡的影子还在眼前晃现着，冷冷地窥视着她。隔壁屋中的雷新月也被白玉兰奇异的喊叫声吵醒，她惊慌失措地来到白玉兰的床前，却看到白玉兰一个人怔怔地发愣，睁着眼睛想着什么，似乎继续沉浸在自己的梦境里，正一点一点地苏醒过来。雷新月这才放下心来，端来一杯矿泉水，关切地问道：“是不是做噩梦了？”白玉兰若有所思地对她道：“新月，你一会儿给金望西打一个电话，我梦见他了。你说怪不怪，我已经有二十多年没有梦到过他，不知道他会不会出事。”雷新月问道：“哪个金望西？您说的那个人是玉春的父亲吗？”

迟疑了一下，白玉兰居然有些害羞地笑着骂道：“你个死丫头，就知道一味地装傻。动作快一点儿，打完电话，赶紧起床收拾，我还有大事要和你商量呢。”